花の骸《むくろ》

森村誠一

集英社文庫

目次

花の骸《むくろ》

出稼ぎ強盗

1

「強盗でもやるべか」

と一人が言ったのが、ヒントになって、彼らの途方に暮れていた心は、一つの反社会的な意志に向かって、速やかに凝固していった。

実際、三人合わせて三千円そこその持ち金では、遠い北の郷里までの一人分の汽車賃にも足りない。もう今夜から安宿へ泊まることもできないのである。

「強盗ばやるって言ったっても、どこさ侵《へえ》る？」

もう一人が周囲をうかがいながら、言いだした男の顔を覗《のぞ》いた。

「そんたなごど、きまってるでねえか、金ばありそうな、でっけえ家《え》だ」

と口をだしたのは、三人めの男である。いずれも四十前後のくたびれた男たちである。

発音順に身長が少しずつ低くなっている。無精ひげのはえた顔は窶《やつ》れて、カサカサしている。よれよれの背広に膝の円くなったズボン、手にボストンバッグと風呂敷包みをぶら下げている。

一目でそれとわかる北の方からの出稼ぎであった。それにしては、いかにも疲労困憊《こんぱい》した風体である。出稼ぎ人が故郷へ帰るときは懐中が暖かく、久しぶりに妻や子に会える喜びにあふれている。

都会での酷《きび》しい労働で身体《からだ》は疲れていても、心が昂《たかぶ》っている。荷物にも、家族への土産物がぎっしりと詰まっている。列車を待っている間にも、仲間のあいだに一升びんがまわり、明るい笑い声が絶え間ない。

彼らの心はすでに郷里の家へ、家族の許《もと》に帰っている。列車に乗るまでの時間が待ちきれなくて、プラットフォームや帰省者用の待合いテントの中で酒盛りを開くのである。

その喜色が、この三人にはまったくない。喜色どころか、救い難い絶望感と疲労に、全身を重く塗りこめられていた。

彼らが上京して来たのは、二カ月ほど前である。地元で「日給五千円、往復旅費支給、快適宿舎完備」のコマーシャルに釣られて、家が近い三人が誘い合って出て来た。春の農作業が一段落した時期であった。

「いまどきそんたなうめえ話があるはずねえす。父ちゃんやめてけれ」と彼らの妻は諫《と》めた。しかし現金収入は彼らにとって魅力であった。

一日五千円なら、節約すれば四千五百円は残る。十日働いて四万五千円、三カ月で四十万を超える。四十万あればカラーテレビも冷蔵庫も買える、妻や子に晴れ着の一つも買ってやれる。

今年は不況で、例年より求人が減り、彼らはアブレていた。

もはやこの地方の家庭の経済は、出稼ぎ抜きにしては成り立たなくなっている。もともと一戸あたり一ヘクタール未満の零細農家である。一年の三分の一を、雪に閉ざされる貧寒な土地には米の他に寒さに強い稗《ひえ》や豆をつくっている。しかし政府の減反政策で農夫の米づくりの情熱が衰えた。これに各地の、国や大手資本による開発で、農家の〝土地離れ〟があいつぎ、以前のように農夫の「土にかじりつく」根性が失われた。

朝は星とともに起き、夜は星をいただいて帰るような苛酷な農作業を土にまみれて行ったところで、収穫米はすべて政府売り渡しで、自主流通米にはならない。野菜は値段がいつも動揺している。そんなお話にならない苦労をして土にしがみついているより、手っ取り早く都会へ出稼ぎに行けば、確実に金になる。

現在のテレビによる汎都会化現象は、日本のどんな片隅の農漁業者の家庭においてもその素朴な自給自足的生活形態を覆してしまった。彼らはテレビによって、現代的文化生活の洗礼をうけ、僻地《へきち》にいながら都会生活に密着する。

底辺の生活を支えるための金から、生活を向上させる（都会的にする）ための金が欲しくなる。こうして出稼ぎは農村に定着し、長期化する傾向になる。

農閑期だけだった出稼ぎがすでに年間を通して行われているところもある。出稼ぎ者の現地事情に合わせていた求人が、不況期に入ると、一転して求人側の都合によって行われるようになる。それでも仕事にありつけた者はいい。ありつけなかった農夫は、すでに精神的にも土地離れをおこしていて、以前のように素直に田畑へ戻って行けなくなっている。

出稼ぎは、農夫を土地から奪い取っただけでなく、彼らの心情をも荒廃させてしまったのである。

ともあれ、三人は好条件の求人に飛びついた。職安を通さない手配師の求人だったが、「登録事業あっせん引率者」――なにに登録してあるのかわからなかったが――という名目を信用して申し込んだ。職安を通さないと、現金収入を税金に取られないのも魅力だった。

出発にあたって「旅費支給」は、作業地の飯場《はんば》まで、出稼ぎ者が立て替えてくれと言われた。しかたがないので、家にあるだけの金をかき集めて、東京までの切符を買った。

バス停まで見送りに来た妻に、「金ば稼いだら、すぐ送るから、留守番すっかり守ってけろ」と言い含めて出て来た。バスが見えなくなるまで、野面《のづら》の停留所に立って見送ってくれた妻の姿がいじらしかった。妻は夫に東京行きの切符を買わせるために、子供の給食費までも注《つ》ぎ込んだのである。どんなことをしても送金しなければならなかった。ところが連れて行かれた先は、東京都と埼玉県の境界に近い飯場で、プレハブのバラック同様、雨の日は屋内で傘をさすほどのひどい所に、十二畳十人も詰め込む。それはまさに「タコ部屋」だった。

仕事は建設現場の片づけや穴掘りで、これは約束通り日当《デヅラ》五千円くれたが、週に三日ぐらいしか仕事がない。たとえ仕事がなくとも、食事代その他の最低限の生活費はかかる。

これが「諸式」といって、食事代、風呂代、布団代から、石けん、タオル、チリ紙の類にいたるまでがっちりとデヅラから差し引かれる。しかも諸式は市価の二、三割高なのである。さらに、下請けの建設業者が、元請けから受け取る労働者のデヅラを〝世話代〟として一割ほどピンハネするので、労働者の手許《てもと》にはいくらも残らない。残ればいいほうで、仕事のない日がつづくと、前デヅラ（前借り）をするようになる。

それでも彼らはそこに二カ月辛抱した。不況風が吹き荒れて、飛び出していっても、仕事のないことがわかっていたからである。契約違反として苦情を言うこともできない。下手なことを言おうものなら、なにをされるかわからないような雰囲気だった。

飯場の経営者はどうもヤクザらしかった。それでも乏しい中から四万送金して二カ月辛抱した。手許には四万しか残っていない。

彼らは、現場監督《ボーシン》の目から隠れて相談した。

「そろそろ帰《けえ》らねか」

「んだな、これ以上いても、金は残らねしな」

「病気にでもかかったら、元も子もねえし」

予定の五分の一も稼がなかったが、病気になるよりいい。粗末な食事と劣悪な生活環境のために体力も限界にきていた。

こうして彼らは渋い顔をしているボーシンの前から逃げるようにして飯場を去った。もちろん中途帰郷だから、帰りの旅費はもらえない。それでもこのまま帰れれば、四万円を自分の無事な顔とともに家族に見せてやれた。ところが、上野《うえの》駅まで来て、彼らは足止めを食った。国鉄のストで、いっさいの列車が動いていなかったのである。

飯場のテレビでストのことは知っていたが、そんなに長くつづくまいと楽観していた。明日になれば動くだろうと空頼みをして、駅の近くの安宿に泊まった。安宿でも、素泊まり三千円取る。ラーメン二食でがまんしても、一日三千五百円は吹っ飛んだ。ブラブラしていると、雑費も馬鹿にならない。

ストは長引いた。国鉄にも政府にも言い分はあるのだろうが、その両者の狭間《はざま》で確実に苦しむのは、国民、それも彼らのような、弱い国民だった。

血のような金がどんどん減っていった。汽車がなければバスでという知恵が湧いたのは、もう金が底をつきかけたころだった。それに長距離バスも途中までしか行ってない。そこから先、ストで列車が走っていないことは同じである。

都の季節移動労働者援護相談所へ行っても、ストで足を奪われた帰省者が殺到してどうにもならない。山谷《さんや》方面へ行けば、安いドヤがあると聞いたが、地理に暗いので行く気になれない。

地下道へでも寝ようかと考えたとき、ようやくスト解決のきざしが報じられた。しかしそのときは、持ち金がほとんどなくなっていた。列車は動いても、もう切符を買う金がないのである。国鉄は、ストによって国民が失った金を決して補償してくれない。

村を出るとき、子供の給食費を足して切符を買ってくれた妻の顔が髣髴《ほうふつ》とした。いまさらどの面下げて、一円の金ももたずにおめおめと帰れるか。

途方に暮れた目先に、いたずらにきらびやかな都会の電飾がきらめいている。そこには欲しいものはなんでもある。都会は人間の欲望のすべてを賄える物質や美しい女や名誉を入れた巨大な銀の容器である。それでいながら、彼らは、その中のどんな小さな中身も手にすることはできなかった。あの中のほんの一かけら、いや微粒子があるだけで、一家の餓《う》えは満たされる。

だが、美しい中身を見ることはできても、決してそれを自分のものにできなかった。欲望の対象と、彼らの間には、絶対に破ることのできない透明な薄膜が張られていた。

その薄膜を破るためには、彼らは社会に背かなければならない。だがいまほど犯罪という処女膜のかなたが、吹きつけるような誘惑の甘い香りを送ってきたことはなかった。

「強盗でもやるべか」

彼らの一人の言葉が、動揺していた彼らを固定した。誘惑の触手にとらえられて固定したのである。

2

どうせ強盗に侵《はい》るからには、金のある家でなければならない。しかし、金のありそうな家は警備が厳重である。ガードマンや猛犬がいるかもしれない。そんなものがいては、素人の即席強盗では手が出せない。

東京には無数の家があるようでいて、なかなか彼らの目的に適《あ》った家がなかった。マンションなどは、住人が相互無関心でいかにも彼らの目的に適っているように見えたが、同時に外来者に対してひどく警戒的であった。身許《みもと》の定かでない外来者はすべて猜疑《さいぎ》の目で見ているといってよかった。

ドアアイから冷たい観察の目が覗いて、ドアフォンを通して用は何かと聞く。それに満足に答えられなければ、ドアを開けてもらえない。うまいことドアを開けてもらえたとしても、防犯ベルが警備室と直結している。相互無関心だけに自衛の意識が発達していた。

一戸建ての豪邸には、犬がいそうだった。庭樹《にわき》の間から漏れる灯《あかり》は暖かそうで、そこでもたれている家族の団欒《だんらん》の楽しげなさまを物語っていたが、それは彼らと無縁の世界でもあった。彼らにも家族はいたが、豊かな物質的環境は、彼らが生まれてから属していた世界とはまったく異次元のものであった。

それ以下の家や、団地などでは、大した収穫を望めそうもない。

いったん臆すると、ますますおじけづいてくる。

「もうこんたなことやめて、帰《けえ》るべえ」

身長の最も大きいのが言った。荷物は上野駅のロッカーに預けて、〝獲物〟を物色していた。

「帰るって、どこさ?」

〝中〟が聞いた。

「いまさら郷里《え》さ帰れねえぞ」

〝小〟が言葉を追加した。

「そだども、こんたな所、うろうろすていれば、職務質問さ引っかかるぞ」と〝大〟。

「汽車賃は、なじょすんだ?」〝中〟が反問する。

「また、仕事見《め》っけるさ」〝大〟が言う。

「そんたな仕事がどこにあるって？」〝小〟が聞いた。

また重苦しい沈黙が落ちた。仕事が見つからないからこそ、ここまで追いつめられたのである。

時間が遅くなっていた。灯の数がめっきり減っている。風体のよからぬ男三人が、物欲しげに歩きまわっているのを警官に見つかれば、必ず職務質問を食うだろう。

「ああ、腹へったな」

一人の言葉が、一同に空腹をおもいださせた。今日は朝から満足にものを腹の中に入れていない。強盗の決心をしてから、犯罪という処女膜を破る緊張で、空腹を忘れていたのである。

そのとき、タイミングよく（あるいは悪くと言うべきか）美味《うま》そうな食べ物のにおいが夜気の中に漂って来た。ラーメンのようなにおいだが、空腹の身にはもっと濃厚に感じられた。

彼らはそのにおいに引かれてふらふらと歩いた。豪邸というほどではないが、木立ちに囲まれたスマートな二階屋である。庭の木立ちごしに灯がチラチラ見える。まだ家人が起きているらしい。風向きのかげんで、食べ物のにおいは、その家の方角から漂って来るようである。

いったん目を覚まされた飢餓感は、食べ物のにおいに刺戟《しげき》されて胃袋をかきむしった。

食欲や性欲は理性を狂わせる。犬やガードマンに対する警戒も忘れた。ただ食べ物のにおいだけに引かれた野良犬と同じだった。狼《おおかみ》になっていないところに、彼らの生来の善良さがあった。

「なんとかわけを言って食い物を分けてもらうべえ」

「わけさ話せば、きっとくれる」

「強盗じゃねえくて、食い物をもらいに行くだけだからな」

三人はたがいに納得し合って、その家へ近づいた。鉄製の竪格子《たてごうし》門はもちろん閉じられていたが、またいで越えられる高さだった。門から侵入した三人は、においを追って建物の外縁を伝った。幸いに犬はいないらしい。

ここまで来ると、食べ物のにおいは急にどこかへ行ってしまった。しかし、たしかにこちらの方角から来たのである。彼らは未練がましく建物の縁を伝った。外から見たときはそうでもないようだったが、庭に侵入してみると、意外に大きな建物である。灯のついている一角はどこにあるのかわからなくなってしまった。きっと三人のいる場所から死角になったのであろう。

やがて三人は勝手口のような所へ出た。引き戸があった。試みにそっと手をかけてみると、なんと錠がかかっていない。彼らはなんなく家の中に侵っていた。そのときになって彼らは重大な錯覚をしていたことを悟った。

遠方の見当はずれの方角から、チャルメラの音が流れてきたのである。いまどき珍しい夜なきそば屋が、この一角を流していたのだ。

「なんだれや、そば屋がいたんだ」

「んだども、たしかにこの家《え》がらにおいして来たし」

「もう侵《へえ》っちまったんだ。ここまで来てすまったんだから、なんか食い物でも探すべ」

彼らは、声をひそめて話し合った。強盗に侵る決心をしたのに、彼らは懐中電灯すらもっていなかった。ところが彼らは少しも行動に不自由をしていない。彼らが忍び込んだ場所はキッチンだった。冷蔵庫、ガスレンジ、調理台、食器、諸道具などがこの家の主婦あるいはお手伝いの性格をしめすように、あるべき場所に整然と納まっている。彼らは冷蔵庫を開ける前に、奥の方から来るうす明かりが、足元を照らしているのに気がついた。そのとき彼らはかすかな人の声を聞いたようにおもった。

「奥にだれかいるらしいぞ」

〝大〟がささやいた。

「女《おな》ごの声がしたようだ」

「女ごだけだったら、せっかく来たんだし、冷蔵庫の残り物なんかでねくて、金めのものさらっていくべ」

〝小〟が、調理台の包丁掛けから出刃包丁を取り上げた。体格はいちばん小さいが、肝はこの男が最も太いらしい。

「おい、なにするだ？」

〝大〟がびっくりして、包丁を握った〝小〟を見た。

「なに、おどかすだけだ、なにもしねえ」

「とにかく覗いて見んべ」

〝中〟はべつの興味をそそられた様子である。三人は、それぞれの思惑をもってそろそろと奥から来る光の方へ近づいて行った。

行旅《こうりょ》の死者

1

それは、一見、浮浪者が寝ているようであった。梅雨明けの暑い日射《ひざ》しを避けたビルのかげのかなりの通行のある歩道の脇である。都会では見なれた光景で、人々はそのかたわらを無造作に通りすぎて行った。その浮浪者の身体は朝からそこにあった。最も早い時間にそこを通りかかった者も、彼を見ていたから、きっと前夜からそこにいたにちがいない。そんな以前から彼の身体がそこに横たわっていたことを知っている者は、きわめて少なかった。

定期的な通行者、すなわち通勤者も、朝出勤して行った道を帰って来るには少し早すぎたし、サンドイッチマンはまるで石ころでも見るようにして、そこを往復した。彼にとっては、通行人はみな木か石に等しかった。そうおもわなければ、こんな商売は長くつづけられない。

学童は、親から言い含められているとみえて、遠方から好奇と恐怖のまじった目を向けるだけで、かまえて近寄らなかった。

男は、いちおう〝元シャツ〟らしきものを身に着けていたが、原形をとどめないほどに破れ、泥がついている。シャツの破れ目から覗いている皮膚は垢《あか》にまみれている。酔いつぶれて寝込んだらしく、猫のように背を丸め、足をちぢめ顔を腕の中にかかえこむようにしている。その上を舞っているハエが、浮浪者の不潔さをしめしていた。

よく観察すれば、その姿勢が不自然に固定していることがわかるはずなのだが、通行人は、まったく無関心に通過して行った。中には、浮浪者の姿勢に不自然さを感じた者もあったが、彼らはかかわり合いになるのを恐れた。

これがまともな服装をした人間が倒れていたのなら、声をかけた者もあったかもしれない。しかし、得体の知れないやつに下手にかかわり合って因縁をつけられるのが恐ろしかった。

親切は、自分の安全が保障されたうえで初めてほどこされる。たまたま近くのべつのブロックに事件があって、警官がそちらの方へ取られていたために、パトロールも跡絶《とだ》えていた。

浮浪者にまず近づいて来たのは、一匹の野良犬だった。犬は浮浪者の足の方から近づき、次第に大胆になって、顔の近くを嗅ぎまわった。べつの仲間の犬が近寄って来た。

仲間は仲間を呼んで、最近この付近に増えてきた野犬数匹が、浮浪者の身体に群がり集まった。

その様子はようやく無関心な人々の目を引きつけた。数匹の野犬にたかられても、依然として同じ姿勢のまま眠りこけているような浮浪者の姿は、どう見ても異常だった。

「おい、あの浮浪者、おかしいんじゃないか」

「犬が鼻面なめているのに、目をさまさないわ」

「なめているんじゃない。咬《か》みついてるようだぞ」

「死んでるんじゃないか？」

「まさか」

「そういえば、あの浮浪者、朝からここに寝ていたぞ」

わが身に危険はなさそうだと悟った通行人の無関心は、急速に好奇心に変わった。

犬が追いはらわれて、人間が集まった。犬の干渉がまだ浅い段階で、人間が介入したので、浮浪者はほとんど同じ姿勢を維持していた。勇敢な通行人の一人が、浮浪者の身体に恐々《こわごわ》と手をかけた。

「もしもし、あんた、どうしたのかね？」

声をかけながら、通行人の顔色が変わった。手先に伝わった浮浪者の感触が、無機的であったからだ。その身体に触れたはずみに、それまで辛《かろ》うじて保たれていた平衡がくずれた。顔を隠していた腕がダラリとのびて、その〝異相〟がまともに通行人の視線に晒《さら》された。

血の気《け》の完全に去った顔、剝《む》き出された目、口辺に血がこびりついている。犬に咬まれたのか、死相はむごたらしく傷んでいた。

数人の女性の口から悲鳴が上がった。

犬の咬み傷を考慮しても、単なる野たれ死にではなさそうであった。

通報をうけて、もよりの派出所から警官が駆けつけて来た。死因が曖昧なので、警官は現場に保存線を張って立入り禁止にすると同時に、本署へ連絡した。本署から死体検分の一行がやって来た。明らかに自殺と断定されたとき以外は、捜査係が出動して来る。

浮浪者が街で死んでいると聞いた本署の一同は、最初からあまり気乗りしていないようであった。浮浪者だろうと、金持ちだろうと人間に変わりはないはずであるが、どん底不況の冷たい風が吹きつのるにしたがって、浮浪者の野たれ死にが増えている。

人生の吹きだまりに落ちた敗残の身を、せめて安酒に浸して、死ぬ日までを過ごす。彼らの生涯は、死ぬために生きているようなものだ。やがて死の触手が彼らをとらえる。肝不全、肝硬変、心不全、脳出血は彼らの四大死因である。栄養失調で衰弱した身体を酒浸しにして、内臓をボロボロにしてしまう。

けんかで死んだにしても、どうせ長くはない寿命である。身許も定かでない浮浪者の一人や二人が死んだところでどうということはない。悲しむ人間もいなければ、世の中にとってなんの損失もない。むしろいないほうがいいような人間が、どんな死因で死んでも、その調べにどうも熱心になれない。

死者は、推定年齢四十四、五歳、身体は衰弱しているが、筋肉労働者風で労働に荒れた手をしている。暑い季節なので、ハエが群がりはじめていた。死臭はまだ感じられない。

鑑識の死体検証によって、死因は後頭部の打撲傷と鑑定された。右後頭部に鉈《なた》の背や棍棒《こんぼう》状の鈍器によって形成された陥没が見られ、頭蓋内に深刻な影響をあたえている模様である。凶器は周辺に残されていない。

「身許をしめすようなものは、なにか残っていないか」

現場の指揮をとっていた所轄署の捜査係長が汗を拭きながら督励した。死体の頭のそばに丸めた背広が転がっていた。死者が枕がわりに使っていたものらしい。上衣《うわぎ》はかなり汚れていたが、シャツほどには傷んでいない。上衣にはネームはなく、サイドポケットの中には、十円玉が三個、くしゃくしゃのハンカチ、新聞紙に包んだ食べかけのアンパンが入っていただけである。死者の身許をしめすようなものはいっさい発見されなかった。

「けんかでもしたのかな」

捜査係長は、あまり熱意のない声で言った。梅雨明けの空から照りつける暑熱が、よけい捜査の意欲を減退させる。犯行動機として「物盗《と》り」は論外であった。鑑識の第一所見によれば、死亡推定時間は深夜午前零時から今暁午前三時ごろである。

殺人事件と断定して、犯行現場を中心にした一帯に聞き込みがはじめられた。

だが聞き込みの網に、めぼしい収穫は引っかかってこなかった。被害者は後頭部を鈍器で数回殴打された模様である。狙いすました一撃でまず被害者の意識は朦朧《もうろう》とし、つづいて止《とど》めの何撃かを加えられた。被害者には、ほとんど抵抗する余裕もなかったらしい。犯行はきわめて短時間に完了したと考えられる。すると目撃者がいなくとも、不思議はない。

死体は監察医によって検死された後、犯罪に基因するものと認定されて、東大法医学教室において司法解剖に付された。

その解剖所見は、検死の第一所見とおおむね符合していたが、詳細は次の通りである。

①死因、脳圧迫。

②後部頭蓋骨に長方形の陥没骨折、並行してひび割れが見られる。創縁に表皮剝脱を伴う。使用凶器は、棍棒、鉄棒状の鈍体と推定される。

③胃内容、ほとんど空虚で、酒精分を混じえた混濁液。

④死亡推定時間、七月十二日午前零時より二時間、なお現場は、目黒《めぐろ》区八雲《やくも》二の十

×番地先目黒通りの路上である。

ここに殺人事件と認定されて所轄の碑文谷《ひもんや》署に捜査本部が置かれた。

2

まったく手がかりのつかめないままに事件発生後二十日間の「第一期」は過ぎた。この第一期のうちになんらかの手がかりがつかめないと、迷宮入りになる確率が大きい。

この間、被害者の修整写真を新聞に載せ、前歴者の指紋、捜索願いの出されている家出人の照会と同時に、浮浪者の多い上野、新宿《しんじゆく》の各署に問い合わせをしたが、該当者はなかった。被害者の身許は、依然として不明のままであった。

本部に早くも解散ムードが漂いはじめたころ、一人の労働者風体の男が本部を訪ねて来た。

四十前後、ねじり鉢巻、ジャンパー姿に地下足袋、山谷で見かける労働者の典型的なスタイルである。おそらく手配師によって、工事場へかき集められて来たのであろう。べつに危険物をかかえている気配もない。

彼は恐る恐る署の入口から入って来ると、玄関の最も近くにいた署在派出所の警官に、

「あのう、この近くで殺された浮浪者のことで、ちょっと話したいことがあるのですが」

とおずおずと言った。受付をかねている「署在」は、直ちに情報提供者と悟って、奥の訓示室に設けられている本部室を教えた。ところが、労働者はそこにたたずんだまま、奥の方へ行こうとしない。

「どうしたのかね?」

署在警官がたずねても、

「いえ、ちょっと」とすくんだように立ったままである。どうやら警察の雰囲気にのまれてしまった様子である。

こんなことのないように、署内の雰囲気をつとめてくだけたものにしているが、やはり一般の事務所のようにはいかないらしい。

「こっちへ来なさい」

警官は、こんなことでせっかくの情報提供者を逃してはいけないとおもい、先に立って案内しようとした。

「旦那」

彼は背後からおずおずと問いかけた。

「なんだね?」

「事件に役立つ情報をもってくると、そのう、なにかね……褒美でももらえるのかね」

中には金目当てに情報を売り込んでくる者もある。この男もその類いか——警官は彼がわざわざ署まで来た理由が納得いった。

「警察が情報を買うことはないが、捜査の協力に対する相応の謝礼をすることはあるよ。協力者がその情報を得るために費やした実費もはらう」

「そうだな、ここまで来るのに電車代もかかっているからな」

「どこから来たんだね」

「山谷だ、ドヤにいるんだよ」

「わざわざ山谷からここまで来たのかね」

「この近くで古いビルの取壊し工事をやっているんだ」

「それじゃあ、電車賃はかからなかっただろう」

山谷から工事場まで、手配師の用意した車に積み込まれて来たはずである。

「そ、そのう、おれだけ車に乗り遅れて電車で来たんだ」

労働者は、語るに落ちた形になってうろたえた。

「まあいい、ここが捜査本部だよ、いい情報だったら、相応の謝礼がもらえるだろう。せいぜい協力してくれよ」

警官は、中に居合わせた部員の一人に、労働者を引き継いだ。ちょうどそこにいたのが所轄署から本部に投入された太田《おおた》という刑事だった。

外回りから上がって来たところで、汗まみれになった身体に扇子で風を入れながら、今日の聞き込みメモを再検討していたときに署在から労働者を取り次がれた。

太田はメモから目を上げて、労働者を見た。彼に一瞬、予感のようなものが走った。

――このタレコミはものになりそうだ――

それは職業的に磨かれたカンと言ってもよい。まず労働者の風体からして、被害者に似かよっている。アブレがつづけば、すぐにもドヤから追い出され、地下道やビルのかげに流浪していく住居不定者の予備軍である。

太田は、一見して労働者が被害者の属していた同じ世界から来たと判断した。

太田はやさしく椅子を勧めて、手ずから冷たい麦茶を注いでやった。これがこちこちになっていた労働者の心を、かなり和ませたらしい。

「それであなたは、殺された被害者に心当たりでもあるのですか」

麦茶で一息ついたところを狙って、太田は誘導の水を向けた。労働者が被害者を知っているにちがいないというカンの下に向けた誘《さそ》いである。

「新聞の写真を見たんです」

労働者は、誘導に乗って、つい褒美の確認を忘れた。

「写真が載ったのは、だいぶ前だが」

「ドヤで古新聞の中に偶然見つけたんです」

「被害者の身許を知っているんですか」

抑えようとしても、声が弾みかかる。

「前にいた飯場でいっしょにいた男に似ているんです」

「飯場？　どこの飯場です？　被害者の名前は？　どこの出身ですか」

一度に聞かれて労働者は当惑した。

「いや、これはすまなかった。被害者の名前をまず聞かせてください」

「正確な名前は知りません。仲間内ではヤマと呼ばれていました」

「仲間がいたんですか」

「いつも三人いっしょにいましたよ。東北の方から来たと見えて、ズーズー弁で話していたな」

「三人組の中の二人はまだその飯場にいますか」

「さあ、知りません、五月ごろのことだから」

「その飯場は、どこですか」

「埼玉県の所沢《ところざわ》という所です。ある自動車部品会社の独身寮建設現場です」

「それはいつごろのことですか」

「私がいたのは五月の中ごろでした。話とちがって、待遇も悪いし、仕事は穴掘りばかりで、それも毎日はないので、十日ぐらいで逃げ出しました。そのとき、いっしょになった三人組の中にいたのが、たしかヤマと呼ばれていた殺された男でした」

「それではあなたが飯場から出た後、その三人組がどうしたか知らないでしょうね」

「知りません、でも飯場へ行けば、三人組のその後の消息がわかるかもしれません」

「まだその飯場がありますか」

「工期九カ月となっていたから、まだあるとおもいます。建設会社は大幸《たいこう》建設といいます」

「わざわざ報《しら》せてくれてありがとう。おかげでたすかりましたよ、これからもまた協力をお願いすることになるかもしれません。いずれ本部の方から改めて協力の感謝をすることとおもいますので、あなたの住所と名前を聞かせてください」

太田刑事に先手を打たれて、労働者は〝褒美〟の件を切り出し損なってしまった。

3

労働者小塚要吉《こづかようきち》のもたらしてくれた情報は、行きづまっていた捜査に、かすかではあるが、一方の進路をしめす光明となった。

——東北地方から来たらしい、三人組の労働者の一人——という示唆は、被害者の身許について、まったく暗中模索していた捜査本部にとって一筋の光明にはちがいなかった。

所沢の飯場に行けば、もっと詳細なデータが得られるかもしれない。所沢署に照会して飯場が現在も継続していることを確かめた。所沢には太田刑事が行くことになった。同行者は、本庁の捜査第一課から来た下田《しもだ》刑事である。

下田は、本庁捜査第一課四号調べ室殺し担当那須《なす》班の最若手で、浮浪者殺人事件の発生と同時に捜査本部に参加している。本庁から来た刑事にはエリート意識が強く、とかく所轄署を見下《みくだ》しがちであるが、下田は若いに似合わず、腰が低かった。太田とは初めからイキが合って、本部の開設と同時にコンビを組んでいる。

二人は、池袋《いけぶくろ》から西武《せいぶ》池袋線に乗って所沢へ向かった。飯場のある所は、同市域の狭山《さやま》ケ丘《おか》である。ラッシュからはずれているので、車内は比較的空《す》いていた。

「あの被害者にも家族がいるだろうに、残された者は、彼が死んだことをまだ知らないでしょうね」

下田は憮然《ぶぜん》としてつぶやいた。車内には空席が目立つのに、立っている人影もまばらに見える。時間はずれの電車は、余裕があり、平和であった。その平和な光景の中で殺人犯人を追っている自分たちの職性が下田にはひどく陰惨におもえてきた。

「ボロながら背広をもっていたところを見ると、住所不定になってから、まだ日は浅いのでしょう」

太田は死者の服装をおもいだした。

「そう言えば、ダンボールや新聞紙をもっていませんでしたな」

年季の入った浮浪者は、ダンボールを敷き、新聞紙やビニール布に包《くる》まって眠る。特にダンボールは彼らにとって欠かせない〝寝具〟である。

「出稼ぎに来たまま、郷里《くに》へ帰りそびれて浮浪者になってしまったのかもしれない」

「そんな男を、いったいだれがどんな動機で殺したんだろうな」

下田は、語尾を独り言のようにつぶやいてからふと目を上げて、

「ガイシャがもし出稼ぎに来て帰りそびれたとしたら、なぜ帰りそびれたんでしょうね？」

と太田に問いかけた。

「うき世の重荷を引きずって歩くのが、いやになったんでしょう。だいたい出稼ぎに来たまま蒸発した連中は、一般社会の人間関係のわずらわしさに、いや気がさした者ばかりだそうですよ」

「世の中から弾《はじ》き出されて、流浪の生活に落ちるのはわかりますが、それだったらなんだって飯場なんかへもぐり込んだんでしょうね」

「そりゃもちろん生活のためでしょう」

「いや生活のためだったら、飯場のような縛られる所へ行かないとおもいます。飯場へ来る連中には、積極的に働こうとする姿勢がある。少なくともまとまった金が欲しい人間です。世の中を捨てたのなら、食べられるだけしか働かないはずだ。その気になれば、

ゴミ箱の残飯をあさっても、生きていける。それなのに彼は飯場にいた。しかも仲間といっしょに。タレコミによれば、かなりの期間いた様子です。この時期は、浮浪者ではなかった」

「なるほど。出稼ぎに来たときはまだ蒸発しようという気持ちはなかった。その途中から蒸発したというわけですね」

「そうです。出稼ぎの途中でなにか郷里へ帰りにくい事情が発生したんじゃないでしょうか」

「その事情の中に殺された理由が潜んでいるかもしれないな」

二人が語り合っている間に、電車は所沢を過ぎて下車駅の狭山ケ丘に近づいていた。

『狭山ケ丘』の駅は、のどかな武蔵野《むさしの》の田園風景の中心にあった。住宅地も雑木林を切り開いてつくられている。怒濤《どとう》のような東京の膨張は、この武蔵野の一角も容赦なく侵奪しているが、まだ大都会の乱開発に屈服しない自然のおもかげがふんだんに残されていた。

タレコミをしてきた日雇い労働者、小塚要吉の教えてくれた大幸建設の飯場は、駅前から狭山湖の方へ向かって、十分ほど行った武蔵野の雑木林の中である。周辺は田園だが、駅前は西部劇の書割《かきわ》りをおもわせるような埃《ほこり》っぽい新開地風景である。小さな家並みが、狭い道路をはさんでつづいている。

駅員に道を聞き、狭山丘陵に向かう道路へ出る。間もなくガソリンスタンドがあった。そこから雑木林の中の住宅地に入る。いずれもサラリーマンが七所借《ななところが》りしてようやくつくったような「はるかなるマイホーム」である。

都心から優に一時間以上かかるこのあたりでなければ土地を買えないサラリーマンの経済力を考えるとき、武蔵野を削って進められる開発のキャタピラーに向ける反対感情も鈍る。

舗装された道路を伝って来ると、なにかの工場らしい建物が現れる。工場を過ぎると、家並みが切れて、視野が開く。やがて川幅一メートルほどの小川にかかる橋に出た。この橋が「誓詞《せいじ》ケ橋《はし》」で、新田義貞《にったよしさだ》がこの橋畔で誓いを立てた遺跡である。

橋を渡って左へ進む。茶畑の中のポクポクした白い道である。靴が埃をかぶって白くなる。その上に額から汗がしたたり落ちて、縞《しま》をえがいた。頭上から白濁した真夏の白昼の太陽が容赦なく照りつける。

このあたりは「小手指《こてさし》ケ原《はら》」の古戦場で、上信越《じょうしんえつ》方面から鎌倉《かまくら》へ向かう交通の要衝にあたるところから、しばしば合戦の行われた所だそうである。土地の由来よりも、彼らはただひたすら暑気から逃れたかった。

茶畑を過ぎると、クヌギやナラの雑木林がある。道が川から離れて、起伏が多くなった。やや小高く盛り上がった木立ちの裾に、その飯場はあった。「大幸建設寄宿舎」と木の看板が入口に出ている。

建物の前に乗用車と中型トラックが一台駐《と》めてあり、コンクリートブロック板が乱雑に置かれてある。プレハブ二階建ての典型的な飯場の建物で、二階の窓に洗濯物が干してある。建設現場は飯場から少し離れた所にあるらしい。

森の裾の低地にあるせいか、白く乾いた道を来た身には、別天地のように涼しく感じられた。

入った所が土間で、木製のテーブルと床几《しょうぎ》がおいてある。そこで十数人の男たちが食事をしていた。刑事たちはできるだけ大勢から聞き込みをするため、工事人が集まる昼食時を狙って来たのである。

木机の上に飯と汁を盛った大釜と鍋がおかれ、工事人たちは、それぞれセルフサービスで食っている。大皿に山と盛られているのは、たくあんだった。澱粉質《でんぷんしつ》中心の粗末な食事だったが、工事人たちの食欲は旺盛だった。

みるみるうちに釜と鍋の中の内容が減っていくさまが目に見える。炊事婦が新たな鍋を運んで来た。工事人の細君が、炊事婦となって共稼ぎしているのだろう。

土間を囲んでアンペラを敷いた床があり、積み上げた布団、一升びん、雑誌、食器などが乱雑に散らばっている。壁から壁にロープが張られて、そこに脱ぎ捨てた衣類やタオルなどがかけられ、室内の雰囲気をことさらに荒れたものにしていた。そこには食べ物と、労働に汗をかいた工事人たちの体臭が、むっとこもっていた。

窓が小さいので、内部はうす暗い。もともと日当たりが悪い場所なので、明るい野面を歩いて来た二人は、入口でしばらく目を馴《な》らさなければならなかった。

「あんたら、なんだい？」

いきなり入口に立ちはだかって中をじろじろ覗き込んだ二人の目つきの鋭い男に、工事人のほうが気味悪がって、先に声をかけた。

「いや、お食事中お邪魔をしてすみませんね、実はちょっと聞きたいことがありまして、うかがったんですが、責任者はおられませんか」

年長の太田が下手《したで》に切り出した。

「責任者？　おれが棒心だがね」

同じ声がして恰幅《かっぷく》のよいあから顔の男が出て来た。みなねじり鉢巻、ジャンパー、地下足袋スタイルなのに、彼だけが茶の上下作業服に一本、黒い横線の入ったヘルメットをかぶっている。

「ボーシン？」

聞きなれない言葉に刑事がとまどうと、

「まあ現場の世話役だね、ところで、あんたらはだれだい？」

棒心は警戒の構えを解かずに聞いた。太田はやむを得ず身分を明かすことにした。それを隠したまま、協力を取り付けるのは、難しそうだった。

「なに！　警察がなんの用だ」

一座の空気がザワッと揺れて、硬化したのがわかった。飯場には、前科を引きずってもぐりこんで来る者がある。べつになんの悪いことをしていなくとも、人生の暗い影を背負っている者が多い。

またこれらの労働者をかき集めて来る側も叩《たた》けば埃の出る身体である。棒心は約束とちがう労働条件にトンコした（逃げた）労働者がタレコミをしたと勘ちがいしたらしい。

一瞬、顔色が蒼白《そうはく》になった。

「我々は殺人事件の捜査に来たのです」

太田は相手の警戒を解くために言った。飯場に犯人がまぎれ込んでいれば、それはまずい聞き方であったかもしれない。前科前歴を問わない飯場は、犯罪者がもぐりこむ格好の隠れ場所である。仲間内にもたがいに庇《かば》おうとする意識が働く。

だが、被害者は、もと飯場にいた人間らしい。仲間意識は、この場合、警察にとって有利に働くと計算した。犯人もここから来たとしても、一般的には、殺された側に同情が集まるだろう。

「以前この飯場にいた男が殺されて、その捜査にあたっています。協力してくれませんか」

「ここにいた者が殺されたんだって⁉」

案の定、棒心の警戒の姿勢がくずれて、動揺した。

「小塚要吉という男を知っていますか」

「小塚が殺されたんか⁉」棒心は小塚を知っているらしい。ということは、小塚より長くいた被害者を知っている可能性が、より大きいことになる。

「いや、小塚が被害者とこの飯場でいっしょだったと言ったのです」

「すると殺された者の名前はわからんのですか？」

棒心は少し言葉遣いを改めた。食事中の工事人の耳と目が彼らの許に集まっている。工事人の中にも被害者を知っている者がいるかもしれない。

「それを調べに来たのです。ここではヤマと呼ばれていたそうです。この男ですがね」

太田は被害者の修整写真を棒心の前に差し出した。

「ああこの男なら……」

棒心の顔に顕著な反応が現れた。

「やっぱりご存じでしたか」

「ここにいたことがあります」

「仲間が二人いたでしょう」

「いましたよ、みんな東北の訛《なま》りがあったな」

小塚要吉の情報と完全に符合している。

「この男および二人の仲間の名前と、住所はわかりませんか」

太田は、弾みかかる声を抑えて聞いた。ようやく被害者の身許がわかりかけているのである。

「この男はヤマと呼ばれていました。後の二人はシマとアオと言ってたな」

「正確な名前はわからんのですか」

「旦那、飯場じゃ名前なんて符丁と同じですよ、だれも本当の名前なんて名乗りゃしません。うちにゃ田中角栄《たなかかくえい》や三船敏郎《みふねとしろう》もいますよ。有名人も歴史上の人物はおおかたそろっていまさあ」

「どうして本名を使わないのかな、べつに悪いことをしているわけじゃないでしょう」

「落ちた身分に大切な本名は使えねえってね、だから、住所や名前を飯場で調べようったって無理ですよ、身の上話はだれもしないし、聞きもしない」

「しかし、雇い入れるときに、契約するんだろう」

「契約？　名前と齢《とし》を聞くだけですよ、それに雇ったりなんかしません、使ってるだけです」

棒心は、言葉を慎重に選んだ。「使用」と「雇用」では、建設会社の責任が大いにちがってくるのだろう。

「そのヤマとシマとアオは、どこから連れて来たんです?」

「手配師が、いや引率者が集めて来たんです。おれは詳しいことは知らないよ」

「その引率者はどこにいますか」

「さあ、どこの引率者が引っ張って来たか、わからないなあ、人手を集めるために大勢の引率者を使っているし、それに引率者もうちだけに出入りしてるんじゃないからね」

「だいたいどこから連れて来るのですか?」

太田は、そろそろ食事を終わりかけた労働者の方を見ながら言った。彼らがかき集められて来た場所へ行けば、その引率者に会えるかもしれない。

「山谷が多いですよ、ここにいる連中もほとんど山谷です。時には、現地まで行って出稼ぎを集めることもあります」

「その現地というのは、どこです?」

「出稼ぎ御三家の秋田、青森、岩手あたりでさあ」

「三人は、いつまでここにいたんですか」

「五月の終わりごろまででした。こっちとしてはもっといてもらいたかったんだが、郷《く》里《に》へ帰りたいと言うんで、しかたがなかった」

「郷里はどこだと言ってました?」

「特に聞かなかったんでね、訛りから考えると、青森か岩手という感じだな」

「三人組も引率者に現地から直接連れて来られたんだろうか？」

「さあね、おれも詳しいことは知らねえから、この連中に聞いてみてくださいよ。ヤマと親しかったやつがいるかもしれねえ」

棒心は少し面倒臭くなったようである。棒心から引き出せそうなことは、すべて聞いたので、そのほうが刑事たちにとっても有難かった。だが、労働者のなかで「ヤマ」をおぼえている者はいなかった。もともと山谷方面から来た者は、偽名に「山」という字をよく使うのである。

「棒心、電話です」

ちょうどそのとき別棟になっているらしい事務所から棒心を呼びに来た。

「電話？　どこから」

「詰所《ハコバン》の小頭《こがしら》からです」

棒心は軽く舌打ちすると、余計なことをしゃべるんじゃないぞと言うように工事人たちの顔を一にらみしてから、事務所の方へ出て行った。その機をとらえて、工事人の一人が、声をひそめて、

「刑事さん、そのヤマという男がここにいたのは、五月ごろのことなんでしょう。そんな長い間このタコ部屋にいたら、確実に殺されちゃいますよ」

「あんたたちは、いつごろからここにいるのかね」

「あっしは、十日めだがね、手配師のうまいことずくめの話にだまされて山谷から来たんだが、そろそろ逃亡《トンコ》しようとおもってんでさ。せいぜい長いやつで一カ月が限度じゃねえかな」

「ヤマは二カ月ほどいた様子だが」

「現地から直接引っ張って来られた出稼ぎはわりあい長くいますよ、飛び出しても他に行き場がないからね」

「あんたたちの中に、ヤマがいたころから、ここにいた人はいないかね」

刑事は、次第に強まる絶望への傾斜の中で、支点を手探りするように聞いた。かりにそんな〝勤続者〟がいたとしても、棒心同様なにも知らないかもしれない。

「途中よそへ行っていたが、五月ごろちょっとここにいたことがあるよ」

ねじり鉢巻をした初老の男が出て来た。作業中、怪我《けが》をしたのか、右瞼《みぎまぶた》の上にガーゼをあてがい絆創膏《ばんそうこう》で止めてあるのが痛々しい。

「え、あんたがいたのかね」

刑事は救われたおもいで絆創膏の男を見た。よく見ると鉢巻にも少し血がにじんでいる。鉢巻と見たのは、包帯の代わりらしい。

「それでヤマについて何か知っていることがあるかね」

「いいや、あいつら妙に自分たちだけで固まっていやがってね、つき合いにくい感じだったよ」

「郷里の話なんかしなかったかね」

「一服しているときや、仕事からあがったとき、よく三人で顔を寄せ合ってなにかボソボソ話していたけど、聞こえなかったね」

「どんなことでもいいんだ、郷里の家族の話、家畜の話、あるいは女の話なんかしなかったかね、男所帯で長い間女断ちするんだ、女の話なんか出てもいいとおもうが」

「刑事さん、女の話なんかする元気はないよ。仕事からあがれば、めし食って寝ることしか考えない。おれたちはどうせ使い捨てだ。せめて寝るぐらいが楽しみさね。このあたりは夜になると、飯場があるってんで女が近寄らねえが、女どもにとっちゃ、この辺がいちばん安全な地域だよ」

　周囲の顔色の悪い労働者たちがうなずいた。劣悪な労働条件、苛酷で危険な労働、低栄養の食事で痛めつけられた身体には、あらくれ筋肉労働者の猛々《たけだけ》しさは感じられない。

「ここはそんなにひどいのかね」

「刑事さん、棒心には内緒だよ。このめしを見てくれ、人間の食うもんじゃねえよ。これでも、町のレストラン並みの料金を取るんだ」

「なんだ、これは会社もちじゃなかったのか」

「飯場じゃあ、怪我と弁当は自分《てめえ》もちさ、今日も上から残材が落ちて来てこのとおり怪我慢しても、棒心め、元請けにバレると、てめえの落度になるもんだから、かすり傷だからがまんしろともみ消しやがった」

「頭だから、気をつけたほうがいい。労災はきかないのか」

「そんな気のきいたものがあれば、苦労しないよ、おれたちは人間じゃないんだ。使い捨ての牛や馬と同じだからね」

「どうしてそんなひどい所へ戻って来たんだ」

「旦那なんか親方日の丸でわからねえだろうね、この不況で仕事がないんだよ。アブレがつづけば、ドヤにも住めねえ」

「なるほど、それで舞い戻って来たわけか」

「ここにいれば、諸式とピンハネで、賃金《デツラ》の手取りは少なくとも、他に使い所がないから、金は少しはたまるよ、それだけが取柄だな」

「残った金は、どこかに送るのかね」

「ふん、金を送るような人間がいれば、こんなタコ部屋にいつまでもいないよ。そう言えば、あの三人組も、食う物を切りつめてまで郷里《くに》へ送金していたな」

「そのために出稼ぎに来たんだからね」

と相槌《あいづち》を打ちかけて、太田ははっとなった。自分の言葉がヒントになって、ある可能性に気がついたのである。

「刑事さん、どうしたね？」

急に表情を緊《かた》くした太田を、労働者が覗き込んだ。

「さあ、おまえたち、いつまで休んでいるつもりだ。めしが終わったら、さっさと働け」

いつの間に戻って来たのか、棒心が出入口に立ちはだかってどなった。

4

三人組は食費を切りつめてまで、郷里の家族へ送金していたという。たぶん、郵便局から金を送ったにちがいない。そこを当たれば、送り先がわかるかもしれない。

――と太田は、労働者の話から考えついたのである。

「太田さん、それはいけますよ、早速もよりの郵便局を当たってみましょう」

下田刑事も太田の着想に手を打った。かき集められて来た労働者ならば、休日に金《デヅラ》をつかんで、町へ遊びに行くこともあるだろうが、食費を切りつめてまで家族へ送金した彼らは、遠方の郵便局へ電車に乗って行ったとはおもえない。歩いて行ける距離のもよりの郵便局から金を送ったにちがいない。

彼らは棒心に聞いて、狭山ケ丘の駅の近くに郵便局があることを知った。

「やっぱりありましたね」

下田がホッとしたように言った。これが、近くに郵便局がないとなると、少し面倒になる。だがそこでは、はたして収穫が得られるかどうか、まだわからない。

送金人と受取人の住所、名前もわかっていない。送った日付も場所も不明である。棒心の話から、彼らの送った金額は、せいぜい、四、五万円と推測される。

「四月から五月にかけて、一人四、五万円を東北地方のたぶん秋田、青森、岩手の三県下のどこかに送った、苗字《みょうじ》のはじめがヤマ、アオ、シマの文字をもつ三人組の男」というはなはだ漠然たるデータしかない問い合わせに、はたして郵便局が答えられるか？

いまはそれ以外に追及すべき対象がなかった。それもここまで来てようやく探り出したものであった。

二人は飯場のプレハブハウスから出た。

「こんな日当たりの悪い所にも花が咲いていますね」

下田が低地の凹《くぼ》みに建てられたような飯場の周囲を見まわして言った。飯場の背後は、カシやスギやシイの木の森になっている。夏は涼しい緑陰の飯場だが、北面の傾斜地にあって日当たりが悪い。

プレハブの小屋のかたわらまで、雑草がきていた。その間に白いひょろひょろとした花が咲いていた。篠《ささ》のような細長い茎の先に咲いた花弁が、おじぎをしたように地面の方を向いている。陰気な感じの花だった。来るときは、そこにそんな花が咲いていたことに気がつかなかった。

「ああ、ユウレイタケだな」

太田が下田の視線の先を追って言った。

「幽霊茸？」

「正式にはギンリョウソウというんです。山地の湿っぽい所に咲くんですが、こんな所にも分布していたのかな」

太田はちょっとそこに立ち停《ど》まって、花を観察した。

「よくご存じですね」

下田がびっくりした目を向けた。

「植物が好きなんでね、定年退職したら、花屋にでもなろうかと考えています」

太田はふと遠方を見るような目をした。彼はその視線の先に自分の将来を垣間見《かいまみ》たのである。もうそろそろ五十に手が届くというのに、いまだに所轄の平刑事だ。

若い間は、ただ正義感だけを燃料にして、がむしゃらに犯罪者を追ってきた。自分が社会の法秩序のガードマンになったような気負いから、昇進のための試験勉強もせずに、ひたすら犯罪者を追って靴と身体をすり減らしてきた。地道な聞き込みに、もうどのくらいの距離を歩いたか、何足ぐらい靴をはきつぶしただろうか。

すべてが試験によって昇進する仕組みになっている警察の中で、捜査係の刑事は、確実に昇進バスに乗り遅れる。刑事に受験勉強などしているひまはないのである。

それでも犯人逮捕の喜びが、すべてを償ってあまりある。長い捜査と追跡の末にカチリと犯人に手錠をかける一瞬が、刑事たちの生き甲斐《がい》になっている。

だが、人生の折返し点を過ぎ、盛んな血気が徐々に老化してくると、正義感だけではどうにもならない世の中のメカニズムがわかってくる。自分の生命をけずって追いかけた犯人よりも、もっとスケールの大きな悪が、ピラミッド社会の雲の上にぬくぬくと蔓《はびこ》っている。

その悪は、司直をも操れる巨大な権力を握っている。要するに網にかかるのは雑魚《ざこ》ばかりで、たまに大魚が引っかかっても、まず警察上部に圧力をかけて、もみ消しをはかる。さらに検事に働きかけて不起訴にもっていく。検察権にも司法権の独立に類する独立性が認められるべきであるが、検事には裁判官のように独立した身分が保障されていない。検事は検事総長を頂点とするピラミッド型組織体の中の一個の歯車として、上命下服の関係に立っている。そして検事総長の上には法務大臣という名の政治家がデンと坐《すわ》っている。

大臣が一言、検事総長に「××の事件に関しては慎重にやってくれ」と言えば、それでその事件はお終《しま》いである。起訴検事としても、検事長を経由して下達された〝上意〟に背けば、当分、日の目を見られないことはわかっている。捜査を担当した警察にしても、検察が起訴しなければどうにもならない。

太田は、これまでにせっかく捕まえた犯人が上意によってなんの責任も追及されずに釈放されていった例を何度となく見てきた。

太田が自分の職業経験を通じて悟ったことだが、警察上層部は、決して警察官ではない。彼らは地位と点数だけを気にする官僚である。官僚にとって最も重要なことは、保身と権勢の拡大であった。

それに反することは、極力忌避する。だから正義感に燃えた部下が捕まえてきた犯人も、自分の保身に反するおそれがあれば、ためらわずに釈放しようとする。昇進途上の一宿駅《しゆくえき》にすぎないポストで、幼稚っぽい正義感からせっかくのエリートコースを踏みはずしてはならないのである。

太田は、そんな官僚気質を嘲笑《あざわら》っていた。彼らがエリートコースをひた走った末に得るものはなにか？　地位が上がれば上がっただけ、社会の圧力は増える。それは人生の本質とは関係ない圧力である。所詮は虚《むな》しい権勢欲に踊らされたピエロの一生ではないのか。

世の中が、どんな矛盾に満ちていようと、おれは、執拗《しつよう》に犯罪者を追って行く。そういう昇進や名誉に目をくれない刑事がいるという事実だけで、社会悪に対する多少のブレーキになるだろう――と太田は考えていた。それは彼なりに悔いのない半生であった。

悔いはない。しかしそろそろ身の行く末を考えねばならない年齢になって、そぞろうそ寒い風が身体を吹き抜けるような気がしてきた。元刑事の余生になにが待っているか。現役時代捜査の鬼とうたわれた先輩たちが、デパートの万引防止係やホテルの守衛に拾われて余命をつないでいる姿を見て、遠からぬ自分の成れの果てを見せつけられたようにおもった。

あれが正義感に燃えて犯人追及に人生の最も実り多い部分を傾けつくした後に報われたものか。

かつて自分が軽蔑した点取り主義の〝官僚〟たちが、社会の日の当たる場所に居心地よくおさまっているのに対して、刑事の手本のような先輩たちは、民間企業のガードマンぐらいで老残の身を長らえている。

べつに居心地よい場所が欲しいのではない。正義のための情熱を燃焼しつくした者相応の余生があればよい。少なくとも〝老残〟ではないだけの――

刑事を勤め上げた報酬が〝老残〟では、あまりに情けないではないか。

太田はその矛盾を憤《おこ》ったり嘆いたりする前に、これまでの捜査に向けた情熱が穴のあいた風船のように、急に萎《しぼ》んでいくのを感じた。

そのころから彼は花を愛するようになった。猫の額のような庭に季節の花を植え、盆栽や鉢植えをスペースのあるかぎり置いた。現役から退いて、花三昧に暮らす自分を想像した。

花を見ながら余生を生きられないことはわかっていたが、せめて身辺を花で飾ることによって、人生の終盤のうそ寒さをまぎらせたかったのである。

この寂しさは家族にもわかってもらえない。妻は、いまのうちに出版社とコネをつけて、「日本のコロンボ」のライフストーリーでも書いたらと天下太平なことを言うし、息子は息子で、刑事のようなワリに合わない職業には絶対に就かないと宣言している。

その息子にいまは、「人生はワリだけで生きるべきではない」と諭せない心境にあった。

下田には、太田の屈折した心情はわからない。彼の若さは、太田の刑事らしからぬ知識を素直に感心していた。

「きれいな花ですね、しかしちょっと寂しい感じだ」

「そうでしょう、だから別名ユウレイタケなんて言われるんです。木陰に一本だけ白い花がひょろひょろと咲いている。まるで幽霊が立っているようでしょう。この花はみかけはしおらしいが、腐生植物なんですよ」

「ふせい植物？」

下田は、また聞きなれない言葉が出てきたので面くらった。

「動物の死体や排泄物《はいせつぶつ》を栄養にする植物のことです。ギンリョウソウは死物に寄生します」

「すると、この花の下には、なにかの動物の死体があるのですか？」

「必ずしも動物の死体とはかぎりません。枯れた植物も栄養にします。これも去年の落ち葉の中から咲いているでしょう」

「死体を栄養にしているにしては、いやにひょろひょろしているな」

「いや死体だから、元気がないんでしょう」

彼らは、そのとき同時にギンリョウソウの花に、色艶の悪い労働者たちの顔を重ねていた。


通信の秘密は憲法二十一条によって保障され、郵便法第九条によって確保されている。

二人はいったん捜査本部へ戻り、捜査令状を取って狭山ケ丘郵便局へ来た。青梅《おうめ》方面へ少し行った左側に郵便局はあった。こぢんまりした建物である。ドアを押して中へ入ると、窓口が二つ並んでいる。

二人の刑事は、左端の「郵便」の窓口へ行った。

令状を呈示されて、窓口にいた女の子は、びっくりした顔をした。

「東北弁で、頭文字がヤマ、アオ、シマという人ですか」

そんな奇妙な質問をされたのは、初めてだったのだろう。

「労働者です。この近くの小手指ケ原の飯場にいたんですがね、たぶんこちらの郵便局から四月か五月ごろ、一人あたま、四、五万、秋田、岩手、青森方面へ送金しているとおもいます」

「もしかしたら、あの人たちかしら？」

女子局員に意外に早く反応が現れた。

「やっぱり来ましたか」

二人は、おもわず窓口へ身を乗り出した。ちょうど他に人影はなく、局内は閑散としている。

「五月の初めごろだったとおもいます。工事人のような人が三人来て、現金書留を出しました。しわだらけの千円札を一枚一枚ていねいにのばして、ここで現金封筒の中に入れたので、おぼえています」

「宛先はどこでしたか？」

「たしか青森県だったような気がするわ」

「それだ！　その書留の控のようなものは、保存してありますか」

「書留の受領証は、一年間保存することになっていますから、まだとってあるとおもいます」

「受領証には、宛名人の住所氏名等は記入してありますか？」

「配達したときに、受取人からハンコをもらう配達証は、配達局の方へ行ってしまいます。差出局には、差出人の住所氏名しか残りません」

「それでいいんです。その三人の受領証を探し出してもらえませんか」

「ちょっと待ってくださいね」

女子局員は、閑《ひま》だったせいか、刑事の面倒な頼みにいやな表情も見せず、奥へ行った。その間、一人切手を買いに来た者があったが、隣の「貯金」の窓口にいた女子局員が代わって切手を出してやった。

「たぶん、この人たちだとおもうんですけど」

間もなく、さっきの女子局員が現金書留封筒の受領片《スリップ》を数枚もって奥から戻って来た。

覗き込んだ刑事の目に三枚のスリップが差し出された。「山根貞治《やまねさだはる》」「青田孝次郎《あおたこうじろう》」「島村太平《しまむらたいへい》」の三つの名前が、まず刑事の目に飛び込んできた。

「差出人山根貞治」の住所は、青森県三戸《さんのへ》郡寒畑《さむはた》村大字猿渡《さるわたり》字下平田《しもひらた》となっていた。他の二名も字が中平田、上平田とことなっているだけで、あとは同じである。

「これだな」

二人の刑事は、目を見合わせてうなずいた。まず、山根貞治が被害者にまちがいあるまい。長い模索の末に、ようやくその身許が割れかけたのである。

彼らは、三人の名と住所をひかえると、狭山ケ丘郵便局を出た。午後の炎暑はさらに増していたが、久しぶりの収穫に二人の足どりは軽かった。

事件の原点

1

太田と下田の両刑事がもちかえった収穫にもとづいて、青森県三戸郡寒畑村の山根貞治らの住所に照会が行われた。その結果、三人とも本年四月初めごろ東京方面へ出稼ぎに行ったまま、まだそれぞれの家に帰っていないという事実がわかった。

五月初めごろ、埼玉県の飯場から三、四万円の送金があっただけで、その後の消息は絶え、留守家族も心配しているという。死体は、解剖後、身許不明死体として区役所に引き渡され、火葬にされて都営霊園の無縁墓地に葬られているので、遺族によって直接確認してもらうことができない。

こちらから照会した死者の特徴に、山根貞治は符合していた。

「まず仏《ホトケ》は、山根にまちがいないな」

「すると、犯人は、残りの二人か?」

「とはかぎらないが、大いにくさいね」

「いっしょに出稼ぎに来た仲間が犯人だとすれば、動機はなんだろう？」

「けんかでもしたんだろう」

「だから青田も島村も郷里へ帰れなくなったのか」

「そうだとすると、ちょっとおかしなことになるぞ」

「どこがおかしいんだ？」

「三人連れ立って田舎を出たのが、四月の初めで、五月の終わりに飯場を去った。山根が殺されたのは、それから一カ月以上も後の七月十二日だ。その間三人は、いったいどこをほっつき歩いていたんだ？」

「仕事を探していたんだろう」

「田舎へ連絡もせずにか」

「………」

「飯場を出た直後、けんかをして青田と島村が山根を殺したんなら、そのまま消息を絶ったのもわかる。しかし、山根が死んだのは、七月になってからだ。その間、当然三人は家に連絡してよいはずだよ」

「なるほど、ちょっとおかしいな」

「大いにおかしいよ」

「すると、三人組に飯場を出てから郷里に連絡しては都合の悪い事情が発生したというのか」

「他になにか考えられるかね」

「とにかく一度、青森県へ行ってみる必要があるな」

被害者の身許がほぼ割れかかったいま、その出身地が事件の〝原点〟になる可能性が強い。まして同じ村から出て来た三人のうち、一人が殺され、残る二人が消息不明となると、出身地は決して無視できなかった。

捜査会議の結果、また太田と下田の二人が出張することになった。最初は一浮浪者の死に比較的冷淡だった捜査も、ようやく熱気を帯びてきたのである。

2

青森県三戸郡寒畑村は、十和田《とわだ》湖の南にあたり、岩手との県境に近い、奥羽《おうう》山脈の懐ろに抱《いだ》かれた山村である。

交通は、三戸まで列車で行き、あとは一日三本のバスに頼るしかない。それも終点の寒畑村の本宿から、山根の家のある下平田まで約三十分歩かなければならない。

さいわい三戸署が彼らのためにジープを出してくれた。ジープは国道104号線からすぐにそれて、未舗装の砂利道に入った。

「揺れますので、頭を打ちつけんようにしてください」

いっしょについて来てくれた三戸署の刑事が注意した。

「こちらは東京より涼しいとおもって来ましたが、こりゃ東京以上ですな」

砂埃を防ぐために閉めきった車内は蒸し風呂のようだった。汗を吹いた皮膚に、窓の隙間から侵り込んだ砂埃が容赦なく吹きつけて来る。

「山間部へ入るともっと暑いすよ。まだこのあたりは海に近いすからね」

三戸署の刑事も汗を拭きながら言った。交換した名刺によると、石黒《いしぐろ》という名前である。

「このあたり、冬は雪が多いんでしょうね」

「海が近いせいか、わりあい雪は少ないですよ。八戸《はちのへ》あたりへ行くと、冬でもほとんど雪が降りませんな。それがために工場ばかり増えて、このへんからも八戸へ通う人が増えてきたす。おかげで旅の衆が多くなったす」

「旅の衆？」

「よそん土地から来た人たちす」

「ははあ、するとわたしらも旅の衆ということになりますな」

「いやいやお二人はお客すよ、この地に移り住んで来る人が、旅の衆す。事件も旅の衆がたいていおこしますな」

そんな話をしている間に車は山地に入り込んでいた。震動はあいかわらず激しいが、緑が濃厚になったようである。起伏の多い盆地の間を縫って、ジープは奥へ奥へと向かって行く。点在する農家が、だんだん貧しくなっていくようであった。農作業をしている人影も見えず、牧歌的な風景でありながら、白く荒廃してみえた。

「このあたりの農家は、なにをつくっているのですか」

下田が口を開いた。

「以前は稗《ひえ》と炭焼きで食っている家が多かったらしすが、最近はみんな出稼ぎに行きますな、せっかく冷害に強い米が育成されてきたのに百姓がどんどん土地離れしていきます」

石黒は、地元の人間として少し寂しげに言った。山が迫り、道の屈曲が激しくなってきた。沿道の農家はさらにみすぼらしくなって見える。

「もうそろそろすよ」

石黒が外を見て言った。ジープは川に沿って走っていた。そのせいか、いくらか涼しくなったようである。その分だけ震動が増したようだ。

「こりゃ尻の皮が剝《む》けそうだ」

太田がおもわずつぶやくと、それを石黒が聞きとめたらしく、

「すみませんなあ、なにせ道も車も古いもんですから」

とすまなげに言った。

「いやいや、とんでもない」

太田は恐縮した。せっかく車を出してくれた三戸署の好意に対して、文句を言えた義理ではなかった。

「すかすですな、わざわざ東京へ殺されるために出て行ったようなもんすな。後に残された細君と、赤ん坊が可哀《かわい》そうす」

「え、赤ん坊がいるのですか」

「まだ生まれて一年そこそこかな、東京からの照会で、わすが聞いたんすが、旦那が死んだかもしれんちゅうことは、可哀そうでまだ話すてません」

写真を見せて身許がはっきりと確かめられるまでは、家族には迂闊《うかつ》に話せない。東京からも死者の特徴の照会を依頼しただけである。

「他に子供は？」

「もう一人いたらしすが、病気で失ったと聞きました」

ジープは、山間部のやや家の群がっている所へ着いた。そこが、寒畑村の本宿であった。

「ご苦労様す」

ジープは駐在所の前に停まって制服警官が挙手の礼をして迎えた。

駐在所で警官を乗せて、ジープは入れる所まで入った。

「すんませんなあ、ここから少し歩いてもらいます」

駐在所警官が、自分の責任ででもあるかのように言った。道に沿っていた川は狭まって渓流となり、辛うじてジープを通してきた道も、いまは農道のように細くなって、なおも山地の奥の方へ向かって白い蛇のようにうねっている。

ジープから降りると山気が迫った。高い山は見えず、それほど深山のおもむきはないが、木の密度が濃い。丘陵状の浅い起伏に、畑をつくれない急斜面には黒い樹木がびっしりと埋まっている。ブナ、ナラ、カエデなどの間にシラカバが少し混じっている。

家はむしろ低地の方にある。わら葺《ぶ》きの家は少なく、トタン屋根の飯場小屋のような粗末な家ばかりが目につく。家はたいてい竹藪《たけやぶ》を背負っていた。おどろいたことにそんな家にもほとんどすべてテレビアンテナが立っている。最も低い凹地には、こまぎれの水田が拓《ひら》かれている。ジープといっしょに溯《さかのぼ》ってきた渓流から水を引いて細々とつくった米は、おそらく村人の口には入らないのだろう。ただ生命をつなぐための作物を、猫の額のような畑につくり、夜はテレビを見てすごすという生活は、ひどく無気味な感じであった。

「テレビだけは、どこの家も食うものを切りつめても入れますな」

アンテナに視線を向けていた東京の刑事を見て、石黒は言った。貧しい地味《ちみ》と生活は少しも変わっていないのに、テレビは大都会の奢侈《しやし》な風俗をどんな僻地にも生のまま持ち込む。燃料や食生活の革命的変化によって、村人がこれまで生活の方途とした炭焼きや農業がますます圧迫され、現金収入の道が閉ざされたところへテレビが生活の近代化を煽《あお》り立てる。

素朴な山村は林立するテレビアンテナ——機械文明という現代の妖怪の触手によって、世界隈《くま》なく捉えられた感があった。

ジープを乗り捨てた一行は、駐在所警官に導かれて、畑の中の道をたどった。畑の作物の主体は、芋と稗らしい。高地にはソバもつくっているようである。

道は低い方へ向かい、水の音が近づいた。筧《かけひ》が道のはしを伝い、澄んだ水が勢いよく流れている。駐在所警官が、ようやく一軒のわら葺き屋根の家の前で停まった。屋根からうす青い煙が立ち昇っている。家の前が庭になっていて、数羽の放し飼いの鶏が餌を拾っている。すぐかたわらで猫が昼寝をしている。〝共存共栄〟ののどかな光景である。

一行の気配に驚いたらしく、鶏が羽音をたてて逃げた。猫がうす目を開けて一行の方をうかがい、大きく背のびを打ってのそのそと家の中に歩み入った。猫につづく形で一行は屋内へ入った。

入った所は、暗い洞穴のような土間である。明るい野外を来た一行は、しばらく目を馴らさないとなにも見えない。ようやく開いてきた瞳孔に、土間に散らばっている農具や臼や背負子《しょいこ》などが見えてきた。土間の奥に竈《かまど》がある。そこから、うす青い煙が漂い、屋内に瀰漫《びまん》している。家人は近くにいるはずなのだが、屋内はガランとして人のいる気配は感じられない。

土間の横に炊事場を兼ねた板の間があり、天井から自在鉤《じざいかぎ》が下がっている。冬場には上げ蓋を取れば、囲炉裏になるのであろう。板の間にデンとおかれている大型電気冷蔵庫が、家の中の貧しげなたたずまいにひどくアンバランスであった。

駐在所警官が奥へ向かって呼びかけた。何度かむなしく声をかけた後、家の裏手の方に応答があり、女が前掛けで手を拭き拭き裏口につづく土間を伝って出て来た。

「すいません、裏で洗い物ばしてましたので」

女は、ほつれ毛をかき上げながら一行の方を見た。そこに男たちが数人たむろしているのを知り、ややギョッとしたように、

「これはまた大勢さんで、何かありましたのか?」と聞いた。

髪はほつれるにまかせ、顔はまったく化粧気がない。手は農作業や水仕事に荒れている。一見、五十前後と見まちがうほど老けているが、汚ない野良着に包んだ身体は、意外に円みをおびている。見かけよりもずっと若いのかもしれない。

「突然、邪魔ばしてすまんのう。先日、問い合わせた出稼ぎ人のことで、本署から見えられたんじゃ」

「やっぱりお父《ど》さんでしたか」

山根の妻は表情を緊くした。

「それを確かめにうかがったのです」

石黒が駐在所警官の言葉を引き取った。彼も照会の中継をしただけで、山根の妻に会うのは初めての様子だった。

「先日、駐在さんから主人に似た人が東京で見つかったと聞かされてから、ずっと心配していたんです。主人になにかあったんじゃないのかと、夜も眠れませんでした。いずれ、東京から詳しい報せがあるからと駐在さんから聞いたので、待っていたんです。主人は、いまどこにいるんですか」

彼女は、心配でたまらないように石黒の顔を覗き込んだ。すでに彼女にはある種の予感が働いているらしい。

東京の殺人事件のニュースはこちらには報じられないのか、あるいは報じられても、彼女の耳目に触れなかったのかもしれない。だが、いま数人の警察関係者が、無気味な前ぶれの後にやって来たことが、彼女に予感をもたせ、一つの覚悟を強いた様子であった。

「この写真をごらんください」

太田は、おずおずと山根貞治（未確認）の修整写真を差し出した。身許不明死体の写真を報道関係に公表する場合、死者の写真をそのまま出せないので、あたかも生きているように修整するのである。

山根の妻はそれを受け取ると、一瞬、ためらってから目を向けた。

「主人です。まちがいありません」

彼女は、うなずいて、

「んで、いまどこにいるんですか」

と問いかけた。

「奥さん、それでは気を落ち着けて、この写真を見てもらえませんか」

太田は、止めを刺すような残酷な気持ちで、無修整の死者の写真を差し出した。現場で鑑識がさまざまな角度から撮影した生の写真である。

修整写真では本当に確認されたことにはならないし、死体はすでに火葬にされているので、これ以外の決定的な確認手段はなかった。

比較的むごたらしくない写真ばかり選んできたつもりだが、それでも一目で生きている者でないことはわかる。刑事の目が山根の妻の面に集まる。刑事の視線を浴びて彼女は写真を見た。顔面が硬直して、唇が震えた。

「あ、あんたあー」

震える唇からわずかに言葉が押し出された。

「ど、どうしてこんなことに……」

写真を凝視していた女の目がうるんだ。涙の粒が目尻からあふれて、頰に筋を引いた。彼女はそのままの姿で静かに泣いた。わっといきなり泣き出されるかと構えていた一行は、声もたてず、土間に立ちつくして涙の落ちるにまかせている山根の妻の姿に、残された者の深い悲しみを見せられたおもいだった。

奥の方に子供の泣き声がした。昼寝をしていた子供が、目をさましたらしい。

「ごめんなんや、つい取り乱してしまって」

子供の声に我に返ったように彼女は慌てて涙を拭うと、

「お茶もさし上げませんで、失礼しました。ちょっとお上がりなんして」

と一行を奥の部屋へ誘おうとした。

「奥さん、どうぞおかまいなく、我々は仕事ですから」

と言いながらも、刑事たちはその仕事上、彼女にまだ尋ねるべきことが多く残っていた。それは遺族にとって確実に残酷な質問になる。だが、犯人を捕まえるためには、どうしても訊《き》かなければならないことであった。

一方、山根の妻にしても、夫の死にざまについていろいろと質《たず》ねなければならないことがあるはずである。夫を失った妻の悲嘆を、とりあえず子供の泣き声が救ってくれた。母として子をあやした後、妻としての大きな悲しみと寂しさが湧いてくるのである。

一行は、ともかく山根家の座敷に上がった。立ち話ですむ事柄ではなかった。死者の身許が確認されたいま、太田たちはさらに青田と島村の留守宅にも回らなければならない。

座敷に上がると、涼しい風が吹きぬけていた。だが刑事らには、主《あるじ》を失った廃屋を通り抜ける隙間風のように冷えびえと感じられた。

いったん目をさました子供をふたたび寝かしつけたらしく山根の妻は別間から出て来た。目が赤くなっているが、もう涙は流していない。髪もいちおう梳《と》かしていた。気丈な女性のようである。

山根の妻、克子《かつこ》に対して、さらに詳しい質問が寄せられた。だが最初の照会で得た以上に新しいことはなにも出なかった。

山根貞治は本年四月三日、東京から来た手配師の口車に乗せられて出稼ぎに行ったまま、五月初めごろ四万円の送金といっしょに埼玉県の飯場にいるという手紙がきただけで消息が絶えたという。

「その中で手配師との約束がちがうので、近いうちに、もっといい条件の仕事を探して移るつもりだと書いていました」

「その手紙は、まだとってありますか」

「大切にとってあります」

「拝見できませんか」

うなずいて彼女は奥の部屋へ行くと、一通の現金封筒をもって引き返して来た。これが狭山ケ丘の郵便局から送られたものであった。消印の日付も、符合している。

一枚の便箋に、たどたどしい筆跡で次のようにしたためられてあった。

——長いこと留守してすまない。いま埼玉県の所沢という町にある飯場で働いているが、条件が約束とだいぶちがうために、これしか送金できないですまない。そのうちにもっといい所を探して金をたくさん送れるようにするからがんばってくれ。秋口には帰るつもりだから、寂しいだろうが、身体を大切にして待っていてけろ——

「この手紙のほかには、なんにも連絡がなかったのですか?」

読み終わって太田は聞いた。

「ありません、でも主人は、見るように字が下手で、筆不精だったので、それほど心配していませんでした。でもそれから二カ月以上なにも言ってこないので、もう飯場を変わったのかしらん、それならそれでなんとか言ってきてもよさそうだと心配しはじめたとき、駐在さんから主人について訊かれたんです」

「その間、奥さんから手紙は出さなかったのですか」

「その封筒にもこちらの所書きしか書いてないし……出したくても住所がわからなかったんです」

「失礼ですが、その間、奥さんの生活費はどうしていたのですか」

「子供は、お乳ですみますし、自分の食べる分だけなら、畑の作物だけでなんとか賄えます。私は出稼ぎになんか行ってほしくなかったんです。カラーテレビも冷蔵庫もいらない。着物も欲しくない。それをあの人ったら、近所がみんな生活を近代化しているのに、うちだけが遅れてちゃ恥ずかしいって、行ってしまったんです。お金なんかなくても親子三人、十分に幸せに暮らしていけたのに、見栄《みえ》を張ったばっかりに、こんな変わり果てた姿になってしまって。刑事さん、いったいだれが主人をこんなむごい目にあわせたんですか」

話しているうちに克子は感情が沸騰してきたらしい。抑えて話した口調が震えてきた。改めて夫を失った悲嘆がよみがえった様子であった。

「それについて、奥さんにぜひうかがいたいのですが、だれかご主人に怨《うら》みを含んでいたような人間の心当たりはありませんか」

「主人は、人から怨まれるような人間ではありません。けんか一つできない人で、そんな殺されるような怨みをもたれるはずはないです」

「ご主人といっしょに出稼ぎに行った青田さんと島村さんがまだ帰っていませんが、あの二人とご主人は仲がよかったのですか」

「おさななじみで小学校の同級生だったそうです。気がよく合ったらしくて、村の寄り合いなどがあっても、すぐ三人でかたまってしまったそうです」

「ご主人が出稼ぎに行ったのは、今回が初めてでしたか」

「いいえ、これまでにも例年十一月ごろから三月ごろまで行ってました。それが昨年末から今年にかけては不況で、いつものように仕事の口がなくて、焦っていたんです」

「なにかさしせまっての金の必要があったのですか？」

「屋根がだいぶ傷んできたので、トタンかスレート葺きにしたいと言ってました」

克子は草葺きの屋根を見上げた。天井がなく、直接見える屋根裏には、葺き材のカヤが剝き出されている。

「こんな風情のある屋根をどうして、トタンやスレートに替えるのです？」

「見た目には、いかにも風情がありますけど、住んでみると、不都合な点が多いんです。十五年ぐらいしか保《も》ちません。古くなると雨漏りは激しくなる一方だし、とても燃えやすくなります。虫も多くて、家中、虫だらけになってしまいます。だいいち葺き替えたくても、最近では葺き材がなかなか手に入らなくなったんです。でも、まだまだこの屋根は使えます。草屋根は夏涼しく、冬暖かで、いいところも多いんです。主人は近所がみなトタンやスレートに替えたので、釣られて自分の家も替えなければいけないような気持ちになったんでしょう」

「以前出稼ぎに行ったときも、三人いっしょでしたか」

「いっしょのときが多かったようです。でも仕事先の都合で、いつもいっしょとはかぎりませんでした」

「これまでは一回の出稼ぎで、どのくらいの金額を稼いで来ましたか」

「その年によってちがいますけど、平均三十万円くらいでした」

「これは奥さんには聞きにくいことですが、ご主人には、奥さん以外に、そのう……べつの女性がいた気配はありませんでしたか」

この質問は、いずれ青田と島村の留守家族にもたずねなければならない。

「主人にべつの女……」

一瞬、彼女は言われたことの意味がよくわからないようにキョトンとしてから、かすかに笑って、

「主人に女なんて考えられません。結婚して十何年かになりますけど、もうかたい一方で、山根でなくて石根だと言われたくらいですよ」

克子は、毛ほどの疑いももっていない様子であった。

「しかし、長い間、奥さんと別れて出稼ぎに行っているのですから、出先で女性が……」

「主人にかぎってそんなことは絶対にありません。血を売るようにきびしい仕事をしてようやく手にしたお金を、女などに費《つか》うものですか。主人にとって女は、私一人で十分

だったのです」

克子は、太田の言葉をピシャリと遮るように言った。それは妻としての自信であった。

3

山根家を辞した一行は、その足で、青田家と島村家をまわった。いずれも山根の家と同じ程度の規模であったが、青田には妻と三人の子供、島村には娘一人のほかに七十二歳の老母が健在であった。

青田は今度高校に進学する長男のための学資、島村は耕耘機《こううんき》の借金返済で、いずれも金の必要に迫られていた。

この二人が、山根とともに出たまま、消息を絶っている。出先で女ができたとは考えられない。まして青田の場合は息子の学資を得るための出稼ぎであるから、せっかく稼いだ金を女に注ぎ込んで家にも連絡せずに遊び呆《ほう》けているとはおもえない。

青田の細君も、心配にならないことはなかったが、例年の出稼ぎに馴れて、そのうちになにか言ってくるだろうとおもっていたそうである。島村の家では細君が十和田湖の旅館に働きに出ていて、老母と娘が二人だけで、心細げに留守をしていた。

出稼ぎ中は、一円の出費も惜しくなるらしく、亭主のほうから電話をかけてくることはなかった。送金の中に手紙を添えるくらいである。青田の家では、手紙の中に飯場の住所が書いてあったので、一度こちらから手紙を出したが、なしのつぶてであったという。

――送金が五月の初めにあっただけで、その後絶えたのを不審におもわなかったか？

――という刑事の問いに対して、

「稼いだ金は、なるべくまとめて家族の許に持ち帰りたいらしくて、これまでもつなぎの生活費として途中一回ぐらいしか送金しなかったので、べつに不審におもわなかった」

と答えた。

現地まで出張しての調べによってわかったことは、以上であった。結局三人とも出稼ぎに行ったまま、消息を絶っている。留守家族は〝出稼ぎ馴れ〟して、さして案じてもいなかった。

青田、島村の両家とも、カラーテレビと電気冷蔵庫を備えつけていた。だが、一年の半分以上を別れて暮らす夫婦生活の形は、いつの間にか夫婦が別れて暮らすのをあたりまえとする意識を妻に植えつけてしまった。

だから夫からの消息が二カ月以上絶えても特に心配しない。夫婦の心身の触れあいもなければ、子供の成長をいっしょに見つめる楽しみもない。子供にとっても、父はいないに等しい。両親が健在でありながら、事実上はひとり親家庭である。

出稼ぎによって、多少の現金収入は得られ、生活は近代化された。だがそのことによって失ったものは大きい。カラーテレビや電気冷蔵庫では償えない、精神の重要な実質が、老化した歯のように、いつしかボロボロとくずれ落ちていった。

くずれ落ちたあとの暗い虚《うろ》に、カラーテレビが見せかけだけ華やかな都会文化を流し込む。残された留守家族も、農作業がいやになって、安易に金を得られる近くの町の工場や会社へ日雇い仕事に出る。父を失った子は、今度は母までも失うことになる。

帰途のジープに乗ると、さしも長い夏の日が暮れかかっていた。途中に木造の小学校の建物があった。すでに夕闇がうすく校庭に降り積もっているというのに、大勢の学童たちが遊んでいる。

「ずいぶん遅くまで遊んでいるんだな」

太田がびっくりした顔をすると、

「このあたりでは、放課後も子供たちがなかなか家さ帰《けえ》らねえのすよ」

と石黒が苦笑した。

「そりゃまたどうして？」

「家さ帰っても両親がいねえからす」

「まだ夏休みは終わってないはずなのに」

今度は下田が驚いた声をだした。

「親がいなけりゃ、夏休みは子供たちに関係ねえのす。家さいてもつまらないので、あやって誘い合わせて学校さ遊びに来るのす」

石黒の言葉に二人は憮然となった。出稼ぎの病蝕《びょうしょく》の根は意外に深い。ジープは蒼茫《そうぼう》と暮れかけた山あいをひた走っていた。

4

その夜は石黒が世話してくれた三戸町の旅館に泊まった。小さな町でろくな旅館もなくて、と恐縮しながら案内してくれた先は、木組みの古い、なかなか古格のある宿であった。

風呂で汗を流し、夕食を摂《と》って、ホッと一息つく。身体は疲れていたが、今日の調べで興奮していて、すぐには眠れそうにない。

「下田さん、どうおもう?」

太田は相棒の意見を聞いた。

「私も、仲間の二人が犯人とはおもえなくなりました」

すでにたがいの気心がわかってきたので、会話も省略がきいて能率がよい。

「おさななじみで、小学校の同級生の仲良しが、仲間を出稼ぎ先で殺したとすれば、よほどの動機がなければならないな」

「まず稼いだ金は動機にはなりませんね」

「うん、彼らは、最初行った所沢の飯場が約束とちがうので、二カ月でやめた。賃金四万ほど家に送ったので、それぞれの持ち金はせいぜい一人五万だ。その後、ワリのいい働き場所を見つけたとしても、山根が殺されるまで、稼げた金はせいぜい十万前後だろう。山根の服装を見ても、仕事があったとは考えられない」

「かりに山根が金をもっていたとしても、それは動機にはならないとおもいます。青田と島村は、家に帰っていないのですから。まして青田の場合、息子の学費に迫られたのだから、家に金を送らなければ、意味がありません」

「内緒で金だけ送った可能性はないだろうか？」

「郵便局を調べればすぐわかりますよ、それに五万や十万の金では学費に足りません」

「すると、きみはだれが山根を殺したとおもうのかね」

「まだわかりません。ただ、犯人は青田と島村以外の所から来たとおもいます」

「おれも同感だが、するとあの二人はどこへ行っちまったんだろう」

二人の間でまがまがしい想像が徐々に脹《ふく》らんでいた。

「こんなふうに考えられませんか」

下田が目を光らせた。

「なんだね」

「他の二人も犯人を見たとしたら？」

「犯人を見た……？」

「そして犯人も二人に顔を見られたことを悟った」

「すると下田さん、きみは青田も島村も犯人に口を封じられたというのかね」

「そういう可能性もあるとおもいます」

「うん」とうなって太田は視線を宙の一点に据えた。下田の目に点じた火が、いつの間にか太田の目に燃え移っている。

「しかし、そうすると、ひとつ腑《ふ》に落ちないことがあるな」

自分の思考を凝視していた太田は、独りごちるように言葉をもらした。

「なんですか、腑に落ちないこととは？」

「山根が殺されたのは、七月十二日、三人が飯場を出たのは、五月の末だ。犯人が山根を殺す現場を見られたために、他の二人の口を封じたのなら、七月十二日まで三人組は、なぜ郷里《くに》へ帰らなかったんだろう？」

「その考え方を逆にできませんか」

「逆に？」

「つまり、山根が殺されてから、他の二人が口を封じられたのではなく、二人の口封じが先行したとは……」

「なんだって!?」

太田は、目を剝いた。もともと剝いているような白目がちの目が、いっそう大きくひらかれたのである。これはまことに途方もない発想だが、決してあり得ないことではなかった。固定観念を逆転して、新たな視野を開いたのである。

「所沢の飯場を出てから間もなく、青田と島村は同時に、あるいはべつべつになんらかの理由で殺され、死体を隠された。山根は犯人の顔を見たために激しい追跡をうけて、ついに七月十二日に犯人に追いつかれて殺されたと考えられませんか」

「きみ、それは大変な着想だぞ」

太田は、食後少しもよおしかけていた眠けが完全に醒《さ》めてしまった。

「どうですか、太田さんは可能性があるとおもいますか」

「おもうね、大いにあり得ることだとおもうよ。もし青田と島村がすでに消されていたのなら、家に帰れないはずだ」

「両人とも消されたとはかぎらないでしょう」

「まだ一人生きているというのかね」

「まず青田か島村のどちらかが殺されて、残った二人は逃げ出した。その際、犯人に身許を知られるようなものを残したので、恐《こわ》くて家に帰ることも連絡もできなかった」

「つまり、山根は二番目の犠牲者かもしれないというわけだな」

「そうです」

「そうだとすれば、最初の犠牲者の死体はどこへ行っちまったんだろう」

「よほど巧妙に隠したとおもいます」

「犯人は、もしかすると、ここへ立ち回っているかもしれんな」

「は？」今度は、下田が質問する側に回った。

「三人が郷里へ帰って来ないということは、犯人に住所を知られたという意識があるからだろう。すると犯人は、追跡の初めのステップとして、まず寒畑村へ来るんじゃないかな」

「そうか！」

「青田と島村の二人のうち、どちらか一人が無事だったら、犯人は寒畑村で待ち伏せるかもしれない」

「二人の家を見張る必要がありますね」

「大変な仕事になるな」

「まだ、青田と島村の容疑が消えたわけじゃありませんから、二人の家は当然張り込まなければなりませんよ」

「三戸署がいちおう注意はしてくれているが、張り込みはこちらでやらなければならない」

「こうしている間も、犯人が来ているかもしれない」

「それは、いまは考えないことだ。今日はやるだけやった。二人だけではどうにもならないし、本部から応援が来るまで、三戸署の協力にすがる以外にないよ。とにかく今日は寝よう。夜行で来て、めいっぱい動いたから疲れた」

神経は冴《さ》えていたが、眠らないと、身体が保たなくなる。本部の指示によっては、明日からこちらへ長期出張ということになるかもしれなかった。

太田は枕に頭をつけたとき、ふと遠方に赤ん坊の泣き声を聞いたようにおもった。

「おや？」

頭をもたげて、耳を澄ます。

「どうかしましたか？」

「赤ん坊の泣き声が聞こえたような気がしたんだが」

「空耳でしょう、静かすぎるんですよ」

4号線を往来する車の音が絶えると、耳を圧迫するような静寂が落ちる。騒音になれた身は、静寂に包み込まれると、かえって落ち着かなくなって、騒音世界の残響のように幻聴を聞くのであろうか。とすれば悲しい習性であった。

太田は、幻聴ではないとおもった。たしかに遠方で赤ん坊が泣いていた。その声が、今日、山根の家で聞いた子供の泣き声と重なった。

——あの子も父親のいない子になった——

胸の中でつぶやいたとき、太田の胸に犯人に対する怒りが沸々とこみ上げたのである。

「灯、消していいですか？」

下田が聞いた。

目撃した迷路

1

太田は、その夜、母の夢を見た。母と二人だけの寂しい家庭だった。運動会にも授業参観日にも、父は決して来てくれない。母は、父のいない分を埋めようとして、可能なかぎりの時間を太田のために割いた。太田だけが母の生き甲斐であったのだ。

しかし、どんなに母が手を広げても、父の欠けた空虚を補えなかった。同じ親であっても、父と母の要素は異なるのである。

父が太田の前から姿を消したのは、いつごろだったか、不思議にその前後の記憶が失われている。ショベルで記憶の一部をザックリ削り取ったようにその部分だけが空白になっている。記憶に、父のいなくなったころをはさんで断層がある。

太田が小学校へ入学したとき、すでに父がいなかったことはたしかである。入学式にも父は来なかった。いつも母がよその子の両親たちのかげに身体をすぼめるようにして来ていた。どうしてうちにはお父さんがいないのと聞くと、母は悲しげに目を伏せて、太田が幼いころ病気で死んだのだと言った。

その前後の記憶は、水面《みなも》に投影するものの形が結像しかける直前、新たな波紋によって崩れるように、おもいだそうとすると、きわどい所で輪郭を乱した。無理におもいだそうとして、思考を凝らすと、頭が割れるように痛くなる。

なにかが記憶の再生を妨げているのだ。

父のことを聞くと、母を悲しませる気配を悟った太田は、その後、母の前で父を話題にすることを避けるようになった。

太田には、曖昧ながら父のおもかげの記憶がある。夜遅く帰って来ては、寝ている太田を叩き起こして、酒臭いひげ面で頰ずりをされた。自分の都合のいいときだけ、彼を可愛《かわい》がり、またプイと出て行ったまま、何日も帰らない。そんなことが何回か繰り返されるうちに、父の記憶が完全に絶えてしまった。

その後、長ずるにしたがい、父に女ができて、妻や子を捨てて女の許に走ったと母から聞かされたが、そのころは父に対する懐かしさなどは一片もなくなっていた。

むしろ、自分の不倫のために妻子を捨てた父に向ける憎悪が凝固していた。太田も成人して、新しい女を常に需《もと》めたがる男の生理はわかるようになった。だが、雄の欲望を追い求めるなら、妻との間に子供をつくるべきではなかった。

雄の欲望と、父親としての責任はべつである。女を愛するのは、父の勝手だが、そのために放り出された母子は、どんなに酷しい生活との戦いと、寂しい日を強いられなければならなかったか。

太田は正月がきらいだった。着飾った子供たちが両親にはさまれ初詣でに行く幸せいっぱいの家庭の構図を見せつけられるからである。

ようやく固まりかけた父のいない寂しさに対する耐性が、正月がめぐり来る都度にこわされた。

母は女手一つで太田を育てるために無理をして、彼が高校をおえた年に肺炎をこじらせて死んだ。臨終の床で母はしきりに太田の手を求めた。太田が手をさしのばしてやっても、もはやそれを握る力は残されていなかった。太田は、父が母を殺したのだとおもった。近所の人のおかげでようやく出せた母の葬式に、父はもちろん来なかった。どこにいるのかもわからないので、母の死を連絡しようもない。

警察官になってからも、太田は父に対する怨みを捨てなかった。むしろ歳月を経るほどに怨みの根は深くなっていく。

どこで何をしているかわからないが、いつの日か、父を探し出して、母がどんなに寂しい死にざまをしたか、話してやりたい。警察へ入ったのも、それが潜在動機であったのかもしれない。

太田は、母の死のまぎわの感触を、いまでもはっきりとおぼえている。母子二人の生活を支えるために荒れて乾いた手であった。もはやなんの握力も残されていない義手のような母の死にかけた手は、あのとき自分を探してではなく、父を求めて必死にさしのばされたような気がする。

母は父を許していたのである。

「だが、おれは許さないぞ」

太田は、自分の声で目をさました。自分の家の寝床とはちがう感じに、束《つか》の間《ま》、どこにいるのかわからない。闇の奥にかすかな水の流れる音が聞こえた。隣の床から来る下田の寝息に、三戸町の旅館にいることをおもいだした。

腹這《はらば》いになって枕元においた煙草《たばこ》を手探りした。下田に遠慮しながら、そっと火をつける。闇の中で一服ふかぶかと喫《す》う。

夢の中の母と自分と、今日聞き込みに行った山根の留守宅の光景が重なり合った。山根は出稼ぎ先で殺され、母と、生まれて間もない子が後に残された。

太田と原因は異なっても、父親のいない子がまた一人この世に増えたのである。犯人の一瞬の凶意のために、母と子はこれからの苛酷で寂しい人生との戦いに耐えなければならない。

——この犯人は、なんとしても捕まえなければならない——

太田は、闇の中で自分の胸に誓った。

2

二人の報告をうけた捜査本部では、青田と島村が生きていれば、必ず家に連絡するはずだという結論を出した。

犯人がべつのセンから来て、すでに青田も島村も消されているのではないかという下田説も、よい着想だが、現段階では、青田、島村への疑惑を消すわけにはいかない。とりあえず最も黒い現況にある二人を追うべきであるとする意見が大勢をしめた。

だが、二人を追及すると、いつ帰って来るか、まったく当てがない。また下田説のように、すでに消されて死体を隠匿されていれば、永久に帰って来ない。

そこで捜査本部は三戸署の協力を得て、二人の家を見張る一方、彼らの立ち回りそうな先を、片っ端から当たることにした。

寒畑村の張り込みの主力には、いままでの行きがかりから、太田と下田があてられた。駐在所の一室に居候しての苦しい張り込みである。いつ二人が帰って来るかわからないので、一瞬の気も抜けない。下田は青田の家を、太田は島村の家を担当し、これに本部から来た応援部隊が、適宜交代した。

彼らが外から家族に連絡してくる可能性もあった。二人の家には電話がないから、手紙か電報でなにか言ってくる見込みが強い。郵便局や電話局にも内々に協力が求められた。手紙の内容まで検閲できないが、二人から、あるいは曖昧な差出人から両家に宛てた手紙類がきたときは、連絡してくれる手筈《てはず》になった。地方で、たがいが顔なじみになっているので、うるさい規則を振りかざすことなく、人間関係が通じ合う。

両家の家人が、警察に見張られていることを悟れば、両人に村へ近寄らないように連絡するおそれもある。そんなことをされては、せっかくの張り込みがなんにもならない。

だが、駐在警官一人だけだった寂しい山村に東京と所轄署から多数の警官や刑事が出入りするのであるから、なにやらものものしい気配は隠すべくもない。本部から来た応援部隊は、駐在所に入りきらないので、寺の庫裡《くり》や、小学校の宿直室に転がり込む騒ぎである。

「こりゃいかんな」

太田が舌打ちした。

「これじゃあ、やつらが帰って来ても、気配を悟って寄りつかなくなりますよ」

下田も、騒々しい雰囲気に眉をしかめた。

「これは、不完全でもおれたち二人で張り込んだほうがよかったな」

「いまからでも遅くありません、応援を引き取ってもらいましょうか」

「三戸署はとにかくとして、本部から来た連中は命令で出張して来てるんだからな、おれたちが帰れと言うわけにはいかないよ」

現代の捜査は組織で動いている。現場の捜査に障害があっても、組織で決められたことは、すぐには変えられない。小回りがきかないのである。

また捜査員も人間であるから、功名心も出る。せっかく東京から応援に駆けつけて来た人間を、邪魔だといって追い返そうとすれば、太田と下田が手柄をひとりじめにしたがっているとおもわれるだろう。

3

まったく当てのない張り込みがつづいた。その間、青田と島村の立ち回りそうな先を当たったチームは、少しでも可能性のある場所をすべて消していた。

すでに交際の絶えてしまった遠い親戚や、古い友人までが探し出されたが、二人は立ち寄っていなかった。こうして彼らの家だけが最後に残された。当てはなくとも、この家だけが捜査本部に残された拠り所《よりどころ》であった。

不毛の張り込みが二週間つづいた。ようやく捜査に疲労が堆積してきた。寺や小学校の宿舎では、十分な休養が取れない。そのうち学校が始まったので、全員が寺に移った。ろくな栄養も摂れないし、入浴も洗濯も満足にできない。三戸署の好意に、いつまでも甘えているわけにもいかない。

ここに、いったん圧《お》しつぶされた下田説が改めて見なおされた。

「これまで待っても現れないということは、やはり、すでに消されているのではないだろうか」

「もし彼ら二人が犯人ならば、犯行後なんとしても、家族に連絡を取ろうとするはずだ。それがこれだけ待っても、影も形も見せないということは……」

「これ以上張り込みをしても、むだかもしれんぞ」

下田説がよみがえったのは、理論的な根拠によるよりも、人間の心の弱さのせいであった。

現地の張り込み勢の動揺は、そのまま本部の捜査方針に伝わった。死んだ者をいつまでも見張って、捜査力を空費できない。

本部が、方針の転換をようやく考えはじめたとき、寒畑村の住人に小さな動きがおきた。小さな動きであるうえに、張り込みの対象になっていなかったので、危うく見すごされるところだった。

その朝、下田は青田の家の張り番交代のために、農道を急いでいた。村はまだ朝靄《あさもや》に閉ざされて動くものの影もない。早起きのはずの山里の朝に、人の気配のないことが、この村の廃れぶりを物語っている。気のせいか小鳥のさえずりも寂しい。時折遠くの方から間の抜けた鶏の声が聞こえてきた。

朝靄のたちこめた頭上を見ると、うす青い。天の底の抜けたような青空が、上にある。今日も残暑のきびしい一日になりそうであった。

突然、下田の前方の靄が動いて、人影が近づいた。近づいてみると、子供を抱いた女のようである。

「やあ、山根さんの奥さん」

下田が声をかけると、相手は初めて下田に気がついたように、立ちすくんだ。ものおもいに耽《ふけ》って歩いていたのか、それともこちらを村の人間とおもっていたところが、刑事だったのでおどろいたのか、一瞬、ギョッとしたように、子供を抱いたまま道に立ちすくんだ。

「お早うございます」

だが彼女は、すぐにさりげない態度に戻って、挨拶した。

「どちらかへお出かけですか」

いつもとはちがうこざっぱりした服装に、下田はなにげなく聞いた。ほつれるままにしていた髪を形よく盛り上げ、顔にはうすく化粧した気配もある。それだけで別人のように見えた。考えてみれば、山根克子はまだ三十代のはずである。初めて訪ねたときは、五十代に入った〝老女〟かと見まがったが、むしろこちらのほうが、本当の姿なのだろう。

胸に抱いた子供も、よそゆきの着物を着せられている。

「ええちょっと、いえ、三戸まで買い物に」

「気をつけて行ってらっしゃい」

彼らは、それだけの言葉を交わしてすれちがった。そのまま、青田の家の方へ向かってしばらく歩いてから下田は、足を停めた。いまの山根克子の言葉と態度が、どうも引っかかってきたのである。

いまの克子の驚きようは、どうも大仰だったような気がする。あれは土地の人間とおもっていたところが、刑事だったので驚いたというより、最も出会いたくない人間と鉢合わせしたための狼狽《ろうばい》のようであった。

――なぜ、刑事に買い物に行く姿を見られたくないのか？――

「三戸まで買い物に」と言った克子の言葉がよみがえった。彼女は下田にどちらへと聞かれて、

「ええちょっと」と答えた後、慌てて言い訂《なお》すように、三戸へ買い物に行くとつけ加えたのである。

「ということは買い物に行くのではないのかもしれない。行く先も三戸ではないのでは……」

下田はハッとなった。彼は克子が青田か島村に呼び出されたのではないかとおもった。

その二人は、山根殺しの有力容疑者と目されている。

克子には、まだそのことは告げていないが、まさか彼らが被害者の遺族に連絡してこようとは考えていないから、山根の家は警察の監視下におかれていない。少なくとも自分の家族より先に山根の妻に連絡しようとは考えなかった。

だが、青田と島村を容疑者と見たのは、あくまでも警察の立てた仮説である。彼らは犯人ではないかもしれない。自分たちの家族が監視されているので、やむを得ず、山根の妻に連絡してきたかもしれないではないか。

――山根克子を尾行しよう――

下田は踵《きびす》を返した。そのとき、動きかけた朝靄のかなたで、一番バスの発車する気配がした。

4

下田の行動が素早かったので、直ちに尾行態勢に入れた。幸いに、三戸署のジープが来ていたので、下田と太田の二人はそれに乗せてもらって、バスを尾《つ》けた。

克子が乗ったバスは、十和田湖観光の基点、休屋《やすみや》から三戸を経由して一戸《いちのへ》まで行く便である。いまのところ彼女の「三戸へ行く」と言った言葉に嘘《うそ》はなかった。

ジープは、克子に気づかれないように注意しながら見え隠れに尾行した。足の速いジープで乗客に悟られないように〝田舎のバス〟を尾けるのは、難しい芸当であったが、ともかく三戸までは克子は下車せずに来た。

「おい、降りたぞ」

「駅前ですね、どうするつもりだろう」

三戸駅前でバスから降りた克子の姿に、二人は首を少しかしげた。買い物なら、駅の手前の商店街で降りるはずである。そんな二人を尻目に克子はためらわずに駅の中へ入って行った。

「どこかへ行くつもりらしいな」

「あまり遠出とも見えませんが」

二人は駅の手前でジープを降りた。そっと構内の様子をうかがうと、克子はすでにプラットフォームへ出たらしい。改札がはじまっていた。

「いま子供を抱いた女が切符を買ったはずなんだが、どこまで買ったか教えてもらえないかね、あ、私は警察の者だが」

太田は出札係に聞いた。その間に下田が克子の姿を探している。ちょうど通勤時間にさしかかって、駅には勤め人や学生の姿が多い。

「子供を抱いた……ああ、本八戸《ほんはちのへ》ですよ」

「本八戸か……じゃあ同じ所を二枚ください」

太田が切符を買うと、下田がやって来て、

「下り線のホームの端にいます。三戸まで買い物に行くと言ったのは、嘘でしたね」

「どうして嘘をついたのか？　臭いな」

「やっぱり、青田か島村に呼び出されたんでしょうか」

「その可能性は強いね、そうでなければ、われわれに嘘を言う必要はない」

「応援を呼ばなくともいいですか」

「もうそのひまがない、汽車が来た」

通勤列車とみえて、車内はかなり混雑していた。ほとんどが八戸へ行くサラリーマンや学生であろう。おかげで尾行はやりやすくなった。克子は車両中央部に席を譲られたとみえて子供を抱いて坐っていた。刑事らに気がついた様子は見えない。

列車は鮫《さめ》行きの鈍行である。これは八戸（旧尻内《しりうち》）で東北本線と岐《わか》れて本八戸経由鮫町に至る通勤列車である。三十分ほどで本八戸へ着いた。車内がいっぺんに空《す》く。

「ここで降りるよ」

「やっぱり八戸でしたね」

山根克子は通勤者の人波にもまれながら跨線橋《こせんきょう》を渡り、改札口を出た。駅前へ出ると、克子は周囲をきょろきょろしながら駅前の大通りを歩きだした。

「なにか探っているようですね」

「指定された待合わせ場所を探しているんだよ」

「やつらはそこで待っているんだ」

「下田君、ぬかるなよ」

二人の緊張は高まっていた。刑事に尾行されているとも知らず、克子が入って行った店は『北斗』という喫茶店である。

「どうします？」

下田が太田の顔を見た。二人でやるか、それとも応援を呼ぶまで待つか、聞いたのである。だがそれは年長の太田に対するいちおうの儀礼であって、若い下田は、獲物を前にした猟犬のように張り切っていた。とても応援が来るまで待ちきれない。その間に獲物を逃がしてしまうおそれもあった。

「踏み込もう」

太田は他に出入口のないのを確かめてから断を下した。下田が喫茶店のドアを押した。せいぜい十坪ほどの店である。通路に沿ってカウンターと、ボックスが七つ八つある。時間のせいか客の姿は疎《まば》らであった。旅行者が列車の時間待ちに使う、典型的な駅前喫茶店であった。

店内はわりあい明るい。ムード本位の店ではないので、照明が行き届いている。

彼らの入っていった気配に、入口の近くのボックスで話していた女がふと顔を上げた。

山根克子だった。彼女の顔色が変わった。彼女と向かい合って、入口の方に横顔を向けた形で坐っていた男が、釣られてこちらを見た。彼は一目でこちらの正体を見抜いたらしい。愕然《がくぜん》として腰を浮かしかけたはずみに、テーブルのコップが床に落ちて砕けた。克子の膝に抱かれていた子供がびっくりして泣きだした。

この間に刑事は、男の両脇に立っていた。

5

山根克子と話していた男は、逃げられないと判断したらしい。刑事の方に向き直って、

「あんた方は、いったい何者だ？　人が話し込んでいるところへいきなり割り込んで来て」と咎《とが》めた。

「私は、東京碑文谷署の太田と申します。こちらは警視庁の下田刑事です」

二人は警戒の構えを解かずに名乗った。男の行動にどのようにでも対応できるように身構えている。

「その刑事がいったいなんの用があるというんだ、おれはなにも悪いことはしてないぞ」

周囲の目を意識して、男は居丈高になった。

「あなたのご住所とお名前を聞かせてください」

「どうしてそんなことを言わなければいけないのだ」

「職務質問です、協力してください」

「この人、怪しい人じゃありません、私の親戚で大森さんというんです。秀夫さん、名乗って。そのほうが変な目で見られないわ」

克子が険悪な気配の中に割って入った。男は予期した青田でも島村でもなかった。三十前後の筋肉質の男で、一見しただけで、青田、島村両家から領置した二人の写真と別人であることがわかった。

しかし、克子が人目を憚《はばか》るようにして会っていた男を、刑事としては見過ごしにできなかった。それに先刻、刑事に見せた反応も普通ではない。

「奥さん」と下田が克子の方を向いて、

「怪しい人でなければ、どうして三戸へ買い物に行くなんて嘘を言ったのです?」

「すみません、嘘をつくつもりはありませんでした」

克子はうなだれた。子供はまだむずかっている。

「しかし、結局、嘘をついた」

「たとえ、親戚の人でも主人が死んで間もないのに、男の人に会うのを人に知られたくなかったからです」

「なんの用事で会ったのです?」

「私の就職を頼んでいたのです。主人が亡くなって、いつまでも遊んでいるわけにはいきませんから。この子を育てなければなりません」

「それで職はあったのですか」

「八戸市の料亭で仲居を欲しがっているそうで、今日、秀夫さんに紹介してもらうことになっていたのです」

「立ち入るようですが、こちらの大森さんとはどのようなご縁筋で？」

刑事たちは、ようやく手繰り寄せた糸の先にあったものが、見当ちがいだったことを悟っていた。いまの質問は行きがかりである。

「そこまで言う必要はないだろう」

また大森がいきり立った。刑事側の旗色が悪くなったのを敏感に悟ったらしい。

「しかし、あなたはなぜわれわれを見て逃げようとしたのかね？」

太田はまだ疑いは捨てていないぞという強い態度を見せた。

「危害を加えられるとおもったんだよ。目つきの悪いあんたたちが二人して迫って来たので、ヤクザが因縁をつけに来たような気がしたんだ」

「ヤクザとはひどいな」

二人は顔を見合わせて苦笑した。だが緊張した刑事にいきなり迫って来られたら、だれしもそうおもうかもしれない。山根克子にしても、嘘をついて撒《ま》いたとばかり信じていた二人に突然入って来られてびっくりしたのだろう。

刑事は、失望のうちにも、大森と克子の言葉の裏づけをした。彼らの言ったことは本当だった。大森秀夫は山根克子の母方の又従兄《またいとこ》にあたる。八戸の製薬会社に勤めていて、夫を失った克子に職を世話するために呼び出したのであった。

刑事たちの完全な早とちりだった。だが、彼らが八戸まで的はずれの尾行をしている間に寒畑の方で意外な展開があった。

6

その日午前九時少し過ぎ、寒畑村字本平田《ほんひらた》の雑貨屋、根岸房吉《ねぎしふさきち》の家に一本の電話がかかった。電話に出たのは、根岸の妻、とき枝《え》である。

「はいはい、すぐ呼んできますすで、ちょっと待ってけらえん」

とき枝は気さくに応じた。このあたりで電話のある家はここだけなので、よく呼び出しを頼まれる。商売をしているので、夫婦はこれもサービスの一つとおもい、こまめに取り次いでやっていた。

「また呼び出しかや」

朝食後、テレビのモーニングショーを見ていた房吉が聞いた。高く立てたアンテナのおかげで辛うじて画像が入る。

「んだ」

「どこの家《え》さ？」

「青田の家さ」

「青田だって」

「んだ」

「いったいだれからだえや？」

「それが名前ば言わねえのす」

「青田の家に呼び出し……おめえ、もしかすっと」

房吉の目が光った。彼は、青田の家に変な呼び出し電話がきたら、必ず連絡するようにと駐在から頼まれていたことをおもいだした。理由はよくわからないが、山根貞治が東京で殺された事件に関係あるらしい。あれ以来、村が急に騒がしくなった。

「おい、その呼び出しちょっと待たせでおけや」

「取り次がねえのすか？」

「いんや、おめえは、青田の家《え》さ行け。おれは駐在さ行ってくる」

「駐在さ？」

「早く言われたとおりにしろ」

房吉は妻をうながした。

妻も駐在から頼まれているはずなのだが、コロッと忘れているらしい。気のよい妻なのだが、このごろもの忘れがひどくなった。

雑貨屋から連絡をうけた駐在巡査は、東京から出張して来ている捜査員に報告した。

「そのままなにも知らない振りをして、青田の家の人を電話に出してください。下手に声をかけると、家族の様子から相手に悟られてしまいますから」

根岸の家に捜査員が集まった。そんなこととは知らずに、青田の妻が電話へ出るためにやって来た。捜査員たちは、青田の妻の目に触れない場所に姿を隠している。一方では駐在の警察電話から逆探知の依頼が管轄電話局へ出されていた。

「もしもし、青田です」

青田の妻が電話へ出た。固唾をのんで捜査員が聞き耳をたてる。

「もしもし、どなたです……あっ、あんたあ!」

突然、彼女の声がかん高くなった。

「いったい、どこさ行ってたのす、心配《すんぺぇ》したよ、いまどこさいるのす、はれまあ、家さ出たまま、どこさほっつき歩っていたんのす、たかしの学費はいったい、なじょするつもりなんでがす」

青田の妻の声は、愚痴っぽくなってきた。数カ月ぶりに聞く夫の無事の消息を喜ぶよりも、危機に瀕した家計を訴えている。まちがいなく、電話の対話者は青田孝次郎だった。

――頼む、いまどこにいるか言ってくれ――

捜査員らは、祈った。逆探知は、受話器を上げたままの話し中の状態における電話回線の接続スイッチを肉眼でたどる以外にない。新兵器の「即時逆探知装置」はまだ実用化されていない。この肉眼方式では同じ局番内で三十分、局番がちがえば一時間以上かかってしまう。

相手がそんなに長い時間話すことは、まずないから、なんとかして居場所をしゃべってもらいたかった。

相手の言葉が聞こえないので、じれったいことおびただしい。

「それでいまどこさいるの？　はれまあ、盛岡《もりおか》からけ？　あんたいったい、なにやらかしたのでがす、こっちは警察がうろうろしてるよ、まさか……あんたが……うん、私もそう信じてるけど、なら、こっちさ帰って来たらえんでねえがす。え、帰れない？　なじょしてさ、これから……盛岡へ？　盛岡のどこ？　仙北町《せんぼくちょう》……橋の近くね、これから行ぐ……汽車賃？　なんとかすっから待っててけらえん」

そこで通話は終わった。捜査員は久しぶりに夫との交信で上気している青田の妻の前に立った。

「奥さん」

彼女の顔から一瞬、血の気が退《ひ》いた。

「ご主人からですね」

「い、いいえ」

彼女は本能的に夫を庇った。

「どうして嘘を言うのです」

「主人は、主人はなにも悪いことしてません」

「だったら、どうしてご主人から電話があったことを隠すのですか」

「そ、それは……」

「ご主人はどこから電話をかけてきたのですか」

「…………」

「盛岡の仙北町ですね」

「は、はい」

「仙北町のどこですか」

「……どうして主人を探すのですか？」

「ご主人にうかがいたいことがあるのですよ。奥さん、あなたがご主人の潔白を信ずるなら、その居場所をわれわれに教えて黒白をはっきりさせたらいかがですか」

「黒白なんて、主人は潔白にきまってます」

「だから居場所を教えてくれてもいいでしょう。仙北町の橋の近くといえば、あの辺に橋は明治橋《めいじばし》と南大橋《みなみおおはし》しかないはずだが」

「明治橋の近くの陸奥屋《むつや》という旅館にいるそうです」

青田の妻はがっくりと肩を落として言った。

「むつやですね、すぐご主人と会えるでしょう」

「本当に主人は……あの大丈夫なんでしょうね」

彼女の面におびえの色があった。

「大丈夫？　なにが大丈夫なのですか」

「なんでも、だれかに追われているために帰れないようなことを言ってましたけど」

「追われていると言ったんですね」

「そうです」

「それもすぐにはっきりします」

捜査員は、ようやく網にかかった獲物に興奮して、家族のおびえを斟酌《しんしゃく》してやるゆとりがなかった。

7

青田孝次郎は盛岡市内の旅館で、寒畑村から駆けつけた捜査員によって捕らえられた。

捕らえられたといっても、まだ逮捕状が出ていないので、任意同行を求める形である。

青田は、妻といっしょに現れた捜査員の姿を見て、全身の力を抜いた。この数カ月の逃亡生活ですっかり憔悴《しょうすい》し、全身に疲労がにじみ出ている。服も浮浪者転落直前のように汚れくたびれている。旅館が泊めてくれたのが、不思議なくらいであった。

青田孝次郎は、もよりの盛岡署へ連行されて取調べをうけた。彼の出方しだいによっては、直ちに逮捕に移行する、ものものしい雰囲気であった。

だが青田は捜査員の姿を見たときから、抵抗の構えを捨てて、神妙な態度であった。むしろ捕らえられてホッとしたような感すらある。

八戸まで無駄足をした太田と下田が、青田現るの報に、盛岡へやって来た。彼らにしてみれば、狙いをつけていた大魚を留守中に他の者にさらわれたような気がした。

二人が到着したときは、盛岡署の一室を借りて、青田の取調べがはじまっていた。もちろんその焦点は、山根殺しである。

だが、青田は頑強に否認した。それは捜査陣としても予想したことであった。四カ月近くもいっさいの消息を絶って逃亡をつづけていたほどであるから、一筋縄でいくとは考えていない。

——おまえが殺したのでなければ、なぜいままで、家にも連絡せずに逃げまわっていた？——

取調官は、当然の質問をした。

「おっかなかったからす。家《え》さ連絡すれば、わだす自身が殺される」

――どうしてあんたが殺されるのかね?――

「…………」

――なにが恐いのかね?――

青田の面は、厚い恐怖の色に塗りこめられていた。訊問《じんもん》をゴリ押しすると、恐怖が口に閂《かんぬき》をかけてしまう。取調官は質問の鉾先《ほこさき》を変えた。

――あんたがいっしょに出かけた、もう一人の仲間の島村さんはどうしたね? あの人も家へ帰っておらんが――

「太平も殺されたんだ」

――なに、島村さんが殺されたと!?――

取調官は緊張した。それはすでに下田説によって主張されたことであったが、青田の口から裏書きされようとはおもっていなかった。下田説によれば、青田も犠牲者で、犯人は第三者という仮説が立てられていたのである。

――だれが、いつ、なぜ、殺したんだ?――

取調官は意気ごんだ。

「知らねえ、すかす、殺されたにちげえねえ」

——何を根拠に殺されたにちがいない、と言うのかね——

「家《え》さ四カ月も便り一つしねえのが、殺された証拠だし」

——あんただって四カ月も便りしなかったじゃないか——

「…………」

——しかし、あんたは生きている——

「上野駅のコインロッカーで待っていたけど、太平は帰《けえ》って来なかった」

——そこで落ち合う約束をしていたのか？　いったいどこから帰って来たのかね——

「荷物だけコインロッカーに預けて仕事ば探しに行ったし」

——それは所沢の飯場を出た後のことだね——

「んだす」

——それでどこへ行ったんだね？——

「…………」

——あんたたち三人は所沢の飯場を出てから、上野駅のコインロッカーに荷物を預けてどこかへ仕事を探しに行った。そしてあんたと山根さんだけがロッカーの所へ帰って来たんだね——

取調官は、切れぎれの青田の供述を整理した。青田がうなずいた。

——だが、島村さんだけが帰って来なかった——

「んだす」

――ロッカーには、どんなものを入れていたのかね？――

「着替えを少しと、洗面用具だけです」

――金めのものは？――

「そんなものはねえす」

――だったら、島村さんはいい仕事を見つけたので、ロッカーの荷物を、放棄したのかもしれないじゃないか――

「そ、それは……」

青田は口ごもった。

――ロッカーの所へ帰って来なかったからといって殺されたとはかぎらない。いくら東京に殺人事件が多くとも、そんなに簡単に人が殺されるもんじゃない。だいいち殺されれば、死体が現れるはずだ。それなのに、あんたは殺されたにちがいないと決めつけている。どうしてそんなにはっきり殺されたと言えるのかね――

青田は追いつめられて、口をパクパクさせたまま絶句してしまった。恐怖が最後の歯止めをかけている様子である。取調官はいまや一気に追い打ちをかけた。

――言える場合が二つある。一つは、あんたが島村さんの殺される現場を目撃した場合、もう一つは――

取調官は、ここで故意に言葉を切り、青田の面を凝視して、

「あんたが殺した場合だ」と言った。

「ちがう！　わすじゃねえす、わす殺してなんかいねえ」

青田は、歯を剝き出して抗弁した。それは逃げ場を失った者の悪あがきに見える。

——それじゃあ、どうちがうのか言ってみろ。どうして島村さんが殺されたのを知っているんだ？——

「わすじゃねえ、わすは殺してなんかいねえ」

——青田！——

取調官は大声を発した。青田の体がピクリと震えた。

——いいか、よく聞け！　これは殺人事件の捜査なんだ。山根貞治さんが殺された。もし、島村さんも殺されたのなら、三人いっしょに出稼ぎに村を出て、生き残っているのは、あんた一人だ。あんたは、自分の深刻な立場がわかっていない。下手をすると、島村さん殺しと山根さん殺しの犯人にされるんだぞ。あんたの容疑はかなり強いんだ——

取調官に大喝されて、青田の身がグラリと揺れた。ようやく青田はポツリポツリと話しはじめた。

「家《え》さ帰ろうと、上野駅まで来たわすらは国鉄のストに引っかかって、金を使い果たし

てしまいました。切符を買う金もねぐなり、途方に暮れていると、太平が強盗でもするべと言いだしたんす。三人で金のありそうな家さ探しながら歩いていると、一軒の大きな邸《やしき》から、美味そうな食い物のにおいばして来たので、ふらふらと庭の中さ入り込んだす。なにげなく勝手口の戸を引くと、鍵がかけてねえので、そのまま台所の中さ入った。台所の中をごそごそ探しまわっていると、奥の方から女《おな》ごの声がしたんす」

青田は、いったん言葉を切って唾でのどをしめした。

「わすたちは、その声を追って奥の部屋の方へ忍び込んで行きました。間仕切りの戸がうすく開いていたので、そこから覗くと……」

青田が、そのまま絶句した。恐怖が改めてよみがえってきたらしい。

――そこから覗いたら、何が見えたんだ？――

「戸の隙間から、女の凄《すご》いうめき声がもれてきました。目を押し当てて見ると、男が女の上に馬乗りになってのどを絞めていました。べつの女が足を押さえていたす」

――首を絞めていた？――

「んだす。この目ではっきり見たす。絞められている女の顔が、見ている間に紫色に変わって、カッと開いた白目がわすの方をにらんでいました。馬乗りになった男が、死ね死ねと言いながら鬼のような顔をして絞めつづけていたす。下の女の顔がどすぐろくなっていくのと反対に、上の男の顔が赤くなっていったす。そのうちにのどの骨がググッと潰れる音がして、下の女はぐったりして動かなくなったんす」

――おまえ夢でも見ていたんじゃないだろうな――

取調官は、青田の供述の意外な展開に半信半疑であった。

「夢のはずがあるもんだしか。カッと剝き出した白目を、たすかにこの目で見たし、のどの骨の潰れる音をこの耳で聞いたす」

――それからどうした?――

「夢中で逃げ出したす。そこにいるとわすらも殺されそうな気がしたもんで」

――こっちは男が三人、向こうは男一人女一人じゃないか――

「そんたなこど、考える間はねえす。恐《おつかな》くて、恐くて、逃げ出すのが精いっぺえだったす」

――逃げ出したとき、先方に気がつかれなかったか?――

「そんときはかんづかれなかったとおもいます。見つかったらわすらも殺されるとおもったもんだで、音を出さねえようにして逃げたすから」

――それがどうして島村さんが殺されたこととつながるのかね?――

「家の外へ逃げ出してから、太平がたいへんなものを置き忘れたと言ったんす」

――何を忘れたんだ?――

「出稼ぎ援護相談所の求職票なんす。これを書いて出すつもりでポケットへ入れておいたのを、あの家の中さ置き忘れて来たらしいと言うのす」

――そんなに大切なものなのか？――

「べつに大切なものではねえすが、住所と名前が書き込んであるのす。犯人にそれを見られたら、わすらがそこにいたことを知られてしまいます」

――それで取りに引き返したのか？――

「そうでがんす」

――どうしてすぐ警察に報せなかったのかね？――

「わすらも強盗ばしようとおもって入ったもんだで、警察に言うのが恐かったのす」

――それで、求職票を取りに引き返した島村さんはどうしたんだ？――

「しばらくその家の近くで待っていたのであんすが、なかなか帰って来ないし、夜明けが近くなったもんだで、上野のコインロッカーの所で待つことにしたす。ロッカーに荷物ばあるで、必ず駅さ帰《けえ》って来るとおもいました」

――それが帰って来なかったというのかね？――

「うんだす。上野駅の地下道へ泊まり込んで三日待っても帰って来ません。あの家のそばにも行ってみたのすが、太平はいません。きっと家の中さ引き返したところを犯人に見つかって殺されてしまったのす」

――そうとは決められないだろう。しかし、仲間が殺されたかもしれないとおもったんなら、どうして警察へ行かなかった？　あんたらは強盗したわけじゃない。せいぜい住居侵入だ――

「行ったであんす。だども、相手にされなかったし、あの家で人殺しなどあるはずねえ。死体もねえし、おめえら夢でも見たんじゃねえのかと笑われたす」

――その後どうして家に帰らなかったんだ？――

「太平は消えちまうし、恐《おつかな》くて恐くて家さ帰るどころでねえ。太平の求職票を見られていれば、わすらの住所も知られたす。犯人はわすらの口をふさぐために、きっと待ち伏せしてるにちげえねえ。いつもだれかが追いかけて来る気配がしたす。二人いっしょにいるより別れたほうが安全だとおもって貞治と別れたす。そのうちに、貞治が殺されたごど新聞で読んだす。あいつの仕業にちげえねえす。太平が消され、貞治が殺されて、いよいよあとはわすの番だとおもったす。どうせ殺されるなら、女房に一目会ってとおもって呼び出したんす。家さ帰ると、子供たちばどんな危ねえめにあわすかもしんねえので、こんたな所に隠れていたんす。これまで日雇い仕事を見つけて、どうにかすごしてきたすが、もう疲れたす」

――あんたら三人が押し入った家は、いまでもおぼえているかね？――

「忘れるこっちゃねえす。あの家の男と女が、太平と貞治を殺したにちげえねえ」

――念のために聞くが、七月十二日の午前零時から午前二時ごろまでどこにいたのか

ね？──

「貞治の殺された時間だなや、その夜のことはよくおぼえています。相模原《さがみはら》という町の水道管工事に雇われて、夜通し穴掘りをやっていたす」

──それを証明できるかね？──

「相模原の小松《こまつ》建設ば会社に聞いてもらえばわかります。出稼ぎ援護相談所で知り合ったやつに紹介してもらったす。仕事はきつかったけど賃金《デツラ》はよかったす」

──山根さんが殺されたとどうしてわかった。しばらく身許不明だったはずだぞ──

「身許が割れたとき新聞に載ったすよ。ねえ刑事さん、信じてくだせえ。わすは人殺しなんかしてねえす。こっちが殺されかかっているのす。あの家の男ば調べてもらえば、すぐにわかるこってす」

──もちろん調べるよ、あんたのアリバイといっしょにな。それまで家に帰ってじっとしているんだ。まだあんたの疑いは、少しも晴れていないことをよくおぼえておいてもらいたい──

「家さ帰っても大丈夫《でえじようぶ》かね？」

──あんたの身辺には、いつも警察の目が光っているさ──

青田孝次郎の供述は以上であった。それを全面的に信じることはできないが、取調官は彼が嘘を言っていないと感じた。

れるだろう。

強盗？　に侵った家で目撃したことも事実だろうし、七月十二日のアリバイも証明さ

青田の供述が真実だとすれば、事件は途方もない展開をしめす。これまでの捜査はまったく見当はずれの方向を模索していたわけである。

しかし、金に窮した出稼ぎ人が強盗に侵った家で、殺人が進行中で、それをたまたま目撃した出稼ぎ人が犯人に追跡されて、次々に口をふさがれるというようなことが現実にあるだろうか？

捜査本部はすぐには信じられなかった。だが、山根貞治が殺されたことは、動かしがたい事実であるし、また島村太平が行方不明であることも事実である。

青田孝次郎の七月十二日のアリバイは間もなく証明された。相模原市の小松建設は、神奈川県企業庁水道局の委嘱をうけて、同市域において七月二日から七月二十一日まで配水管連絡工事を請け負ったが、青田孝次郎は七月九日から同工事終了日まで夜間作業員として雇い入れられ、十一日午後八時から十二日午前八時にかけて、たしかに同作業所において働いていたことが証明されたのである。

作業時間中あるいは休憩時間内に現場監督や同僚の目をかすめて、東京目黒の犯行現場まで往復することは、絶対に不可能であることが確かめられた。

青田は少なくとも山根殺しの犯人になり得ない。すると山根はだれが殺したのか？

ここに青田の供述が信憑性《しんぴようせい》をおびてくるのである。

捜査本部は青田が申し立てた家を調べることにした。調べるといっても、現実に死体があったわけでもないし、犯罪の痕跡も露《あらわ》れていない家へいきなり踏み込んで捜査するわけにはいかない。

まず家の住人がだれかを調べ、おかしな様子がないか近所に聞き込みをかけることになる。

問題の家は、文京《ぶんきよう》区西片《にしかた》十×番地。受持ち派出所の住人案内簿には、「米原豊子《よねはらとよこ》」と載っている。

西片（以前は西片町）は、文京区内で目白台《めじろだい》と並ぶ高台の高級住宅地である。東京大学に近い環境から、学者の家が多かった。最近は、マンション業者が進出して、マンション街に変貌しつつある。

それでも「出前もち泣かせ」と言われる屈折した路地の奥には、昔ながらの家が高い石塀と庭樹に囲まれてシンとうずくまっている。学者をはじめ、医者、弁護士、会社の重役などが比較的多く住んでいる。

もっともこの一等地の家を維持できなかった者が手放して、そのまま企業の寮に転用されているものもある。

三人組が押し入ったのは、この高級住宅地の最も奥まった所にある家だった。警察は登記所でその家の所有名義人を調べた。それは派出所の住人案内簿の名前と一致した。税務事務所の固定資産課税台帳の名前も同じである。

ただし、その家および敷地は以前、大学教授鳴瀬《なるせ》某《なにがし》の所有だったものが『帝都《ていと》レクリエーション』という会社の社長二宮重吉《にのみやじゆうきち》に売却され、さらに二年前、二宮から米原豊子に贈与されていた。

二宮がどのような原因から米原に土地ぐるみ一億円近い（公示価格でそれだけ出しても実際には買えない）家を贈与したのかわからない。

「この米原豊子というのは、傀儡《ダミー》だな」

「派出所でも、囲われ者らしいということです」

「黒幕はただのねずみじゃなさそうだ」

「おそらく帝都レクリエーションの二宮重吉につながりのあるやつで、自分の名前を表に出したくなかったんだろう」

捜査員たちの頭には、いま、青田孝次郎の供述があった。

――その家で、男と女が共同して殺人を実行していた――

それが事実なら、その女が米原豊子である。そして男が彼女の黒幕だ。だが近所の住人や、出入り商人に密《ひそ》かに聞き込みをしても、男の正体はわからない。米原豊子は耳の遠い老女と猫数匹といっしょに住んでいるらしい。三十半ばの名前のとおり豊満な粋な女というのが、近所の者の印象である。食料や酒などの注文から判断すると、男がいるらしいが、ご用聞きや配達が男の姿を見たことはない。

ただ近所の住人が時折ハイヤーやタクシーから男女がその家に降り立つところを目撃していた。人目を避けるようにしてやって来るので、だれも彼らの顔を確かめた者はいない。男はたいてい中年で、女は派手な服装の若い女という程度のことしかわからない。

米原豊子がその家を二宮重吉から贈られたのは、一昨年の三月である。移転して来た時期もほぼそのころであった。

「米原豊子は、ここへ移って来る前は、どこでなにをしていたのか？」ということが問題になった。経歴を戸籍からたぐるという手は残されている。

しかし戸籍はあくまでも個人の身分関係を明確にするための公帳簿であって、職業の履歴とは関係ない。移転の都度、住民票の届け出を怠れば、住所の推移も追えない。

いずれ戸籍は当たることになるが、あまり期待はしていなかった。

青田の供述によると、米原豊子の家で六月上旬（正確には六月七日午前二時ごろ）女が一人殺されている。青田はのどの骨の潰れる音まではっきり聞いたというから、おそらく息の根を絶たれたのであろう。

だが、聞き込みの網にはそのような凶悪犯罪の気配も引っかかってこない。ツンとすました高級住宅地の石塀に護《まも》られた自分の幸せだけを慈しむエゴイズムがあった。

これでは隣の家で殺人が行われてもわからないだろう。そして死体はどこか遠方の人里離れた場所に隠してしまえば、犯罪の痕跡も残るまい。

だがここに新たな死体が出現した。山根貞治の死体である。その動機はどうやらこの家から発しているらしい。まだ真相は模糊《もこ》たる霧の中にあるが、捜査本部には長い模索の末にようやくおぼろげな影を見つけた感があった。

虚婚の目的

1

米原豊子の家の張り込みと同時に、同女の戸籍が調べられた。文京区役所に住民票の届け出がなされていたので、本籍地はわかったが、経歴は追えない。

米原豊子の本籍は、兵庫県宍粟《しそう》郡安富町《やすとみちょう》となっている。安富町役場に問い合わせたところ、豊子は一人娘で、すでに両親は死亡していた。住所の移動を記入すべき戸籍の付票も空白のまま残されているそうである。

派出所の案内簿に記入された職業は、「日本舞踊教授」とだけある。この案内簿は、派出所が受持ち区の住人を把握するために作成するもので、以前は「戸籍調べ」現在は「巡回連絡」によっていちいち住人の現勢を追いかけたものだが、強制できないので、住人が協力してくれなければそれまでである。また職業等について嘘をついても、虚偽公文書作成や、公正証書原本不実記載等のような処罰の対象にはならない。

派出所も、あくまでも住人の案内簿として作成するものであるから、役所の住民基本台帳と照合することはない。

安富町を管轄する兵庫県警山崎《やまさき》署からの回答によると、米原豊子の本籍地には現在、雑貨商佐久間良助《さくまりょうすけ》が居住しており、米原家の人間についてはまったく知らないということであった。

安富町まで行っても、米原豊子の消息を知る者はあるまい。播磨《はりま》の片隅の町から、米原豊子がどのような人生の遍歴を経て、都心の高級住宅の邸の女主人におさまったか、過去の原点からたぐるてだては絶たれたようである。

過去がだめとなれば、現在から溯る以外にない。日本舞踊教授と派出所に申し立てていても、弟子が通っている様子はいっこうにない。家の中からそのような気配も聞こえない。

警察では、彼女にスポンサーがいれば必ずそのうちに姿を現すはずだと見込んで辛抱強く張り込みをかけていた。屋敷町で人通りが少ないので、張り込みも難しい。一カ所に長く留《とど》まっていると、本人に悟られる前に近所の住人から警戒される。

幸いに、米原家の斜め向かいの家が協力的で、米原家の玄関と勝手口を視野に入れられる二階の一室を提供してくれた。その家の主婦が米原豊子に反感をもっていたことが、警察に幸いしたわけである。

張り込み三日めに、獲物がかかった。午後八時ごろ一台のタクシーが玄関口に横づけになって、一人の若い女がそそくさと家の中に駆け込んでいった。三十分ほど後に、また大型のハイヤーが着いて、一人の男が降り立った。運転手に恭しくドアを開けられると、人目をはばかるように身をすくめて玄関の内へ吸い込まれていった。

「あれが旦那でしょうか」

ちょうど張り番にあたっていた下田が望遠鏡を目に当てたまま言った。

「あれが旦那なら、さっき、入っていった女は何者だろう？」

街灯のうす明かりの下での遠目の観察だったが、あの女が米原豊子でないことはわかった。

「さあ」下田は首をかしげた。

「いまの車は、ハイヤー会社のものだな。番号を控えておいてだれを乗せたか当たろう」

太田がプレートナンバーを素早くメモした。男が入って行ってから二時間ほど経《た》った。庭樹ごしに灯が秘密めいたまたたきをおくってくる。刑事たちはそれぞれの胸の中で、あの灯の下でもたれているであろう秘密の時間を想像した。

いつの間にか塀の前にまた黒塗りの車《ハイヤー》が忍び寄っていた。先刻の車とナンバーはちがうが、同じ会社のものだった。

「そろそろお帰りらしいですよ」

「用事がすんだとみえるね」

太田がすっぱそうな顔をして夜気の奥に目を凝らした。男が出て来た。体形から判断して、先刻入って行った男である。今度はこちらを向いているので顔がチラリと見える。車へ入るまでの束の間の観察だが、五十年輩の男のようだった。

「ちょうど二時間だな」

太田が腕時計を確かめた。すでに尾行の準備はととのっている。たとえ尾行を撒かれたとしても、車のナンバーから男の身許はいずれ割れるだろう。

「女は、泊まる様子ですね」

男が出て行った後も、女が帰る気配はなかった。間もなく庭樹の奥の灯はすべて消えて、厚い闇に塗りこめられた。その家にいる家人や女にとって、本当の安息の夜がきたらしい。

「今夜はこれまでだな」

緊張が解けて急に眠けをもよおしてきた。もう尾行班が男の行く先を突き止めているころであろう。明朝の捜査会議が楽しみであった。

2

米原豊子の家から出た車が辿《たど》り着いた先は、祖師谷《そしがや》の奥のある邸である。尾行はスムーズにいった。特に尾行に対する警戒は感じられない。

男の姿は、車から降りると、その家の中に吸い込まれた。木立ちの厚い、奥まった感じの家である。尾行班は、そのまましばらくその家を見張っていた。間もなく木立ちの奥にちらちらしていた灯も消えて、家とそれを囲む庭樹が一塊の影となってうずくまった。

門灯にすかした表札には「多渡津治平《たどつじへい》」とある。米原豊子の家から出て来た男は、この家の主《あるじ》、多渡津治平にまちがいあるまい。

「何者だろう、この男は?」

「どこかで聞いたような名前だな」

尾行して来た刑事たちは、ささやき合った。だがここまで来れば、身許は割れたも同然である。刑事たちは帰途もよりの派出所に寄って、多渡津治平が農林正金金庫の専務理事であることを知った。

一方、別動班は多渡津を送迎したハイヤー会社をあたっていた。それは二台とも大安《だいあん》交通大手町《おおてまち》営業所の車で、依頼主は帝都レクリエーションであった。担当運転手は、

「月に二、三回帝都レクリエーションさんの注文で、大手町の農林正金―米原豊子さんの家―祖師谷のコースで、お乗せしております。お客様は多渡津さんという方で、なん

でも農林正金金庫のおえらいさんと聞いておりますが、詳しいことは知りません。あまりものをしゃべらない方なので、へい」

——帝都レクリエーションからの注文で、他のお客を米原豊子の家に送迎したことはありませんか——と刑事がさらに問うと、

「帝都レクリエーションさんからはよく仕事をもらいますが、米原さんの家の送り迎えは、多渡津さんだけですね」と答えた。

さらに、若い女を乗せてきたタクシー会社が、ナンバーから割り出された。幸いに無線車だったので、本社の無線基地から直ちに帰庫するように呼びかけられた。そのタクシーは、品川区《しながわ》東五反田《ひがしごたんだ》二丁目の昭栄《しょうえい》交通の車である。待ち構えていた聞き込み班の刑事に運転手が語ったところによると、

「あの女のお客を拾ったのは、麻布一《あざぶいち》ノ橋《はし》付近の路上です。二十二、三歳のきれいな女だとおもいました」

——なにか、気がついたことはありませんでしたか?——

「そうそう、そう言えば、言葉が不自由のようでしたよ」

——というと、言語障害でもあったのですか——

「いいえ、そういうものではなくて、日本語がよくわからない様子でした。降りるときメーターの料金を請求すると、千円札や百円のコインを何枚か手の平に載せて、手真似《てまね》で

この中から取るようにと言うのです。行く先を言った言葉もたどたどしくて、何度も聞き返してやっとわかったのです。まだ日本へ来て間もない人じゃないですか。顔や服装は日本人と変わらないけど、きっと中国か韓国の女の人ですよ、あれは」

尾行班、聞き込み班の収穫は、その夜のうちに捜査キャップに報告された。

翌朝八時半には、米原家の張り込み要員を残して、全員が捜査本部に顔を揃《そろ》えた。久しぶりに活気のある朝であった。改めて前夜の収穫が一同に披露される。

ここに米原豊子をめぐって、農林正金という新たな鎖の環《わ》が連なった。農林正金の多渡津治平は帝都レクリエーションともつながっているらしい。しかも、帝都レクリエーション社長の二宮重吉から米原豊子にその家は贈られたのである。

「米原豊子の旦那が多渡津治平でしょうか」

「いや、早急に結論を出してはいかんよ、そのうちに米原豊子の家へ入った女の身許がわかるだろう。あの女と、多渡津の関係も胡散《うさん》くさいじゃないか」

キャップの那須警部がたしなめた。捜査本部が開設されてから彼が現場の指揮をとっている。もし多渡津が米原豊子の黒幕であれば、昨夜人目を憚るようにして入って行った若い女の役目が説明つかない。タクシー運転手の申し立てによると、どうやら外国人らしい。

若い外国女性のお手伝いがいたとしても不思議はないのだが、近所の聞き込みによると、米原豊子の家には六十年輩の、それもパートらしい老女のお手伝いがいるだけで、その若い女に該当する者はいない。

「あの女が米原豊子の家の住人でないかぎり、必ず自分の家へ帰るはずだ。そうすれば、正体がわかる」

那須は、悠然と構えていた。その茫洋《ぼうよう》とした風貌は捜査が壁に突き当たっているときでも、あるいは大きな手がかりを本部がつかんで沸き立っていても、あまり変化しない。口の悪いだれかが「老人ホームの縁側で日向《ひなた》ボッコしているような顔だ」とかげ口をきいたが、その悠揚として迫らざる顔が、捜査の難航しているときに部員一同にこの上もなく頼もしくうつるのである。若いころ胸を病んで肋骨《ろっこつ》を数本切除したために右肩が下がっている。

そんなに病状が悪化するまで、医者に見せるのを拒否して、イモリやトカゲや得体の知れない虫を煎じて飲んでいたという逸話の持ち主である。

那須が言ったとき、タイミングよく張り込み班から連絡がきた。

「キャップ、いま例の女が米原の家から出たそうです」

室内の空気が、いちだんと熱くなった。

「出たか」

日向ボッコをしているような目が、半眼に見ひらかれた。

「いま、草場《くさば》刑事と魚津《うおづ》刑事が尾行しているそうです」

草場が那須班、魚津が所轄署から本部に参加した刑事である。

「応援がいるようなら、さしむけてやれ」

「すでに覆面パトカーを二台回してあります」

「さて外国の謎の女の正体はというところだな」

那須がせっかく開きかけた目をまた細くした。

3

女は、米原豊子の家から本郷《ほんごう》通りへ出た。背が高く、目鼻立ちの整った色白の女である。くせのない黒い髪を肩から背へ長くたらしている。ブルーのスーツを涼しげにまとって、大通りの方へ足早に歩いている。特に尾行を警戒している気配はない。

「車をつかまえるつもりですね」

魚津がささやいた。その方向に、国電や地下鉄の駅はない。

「パトカーを回しておこう」

魚津はそのときすでにトランシーバーに呼びかけていた。これで彼女が車をつかまえてもすぐに追尾の態勢に入れるように、パトカーが待機しているだろう。

女は案の定、本郷通りに出ると、車を拾った。本部には、女が動きだしたことを報告してある。この尾行の行方を固唾をのんで見まもっている気配が、身体を包む圧力となって伝わってくる。

タクシーは、本郷通りから白山《はくさん》通りへ移り、皇居前を通って、芝園橋《しばぞのばし》の交差点から麻布一ノ橋方面へ向かった。

「昨日車を拾ったあたりへ戻っている」

「どうやら家《ヤサ》は、一ノ橋の近くにありそうだぞ」

刻々入ってくる尾行班からの連絡によって、捜査本部は、女が自分の家に戻りつつある気配を感じ取った。間もなく魚津刑事から最終連絡が来た。草場が花をもたせて、彼に連絡させたのであろう。

「女は麻布一ノ橋で下車、高速2号線に面した一ノ橋ハイムというマンションの八階854号室に入りました。表札には田代行雄《たしろゆきお》と出ています」

「ご苦労様、女の身許は別の班が洗うからきみたちは上がって休んでくれ、疲れただろう」

那須はいたわった。

「いや、大丈夫です。完成五年ぐらいの中古のマンションですが、土地柄、値段は高そうですね、大家を当たってもっと詳しく身許を洗いましょうか」

若い魚津は張り切っていた。

「おいおい、他の者にも仕事を残しておいてくれよ」

那須は大仰に言った。

一ノ橋ハイムを建設した業者、登記所、税務事務所、区役所等が次々に当たられた。

一ノ橋ハイムは昭和四十五年大信《だいしん》建設の設計施工により、東洋開発銀行不動産部と帝都レクリエーションが販売提携して売り出したものである。

ここにふたたび帝都レクリエーションが顔を出した。帝都レクリエーションには下手に聞き込みをかけられない。登記所で調べたところ、最初同ハイム８５４号室を買った者は、高岡安夫《たかおかやすお》となっており、昭和五十年六月二十一日に売買によって田代行雄に所有権を移転している。

不動産の売買には、登記権利者（買い主）の住所証明を要する。登記簿に記載された田代行雄の住所は群馬県吾妻《あがつま》郡嬬恋《つまごい》村大前《おおまえ》である。

所轄署を介してその住所地を調べてもらうと、そこには両親が健在だったが、田代行雄は、二年前に家を飛び出したまま、消息不明になっているという。

住所証明を取っているくらいだから、役場に何か残っているかもしれないと、万一の望みを寄せてそちらを当たったところ、田代は五十年六月十六日に韓国国籍李秀蘭《りしゆうらん》（二十二）と結婚し、新戸籍を編成したことがわかった。だが生家の両親は、息子が結婚したことなど、まったく知らなかった。

田代行雄が嬬恋村を飛び出した後の職業や経歴は、戸籍には記載されない。

「田代は、親にも知らせずに結婚したのか」

「それより、日本人と結婚したばかりの女がなんだって人目を憚るようにして、夜、米原豊子の家へ来て泊まっていったんだ？」という疑問が生じた。

しかも彼女は結婚して三カ月そこそこのまだホヤホヤであった。

新婚三カ月の湯気の立ちそうな新妻に曖昧な外泊を許す夫があろうとはおもえない。

さらに一ノ橋ハイムの住人に聞き込みをして、彼女が８５４号室に一人で暮らしている事実を突き止めた。完成後五年以上経っているマンションで、古い住人が多く、都心のマンション特有の無関心がなかったのが、聞き込みに幸いした。

以前の住人の高岡安夫は大手の商社マンで、五十年五月海外への長期赴任が決まり、最初にマンションを建設した帝都レクリエーションの斡旋《あっせん》で現在の所有名義人田代行雄に譲り渡したそうである。

だが近くの住人に田代行雄の姿を見た者はない。田代弓子《ゆみこ》こと李秀蘭が移って来たのは、六月の末ごろで、片言の日本語しか話せない。

食料品の買い出しに出る以外は、ほとんど家の中にいるらしいが、週に二、三度夜になってから外出する。訪問者はないということだった。

田代行雄は、親にも内緒で李秀蘭と国際結婚をしながら、〝新居〟に影も見せない。

またその妻は妻で、謎の行動が多い。

捜査本部はここに、米原豊子、多渡津治平、李秀蘭という三人の人物を得た。彼らの行動に監視の目を光らすと同時に田代行雄の行方も追及することになった。これらの人物をつなぐ共通の鎖が、帝都レクリエーションの二宮重吉である。なお、彼らには、いずれも前科はなかった。

一浮浪者の殺人に端を発して、事件は意外な拡大をしそうな予感が、捜査員の胸にしきりに揺れた。

4

田代行雄の行方が追及されると同時に、米原豊子の家の張り込みがつづけられた。青田孝次郎の供述によれば、豊子の家で殺人が行われているのである。近所の聞き込みをしたところ、多渡津治平や李秀蘭のほかにも怪しげな男女が出入りしているらしい。その家の権利関係の推移にも胡散くさいものがある。

捜査本部は、豊子の家からしきりに漂ってくるきな臭いにおいを嗅いでいた。

警察の監視下におかれているとも知らず、怪しげな人物は、その後も出たり入ったりした。同家に出入りした人間は、出入り商人やセールスと明らかに知れる者を除いて、すでに尾行がつけられ、身許を調べられた。

その結果、さらに意外な事実が浮かび上がった。

張り込みをはじめてから二週間のうちに、同家に出入りした者は、男四人、女四人である。その中の二人は、多渡津治平と李秀蘭がまたやって来たものであるが、他の男三人と女二人の身許は、捜査本部の不審をさらにうながすものであった。

張り込みの尾行班が明らかにした男たちの身許は――

山口恒市《やまぐちこういち》、東洋開発銀行審査部長

田淵友次郎《たぶちゆうじろう》、日本漁業金融金庫理事

中上政志《なかがみまさし》、農林正金金庫理事

であり、女たちは、

坂石時枝《さかいしときえ》、ホステス

大山《おおやま》まさ枝、ホステス

である。中上政志は昭和四十×年から三年間、農務省山林庁長官という経歴があり、大山まさ枝は、韓国国籍 趙王麗《ちょうおうれい》で、本年四月、大山勇《いさむ》と結婚している。

ここにまた「農林正金」や「韓国女性」が現れた。女がいずれも若く、接客業であることが、これら男女の関係の推測を容易にさせた。

「これは、米原豊子の家で売春をしているのではないか？」

「女たちは、いずれもコールガールだ」

「女の数が一人足りないが、大山まさ枝が二回来ている」

「韓国の女性を偽装結婚でビザを取り、高級売春婦に仕立てているのではあるまいか」

「男がいずれも金融関係者の大物であるところを見ると、だれかが女を供応の道具としているのかもしれない」

「その供応者はだれだ？」

「帝都レクリエーション？」

「帝都レクリエーションが、東洋開発銀行、日本漁業金融金庫、農林正金と、どんなつながりがあるんだ？」

「それは、まだわからない。しかしくさいじゃないか」

　捜査会議の空気は熱っぽくなった。浮浪者の殺人事件から端を発して、意外な大物が続々と登場して来た。彼らが殺人事件に関係しているかどうか、いまの段階ではわからないが、なにやら淫蕩《いんとう》な気配を帯びてきた現場に出入りしている事実は見すごせない。

　登場した大物たちの身辺に、内偵の手が伸びた。だが彼らの周辺に、六月七日前後（出稼ぎ三人組が米原豊子の家で殺人を目撃したと主張した）に消息を絶った人間はいなかった。

　いったいだれが殺されたのか？　三人組が目撃したという殺人の被害者は、だれなのか？

　ここで、太田刑事が一つの着想をもった。

「三人組が目撃した被害者は女だったという。もしかすると韓国から来たコールガールが殺されたのではないでしょうか？」

「韓国のコールガールがなぜ殺されたのかね」

　那須警部が茫洋とした目を向けた。

「まだよくわかりません。しかし、韓国からわざわざ結婚を偽装してまで女性を呼んで売春させていたとすれば、よほど大きな組織が動いていると考えられます。被害者がその組織にとって都合の悪いことを知りすぎたか、あるいは、組織を脅かすような行動を取ったとすれば、十分、殺される動機になりませんか」

「なるほど」

　那須の目に光が点じた。

「外国人女性が人知れず殺されて、死体をどこかに隠されてしまえば、家族が騒ぎたてることもないし、まずわからないでしょう。まして、売春の出稼ぎに来ているような女性なら、本国の方にも適当な口実をつけているでしょうからね」

「あり得ることだな」

　那須の目の光は、ますます強められた。最近、東南アジア諸国から若い女性を留学や好条件の就職で釣って、京浜方面のキャバレーなどで働かせていた事実が新聞種になった。

これらの人身売買ルートは、たいてい麻薬や短銃の密輸ルートと結びついている。シンジケートの本拠は、バンコクやホンコンにあって、調達グループと輸送グループに分かれている。シンジケートは、日本の暴力団と結びついて、輸送グループによって運び込まれた覚醒剤やピストルは、日本の暴力団によって売り捌《さば》かれる。東南アジア諸国には日本に憧れている女性が多いのに目をつけ、彼女らをコールガールに仕立てて、この密売ルートに乗せることを考えついた。

本国では、どうということのない女性でも、日本へ連れて来れば珍しがられ、いい値段で売れる。こうしてシンジケートのメンバーが、ホステス、会社員、学生などの若い女性を、「日本に行けばいい仕事がある」「芸能人として名を上げられる」「働きながら留学できる」などと甘言をもって釣り、支度金と航空券をもたせて来日させ、麻薬売買でコネのついた日本の暴力団の経営するキャバレーなどへ送り込んで、売春を強要していた。

彼らの手口は、日本に着いた女性からパスポートを取り上げてしまう。女性たちは身動きできなくなって、泣く泣く言うとおりになってしまう。

その女性の一人が監視の隙をついて逃げ出し、派出所へ駆け込んだところから、国際的な人身売買ルートが明るみに出た。彼女らはたいてい麻薬を射《う》たれて意のままに操られていた。逃げ出して来た女性は、麻薬を射たれる前に、どうも様子がおかしいと悟って、隙をうかがっていたそうである。

もしこのような女性の一人が、殺されたとすれば、死体が発見されないかぎりわからないだろう。

那須警部はさっそく麻薬課と保安課に照会した。同時に、この事件を扱った神奈川県警防犯課や大阪府警保安課に連絡を取った。だがいまのところ、殺人が行われた形跡は認められないという回答であった。

タイ国やホンコンの旅券発給局に照会しても、出国女性は暴力団から救出された女性の数と一致している。

幽霊牧場

1

捜査の鉾先が海外人身売買ルートに向けられている一方、李秀蘭と趙王麗の戸籍上の夫となっている田代行雄と大山勇の行方が追われていた。両名とも、〝妻〟の家にいない。同居していないことは、近所の聞き込みによって明らかであった。

ここで一つ興味ある事実が浮かんだ。田代も大山も、本籍地が群馬県吾妻郡嬬恋村になっている。

「二人の韓国人女性と結婚した男が、同郷とは、どういうことか？」

「しかも、ほぼ同じころに結婚しているよ」

捜査員はこの符合に注目した。これは偶然ではない。もし偶然でなければ、彼らの結婚は、ますます作為された状況が強くなる。

それにしても、同郷者がなぜ時を同じくして韓国女性と結婚したのか？

外事課では、日本滞在期間を延長するための偽装結婚だろうと推測した。韓国から日本への入国は厳しく、芸能関係の仕事をする名目で呼ぶ場合、四カ月しか滞在できない。しかし、これが日本人男性と結婚すると、最低三年間の滞在が認められる。しかもその後滞在期限の更新が認められ、事実上永住できる。

だが、たとえ偽装結婚であるとしても、田代と大山は法律的に形式の整った結婚をしている。婚姻届けも嬬恋村役場に出されている。これを取り消さ（離婚）ないかぎり、彼らは他の女性と結婚できない。

もし彼らが、二人の韓国女性の日本滞在延長のために戸籍を貸したのであれば、そのためのなんらかの見返りをうけたはずである。

それに戸籍を貸すだけなら、同郷者でなくともよい。彼らには戸籍を貸すにあたってなんらかの共通項があったのかもしれない。二人の行方がわからないので、出身地を洗う以外に方法がなさそうであった。

問い合わせをうけた外事課でも、売春戦力を確保するための新手口とにらんで内偵をはじめた。浮浪者の殺人事件はますます意外な方向へ波紋を広げつつあった。

嬬恋村へ出張することになったのは、また太田と下田のコンビだった。

地図を見ると、嬬恋村は群馬県の北西端、長野県との境界に接している。交通は、国鉄吾妻線で万座《まんざ》・鹿沢口《かざわぐち》まで行く。電話で問い合わせたところによると、田代と大山の生家は吾妻線の終点、大前にあるそうである。

「浅間山《あさまやま》の裏側ですね」

「嬬恋とは、またずいぶん情緒的な名前だな」

「この辺りはロマンチックな名前が多いですよ、嬬恋のほかにも、暮坂峠《くれさかとうげ》、小雨《こさめ》、花敷《はなしき》。郡の名前も吾妻です」

「嬬恋に吾妻か、ほかにも聞いたような地名があるね」

「たしか暮坂峠は若山牧水《わかやまぼくすい》が愛した峠で、牧水コースと呼ばれて女性に人気のあるハイキングコースになっています」

「牧水コースか、そう言われると、聞いたような気がするよ」

「牧場も多いですね」

「なんとなく牧歌的な感じのする土地だね」

二人は地名から想像したのびやかな風景を瞼に描いた。浅間山の裾の雄大な原野、山裾がそのまま地平線となって、天と地の間に溶けている。点在するカラマツの林と牧舎、悠々と草を食《は》む放牧の群れ、浅間の噴煙が、雲とも煙とも見分けつかずに、空にたなびいている。

二人の刑事は、「牧場」という言葉のもつロマンチックな響きに眩惑《げんわく》されて、犯人の足跡を追うべき土地に甘いセンチメントを柄《がら》にもなく寄せていた。
だが間もなく、「牧場」の背後に潜む人間の醜い欲望に突き当たるのである。

2

上野を朝出る万座・鹿沢口直通の急行に乗って二人が終着へ着いたのは、正午少しすぎである。ちょうど上野から三時間の列車の旅であった。平日なので、列車は空いていた。ハイキング姿の若い人と渋川《しぶかわ》から乗り込んだ地元の人がパラパラと降り立った。駅舎はまだ新しい。駅前には国道144号線が走り、パチンコ屋や銀行もあって鄙《ひな》びた感じはない。車の通行もけっこうある。

車社会が都会風俗を全国に万遍なく拡散した感があった。

国道と反対側の駅前に長野原《ながのはら》や万座温泉、鹿沢温泉、新鹿沢行きのバスが待っている。大前はここからさらに西へ四キロほど行った所である。ちょうど駅前に客待ちしていたタクシーに太田と下田は乗った。駅前から国道144号線に沿って低い家並みが断続する。トタン屋根の平屋が多い。

国道はしばらく丘陵にはさまれた低地を走るので、展望はきかない。国道の右に沿って流れていた吾妻川が、間もなく二つに岐《わか》れた。右へ岐れたのが万座川だそうである。分岐点（合流点）の少し手前で、視野が開けて、浅間山が真正面にその根張りも広く姿を現した。このあたりから、川が国道を左右にからむようになる。

耕地は少なく、流れた火山灰地にカラマツの疎林と、小さな家が散っている。国道の両側に、集落は密集した家並みとなって現れたが、すぐに切れる。街道にも、野にも人影は見えない。車も途切れていた。

「このあたりの農家はなにをつくっているんだろうな」

太田がなにげなくつぶやくと、

「高原キャベツやレタスですな。下流へ行くにつれて標高が下がりますが、千メートルより下になると、養蚕が多くなりますな」

運転手が背中越しに話しかけてきた。

「別荘地も多いようだね」

「このあたりは火山灰地ですからね、ろくな作物は取れません。四十年代前半にだいぶ不動産屋に買われましたね」

「なかなか景色のいい所だね、この辺に別荘でももつ身分になりたいもんだ」

「景色だけでなく、名前にひかれて来る人も多いんですよ」

「嬬恋なんていかにも若い者にうけそうな地名だ」

「日本武尊《やまとたけるのみこと》が東夷《あずまえびす》征伐に来て、帰り道にこのあたりを通り、鳥居《とりい》峠に立って、走水《はしりみず》海で自分の身代わりとなって死んだ奥さんの弟橘比売《おとたちばなひめ》を偲《しの》んで、『吾妻はや』と嘆いたというところから、吾妻郡、嬬恋村という地名が生まれたという伝説がありますな」

「ロマンチックな伝説ですね」

下田が口をはさんだ。

「ロマンチックだが、悲劇的な感じもするね」

太田は改めて車窓から外を見た。よく晴れているが、そのような目で見ると、なんとなく大地に沁《し》みついた陰影のようなものが感じられる。

車は間もなく大前に着いた。運転手も土地の人間で、田代の生家を知っていた。ここは嬬恋村の役場があって、行政の中心地となっている。大前の集落は、国道に沿ってあるが、田代の生家は国道から少し北へ行ったはずれにあるそうである。車がそこまで入らないので、運転手から場所をよく教えてもらって車から降りた。

国道からそれて、教えられた道を北へ向かうと、ゆるい勾配にかかって、高原らしい風景がひらけてくる。大前の集落は国道をはさんで細長くつづく。大前駅前には、一軒家が見えるだけで、あとはなにもない。嬬恋村の経済の中心は、いまやって来た万座・鹿沢口の方にあるらしい。

田代行雄の生家は、高地の中の一軒家だった。軒の低い小さな家で、赤錆《あかさ》びたトタン屋根に石が載せてある。柱が傾《かし》いで、家全体がゆがんでいた。壁の下見板は反って、その下から崩れかけた粗壁《あらかべ》の土が覗いている。

家の前面の小さな庭をまわり込むと、障子の外の廊下で老婆が柿の皮を剝いていた。開け放した障子の奥の部屋は煤《すす》ぼけてはいるが、わりあい整頓されている。廊下に面した八畳程度の部屋と台所を兼ねた四畳半くらいの板の間、それに土間の構成である。一目で家の中全体が見渡せる小さな家だった。それでも部屋の隅にテレビが置いてあった。

この地域は、別荘地として急速に開発され、大手資本が片っ端から土地を買収している。農民たちも、貧寒な土地にしがみついて、わずかな作物をつくったり、牛や馬を飼うよりも、手っ取り早く土地を金に換えて、新しい商売に転向していく。

田代の家も、農具がまったく見えないところから、すでに土地離れをしたのか、あるいは初めからわずかな土地すらもっていなかったのかもしれない。

刑事たちの来た気配に老婆が顔を上げた。乱れた白髪の下に疑い深そうな目が光る。これが田代行雄の母親なのであろう。

太田と下田が自己紹介をすると、

「また行雄かね、あんな親不孝者のことはなにも知らんぞ」

と白い目を剝いて、にらんだ。親にも知らせずに外国人と結婚したのだから、無理もないが、刑事は、老女が「親不孝者」と言って怒るには他の理由があると考えた。

「突然お邪魔して申しわけありませんが、以前にもご子息さんのことでだれか来たことがあるのですか」

太田は、老女をなだめるようにしながらそろそろと切り出した。彼女はいま「また行雄のことか」と言ったのだ。

両親が息子の結婚したことを知ったのは、つい数日前に、捜査本部が所轄署と村役場を介して、彼の行方を調べたときである。そのときの両親の驚愕は、さぞや大きかったであろうが、それを怒るのに、「また」という表現は、適当でないように聞こえたのである。

——田代行雄は以前にもなにか両親を怒らせるようなことをしたにちがいない——単に家出をしただけならば、息子の消息を携えてきたかもしれない刑事にそのような言葉を投げつけるはずがなかった。

「警察が来たわい」

「警察、いったい警察が、いつどんな用件で来たのですか?」

田代には前科はない。するとなにかの参考人として事情を聴かれた程度であろう。しかしそれなら老母が警察に対して、あからさまな拒絶反応をしめさなくともよいはずであった。

「あんたも警察なら知っとるじゃろう」

老女の顔は、ますます険悪になった。

「いえ、警察といいましても、いろいろと係がちがいましてね」

「知りたければ、自分で調べればええ」

老女は剝いていた柿の一片を包丁で削り取ると、口の中へ放り込んだ。

「まあ、そうおっしゃらずに教えていただけませんか」

「あんたらはなんの用事で来たのかね」

二人は自己紹介をしただけで、まだ用件を告げていなかった。もっともその用件は、はなはだ漠然としている。田代と大山が外国女性に戸籍を貸さなければならなかった共通の理由を探し出すのが目的であるが、捜査本部から照会がいくまで息子の結婚を知らなかった両親が、そんな理由を知っているともおもえない。

両家の家人といろいろ話をしているうちに探り出そうとするのだから、相手の拒絶反応がいちばん困る。

「ご子息に会いたいのです」

「ここにはいないよ、二年前に家を出たまんま生き死にもわからなかったげが、つい先日、親にも内緒で外国の女といっしょになったそな。あの親不孝者めが」

「連絡はないのですか」

「ふん、そんな殊勝なことをするやつか。これで田代の家も終わりじゃ。ご先祖様に申しわけのうてなあ、こともあろうに外国の女となあ」

どうやら彼女は息子が白人の女性と結婚したとおもっているらしい。老女のおもいちがいを訂正するのは、太田らの役目ではなかった。それに相手が白人女性ではないと教えても、老女の怒りは鎮まらないかもしれない。

「警察が以前に来たのも、ご子息の結婚の件だったのですか」

太田は巧妙に誘導の触手をのばした。

「なんの、そのとき知っていれば、どんなことをしても外国人なんかと所帯はもたせなかった。それにあれは三年前のことだからね」

これで、前回に警察が来たのは三年前であることがわかった。

「ご子息はべつに悪いことはしていないはずですがね」

太田は、さらに誘導の糸を引いた。

「そうだよ、行雄は悪いことなんかできる子じゃない。本当は気の小さなやさしい子なんじゃや。大山のガキがみんないけないんじゃ」

「大山？」

おもいがけなく問題になっている名前が老女の口から飛び出したので、太田はそれとなく下田に目くばせして、

「それは大山勇さんのことですか」

「そうじゃ。あの大山のガキがみんな倅《せがれ》をそそのかしたんだ。行雄はあのガキとさえつ

き合わなければ、グレずにすんだのに」

誘導の糸は、さらに大きな手応えを送って来る。

「大山さんは、いったいどんなことをご子息にそそのかしたんですか」

「刑事さん、大山のガキをとっつかまえてくんろ。あのガキは野放しにしておくと、ろくなことはせん人間じゃ」

「私たちは、大山勇の行方も追っているのです」

「行雄があのガキといっしょに、またなにか悪いことやらかしたんじゃないだろうね」

老女は急に子を案ずる母親らしい表情に戻った。

「そんなことはありませんよ。ただある事件の参考までにご子息さんの意見をうかがいたいだけです」

「大山を捕まえてくんろ」

「悪事を働いていたら捕まえます」

「必ず働いているとも。あのガキはおてんと様の下をまともに歩けない人間じゃ」

「それで大山が田代さんに何をそそのかしたのです?」

大山を捕まえると言ったものだから、老女の態度が少し軟化した機を逃さずに、太田は聞いた。

「牧草地を売ってしもうた」

「大山のガキに誘われて、ニセの小作人になっての、不動産屋に売っぱらってしもうた」

「牧草地を？」

「そのう……何を不動産屋に売ったのですか」

ようやく老女の口はほぐれてきたものの、話に飛躍があるので、意味をつかめない。

「国有地を払い下げてもろうたんじゃ。それは牧草地にして、牛や馬を飼うはずだった。それを不動産屋に売っぱらって、金を山分けしてしもうた。牧草地の上に、いまではホテルやゴルフ場ができておるよ」

「小作人になったというのは、どういうことですか」

「ニセの小作人になったんじゃ」

「ニセとは、どういうことですか」

太田は、要領を得ない老女の言葉を辛抱強く誘導の水路に整理しながら、水面に揺れる映像の輪郭を読み取ろうとしていた。

結局、老女に聞いた話から推理すると、田代行雄は大山勇にそそのかされて、国有地を払い下げてもらうための名義上の小作人となった。首尾よく土地を入手すると、それを不動産屋に売却し、分配金で遊びぐせを身につけたらしい。

それまでは、さして熱心というほどではなかったにしても、父親をたすけてキャベツやレタスの作付けをしていたのが、名前を貸すだけで大金にありついたものだから、まじめに働くのが馬鹿らしくなってしまった。

「こんな火山灰地にしがみついてキャベツなんかつくっていたところで、一生うだつが上がらない。嫁の来手もない。これからは頭だ。おれは頭で勝負するんだ」と大言して、分配金でしばらくのらくら遊んでいたが、それを費い果たすと、両親が止めるのを振り切って飛び出して行ってしまった。

老女に言わせると、それはすべて大山のせいだそうである。大山とはおさななじみで、中学までいっしょだったが、「ずるがしこいガキで行雄はいつもだまされてばかりいた」という。

田代が家を出たのも、大山に誘われたらしい。

田代が飛び出した後、父親もすっかり作業をつづける意欲を失って、いまでは近くの旅館やホテルの日雇いをしているそうである。

「お子さんはほかには？」

「姉が二人いますがな、もう嫁にいっとります」

老女の口調は話しているうちにだいぶ和んできた。これ以上引き出すことはないと判断した太田は茶を淹《い》れるという老女を制して、すすめられもしないうちに腰を下ろしていた縁側から立ち上がった。

これから大山の家の方にまわるつもりである。老女にその所在を聞いてもいいのだが、せっかくなおりかけた機嫌を損ねたくなかったので、ほかでたずねようとおもった。調べてきた住所地によると、この近くのはずである。

外へ出ると、午後に回った陽《ひ》が村の陰影を濃くしていた。山の方角は、逆光になってかすんでいる。

「そうだ、駐在へ寄っていこう」

大前には長野原署の駐在所がある。そこで、大山の家の所在と、田代の母親から聞いた「国有地払い下げ」の詳細がわかるかもしれない。駐在所は国道に面したごく普通の民家の中にあった。

駐在所にはちょうど年輩の巡査が居合わせた。こちらの身分を告げると、すっかり恐縮して中へ招じた。警視庁の刑事が訪ねて来たのは初めてのようであった。

細君の淹れてくれた茶をすすりながら、太田は田代の老母から聞きかじってきた国有地払い下げの一件をたずねた。

「ああ、あの話ですか。あなた方の耳にまで入りましたか。あんなことがあったもんで、この土地もすっかり評判を落としてしまいましたな」

駐在巡査は、古傷に触られたような表情をした。言葉どおり地元の人間には触られたくない古傷らしい。

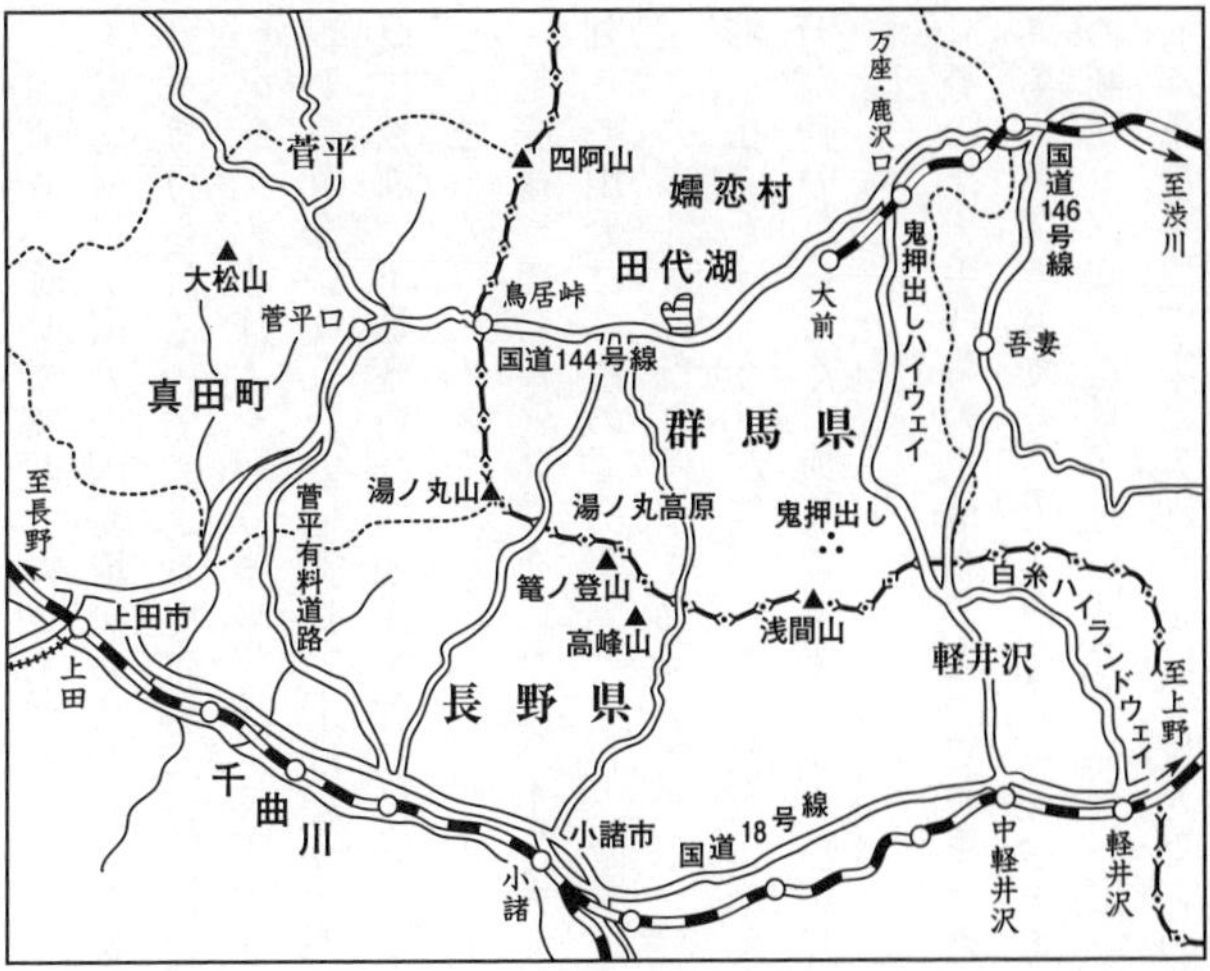

「いや、いましがた小耳にはさんできたところなのです。さしつかえなかったら、詳しく話してもらえませんか。実はわれわれの手がけている事件に田代行雄と大山勇が関係しているらしいのです」

「先日、本署から照会があったのは、その件ですな。私もこの村に長いこと駐在しておって、あの二人も知っとりますが、またなにかやらかしたらしいですな」

　駐在は、茶をすすって眉をしかめた。土地の人間が中央へ出て、華々しい成功のたよりを聞くのは格別だが、警視庁の刑事が聞き込みに来るようでは、どうせろくなことはしていないだろうと、苦々しくおもった様子である。

駐在から聞いて補足した国有地払い下げの一件は、次のようなものであった。

嬬恋村には広大な国有地があった。国有地であっても、そこに小作人がいれば払い下げをうけられるので、これに目をつけた同村牧野《まきの》農協が、昭和四十×年急遽《きゅうきょ》三十数名の名義上の小作人を駆り集め、三・三平方メートル（一坪）あたり十銭から一円という信じられないような安値で払い下げをうけた。その後、馬も飼わずに何年か放置して、県に無断で不動産会社や観光業者に最低二千倍から最高一万五千倍の値段で売りはらってしまった。

転売後、組合員と名義を借りた〝小作人〟の間で一人あたり百万から五百万くらいの割りで山分けしたのである。

この事件は、三町村十一農協が結託して、合計四百六十七ヘクタールもの元国有地の不正払い下げをうけた後、モグリ転売した大がかりなものであったが、上の方で強い勢力が動いたらしく、地元ではずいぶん騒がれたのに、うやむやのうちに立ち消えになってしまった。

その後、手持ちの土地まで売ってしまったために、実体のない幽霊農協となったところもある。それでなくとも巨額の転売金を得て、地味で苛酷な農業にいや気がさし、他の商売へ転向したり、村を捨てて都会へ出て行く者があいついだ。

不正な手段で手に入れた金は、村人たちの精神までも蝕《むしば》んだ。土地から離れた農民の末路は哀れである。たいてい新商売に失敗するか、都会での生活にとけ込めず、生活の方途を失ってしまった。

村へ帰りたくとも、もう自分の土地はない。結局、土地を売り渡した観光業者の日雇いなどに使われて、細々と暮らしをつなぐことになった。彼らは、土地とともに故郷まで失ったのである。

その名義小作人として田代と大山も駆り集められた。田代は転売時に、父親に無断で家の土地までも売ってしまった。そのために父親は、いま老いた身に笞打《むちう》っての日雇い仕事で、辛うじて老夫婦の余命をつないでいるという。

「そんなことがあったのですか。ちっとも知らなかったな」

聞き終わって太田はびっくりした。一見、平和で、世の中の喧噪《けんそう》から切り離されているように見えるこの山村にも、広大な国有地を食い物にした人間の欲望と術数がうずまいていた。

「一部地方紙にはもれたのですが、どこかから圧力がかかったらしく、すぐにもみ消されてしまいましたよ」

二人は、大山の家の所在地を聞いて駐在所を出ようとした。ちょうど国道を長野原方面から一台のマイクロバスが走って来た。車の腹に書かれた社名に、二人の刑事はハッと表情を引きしめた。

「あ、あの車は……」

下田が通りかかるマイクロバスを指さした。車体に、『帝都レクリエーションクラブ』と書かれてある。

「ああ、あのマイクロですか。あれが例の国有地をほとんど一手に買い上げた会社ですよ」

駐在はなんでもないことのように言った。

「本当ですか！」

おもわず確かめた声がうわずった。またしても帝都レクリエーションが出現した。田代と大山は、その郷里においても、しきりに登場する胡散くさい会社とつながっていたのである。

ここで下田に、ふとひらめいたことがあった。

「それらの元国有地に東洋開発銀行や農林正金のなにかがありませんか」

「ありますよ」

駐在は、それがどんなに重大な意味をもつかも知らずにのんびりと答えた。

「ありますか」

「東洋開発銀行の寮や、農林正金の保養所がこの近くにあります。東洋開発銀行は、帝都レクリエーションと組んで、別荘分譲地を売り出していますよ。頭取や理事の別荘もその中にあります。ホテルのように豪華な別荘です」

「日本漁業金融金庫はどうですか」

　下田はさらに踏み込んだ。

「ありますよ。東洋さんも農林さんも漁業さんも、そのおえら方はみんな帝都レクリエーションのゴルフ場の会員になっていますし、別荘の他にそれぞれこのあたりの一等地に私有地をもっています」

　二人は顔を見合わせた。たがいの目が、役者は出そろったと語っている。東京の米原豊子の家を接点として、次々につながっていった彼らは、群馬県の広大な国有地を食い合った〝隣組〟だったのである。

「これらのおえら方がここへ別荘や私有地をもつようになったのは、もちろん農協から国有地の転売をうけた後でしょうね」

　太田はだめ押しをするように聞いた。

「そうです。帝都レクリエーションが買ってから、ゴルフ場や別荘分譲地に造成したのですから。分譲地外のおえら方の私有地も、みんな前身は国有地です」

　まだしかとはつかめぬながらも、なにか巨大な輪郭が浮かび上がりつつある。黒い霧の中に誕生したおぞましいモンスターの骨格。その具象化された姿も見えないうちに腐臭しきりなものがある。全身に瀆職《とくしょく》の膿汁《のうじゅう》をしたたらせながら、いまその巨大な怪物は、殺人の牙をも露にしようとしていた。

3

嬬恋村の国有地転売事件は、その規模と関係者の数においてかなり大がかりなもので、腐臭しきりなものがあったが、なぜか土地の者は、あまり語りたがらなかった。

駐在所巡査から聞いた話に基づいて、さらに裏の事情を詳しく掘り下げようとしたが、資料は人々の噂と、現にゴルフ場や別荘地に化けている元国有地だけであった。

事件を取り上げかけたという地方紙にも当たってみたが、それを取材した記者はとうに退社して所在不明であった。記事も国有地を観光業者が地元農協をトンネルにして買い占めていることを、トピックふうに小さな囲みで報じただけであった。

それ以後のファイルを探してみたが、追い記事はなかった。地元警察にも照会したが、

「まことに地元としては苦々しいことだが、特に転売が禁じられていたわけでもなく、転売に関しての各農協間の申し合わせにも詐欺の共謀は認めがたく、刑事問題にするのは無理だった」

と重い口で語った。

村人から事情を聴くのは、さらに困難であった。とにかく彼らの有力者の大部分は、その転売によって少なからぬ利益を得ている。そうでない者も、彼らの影響下にある。

地元の面汚しと苦々しくおもっている者はいても、主たる農協はすべて転売に関与している。

農民にとって農協は、代官のような存在である。収穫の出荷、農作業、水利、資金、地方公共団体からの通達等、農家の生活のすべてにわたって農協が介在する。転売にからむ裏の事情を知っていたとしても、それを漏らすのは、農協を敵にまわすことになる。それに事実、秘密管理が行き届いていたとみえて、詳しい事情を知る者がいなかった。

結局、駐在所巡査の話が最も詳しい事情を伝えたものだった。

二人の刑事は、徒労に終わった聞き込みの後、転売事件を闇から闇に封じこめた巨大な影を感じた。本命の殺人事件の捜査から、いつの間にかずれてしまった形だが、その殺人も、巨大な暗影から発しているような予感を拭いきれない。

だからこそ、聞き込みの焦点が本来は捜査二課の領域に属するような分野に移動してきてしまったのである。

「どうもなにかあるな」

帰りの電車の中で、太田は釈然としないおももちで言った。

「新聞記者が退社したというのにも、引っかかりますね」

同じおももちの下田が相槌を打った。

「途中で圧力がかかったんだろう」

「地元の警察も、あまり話したがらなかったですね」

「まさか捜査に圧力がかかったわけではないだろう。捜査をはじめるまでに至らなかったんじゃないかな」

「そう考えたいですね」

「いまふとおもいついたんだがね、あの地方紙の記事だがね、事件の真相をついているかもしれない」

「真相？」

「下田さん、あの記事おぼえているかね」

「ここにコピーをもらってきています」

下田はポケットを探って新聞記事のコピーを取り出した。

「記事は駐在さんが話してくれたものと同じだが、この見出しだよ」

太田は、――地元農協をトンネルにして国有地買占め――という見出しを指さした。

「この見出しがどうかしましたか」

「新聞によると、地元農協が結託して国有地の払い下げをうけた後、転売したとなっているが、これだけ大がかりな操作を農協だけの知恵でやったのだろうか？」

「後ろに黒幕がいるのですか」

「それを奇《く》しくもこの見出しが言い当てたんじゃないかな」

「じゃあ、帝都レクリエーションが！」

「断定はできないが、帝都レクリエーションが初めから国有地を取得するために、農協をダミーに使ったんじゃないだろうか。新聞記者はそこまで勘ぐらずに、言葉のあやからトンネルという見出しを使ったらしいが、実は最初から農協は、帝都レクリエーションの土地取得用トンネルだったのかもしれない」

「太田さん、それは大いにあり得る可能性だとおもいますよ」

下田は、手元の新聞コピーに目を据えたまま深くうなずいて、

「そうだとすれば、これは非常に巧妙な手口です。たとえ転売に疑惑をもたれても、帝都レクリエーションは表に立たずにすむ。当面の悪玉は農協になります。しかもその農協が、土地を失って幽霊化してしまえば、責任の主体が消えてしまう」

「黒幕が帝都レクリエーションとは決められないよ」

太田の言葉には含みがあった。

「他に黒幕がいるのですか」

「東洋開発銀行や農林正金もからんでいるんじゃないかな」

「一つ穴の貉《むじな》ですね」

「米原豊子の家に群れる……だな」

刑事は目を見合わせて苦笑いをした。

「二つ穴」に、べつの猥褻《わいせつ》な意味が重なっている。

二人が捜査本部へ帰ると、留守中さらに新たな発展があった。米原の家の張り込み班は、さらに同家に出入りした数人の人物をつかんでいたのである。

「いったいどんな人間だとおもう。みんな山林庁の現役連中だよ」

「山林庁の……？」

「農務省の外局で国有山林の管理、経営、造成とその指導監督をする行政官庁だ。ここの幹部が数人、米原の家に出入りしている」

那須警部の言葉が、嬬恋村の国有地転売事件と重なって頭の中で明滅するようであった。

嬬恋村の国有地も、山林庁の管轄地である。

「それだけじゃないよ、農林正金の専務理事多渡津治平は、元農務省次官だった。また理事の中上政志は、元山林庁長官、東洋開発銀行の山口恒市は、同じく林政部長、田淵友次郎は水産庁次長だった。つまり、すべて農務省関係だよ」

この意味がわかるかと問うように、那須は太田と下田の顔に等分に目を据えた。

「彼らが現役だったのは、いつごろのことですか？」

「それぞれに多少のずれはあるが、だいたい昭和三十年代後半から、四十年代にかけてだな」

するど、嬬恋村国有地払い下げのころ、彼らが山林庁の要職を占めていたことになる。

「つまり、往年の汚職の配役が、また顔を合わせたというわけだ」

二人の報告を聞いた那須が半眼をひらいた。

「汚職《サンズイ》の決め手はつかめませんでしたが」

「いまも山林庁の現役が、米原の家に出入りしている事実は、どう解釈すべきでしょうか」

太田の後に、下田が疑問を発した。

「先輩のヒキか、それともいまもおいしい話が進行しているのかもしれない」

「二課は、まだ動いている気配がありませんね」

「米原の家に出入りしているだけでは、犯罪にならんからね」

「どうも、途方もない大物が潜んでいるような気がするんですが」

「気配はある。しかし気配だけではどうにもならない」

「米原豊子のスポンサーはまだわかりませんか」

「いまの貉どもの一匹のようでもあり、そうではないようでもある」

「貉の数に比べて、来る女の延べ人数が少なかったときはありませんか」

女の不足を米原豊子が埋めたと考えられるから、そのとき来ていた男のだれかが彼女のスポンサーということになる。

「それが貉と女の数は合ってるんだ」

「カムフラージュのために女を呼んでいるということはないでしょうか」

「その可能性もあるだろうが、彼らはわれわれに張り込まれていることを知らないはずだから、そこまでの用心をするか」

「青田孝次郎は女を絞めていたという男女の顔を見たんでしょう」

「それが、短い時間、チラと覗いただけだから、顔の特徴までおぼえていないと言うんだ」

「死体が出てこないことにはお手上げですね」

山根殺しの犯人を追っているうちに、なにやら怪しい霧がわいてきたものの、その実体は模糊としてつかみどころがなかった。青田が目撃したという殺人の死体は、霧のかなたに溶けてしまったように、痕跡すらつかめない。事件は意外な発展を見せたが、袋小路へ迷い込んでしまった形だった。

「ともかく二課に照会して、この貉どもに、二課の方から目をつけているようなことがあったら、教えてもらおう」

那須の言葉が結論になった。

密航する憧憬

1

　十一月二十七日午後一時ごろ、九州郵船所属のフェリー「はかた」千八百トンは、定員の約五割の四百六十二名の乗客と三十八台の車を乗せて、福岡西方約三十キロの海上を十八ノットで博多《はかた》港に向かって航行していた。海は穏やかで、風も少ない。水平線に九州の島影が刻一刻色濃くせり上がってきている。

　プロムナードデッキには若い船客たちが海峡を渡る寒い風に抗して、海の眺めや潮の香りを楽しんでいた。ワンダーフォーゲルのグループらしい一団から歌声が湧き、周囲の船客が誘われて和している。

　まずは平穏無事な船旅であった。このまま何事もおこらなければ、船は間もなく博多港に予定時間どおりに入るはずであった。

　歌声のおきたグループの中から一人の若い女性が立った。小酒井《こさかい》光子《みつこ》という東京の女子大生で、卒業記念に仲間たちと日本縦断ドライブ旅行を企画して西日本を受け持ち、対馬《つしま》まで行った帰途である。

あとは博多から鹿児島まで行けば、自分の受持ち区は完走したことになる。最西端の対馬まで行ったのだから、もう目的は達したようなものであった。

仲間たちも、一人の事故もなくここまでやって来た。二度とない青春の記念に愛車を駆って日本という国を改めてじっくり見つめなおそうという計画は、なんといまの自分たちにふさわしいものだろう。

ほぼ九分どおり達成された計画に、仲間たちは気をよくして、大はしゃぎにはしゃいでいた。光子も「青春讃歌《さんか》」の熱っぽい渦の中にあって、愛車の中にウクレレをもってきていたことをおもいだした。

なんとなく気恥ずかしくていままで取り出さなかったが、あれがあれば、雰囲気がもっと盛り上がるだろう。

車はプロムナードデッキの下の車両甲板《カーデッキ》に搭載されている。

「私、ウクレレ取ってくるわ」と仲間にことわって、グループから抜けて出て来た。

カーデッキは、プロムナードデッキの喧噪と反対に静まりかえっている。波の動揺に動き出さないように、車輪をデッキに鎖《ラッシュイング》によって固定された乗用車やトラックが対馬から約五時間、壱岐《いき》から二時間半の船旅の間、その機動力をおとなしく船に預けている。

　光子の愛車は船首の方に置いてあった。船尾の方から入ってきた彼女は、車の間をすり抜けて小走りに走った。後で知ったことだが、カーデッキは航行中、立入り禁止《オフ・リミット》だったのである。

　緑色の幌《ほろ》をつけた大型トラックの横を通り抜けようとしたとき、彼女はすぐ近くで、人声を聞いたようにおもった。

　光子はハッとして足を停めた。同時に人声もピタリとやんだ。周囲には、さまざまな車が固定されているだけで、人影はない。

　だが空耳にしては、それはあまりにも近い所から来たようだった。光子の視線は、その横腹をすり抜けようとした、緑色の幌をかけた大型トラックの方へ向けられた。

　人声は、そのトラックの荷台の方角から来たようである。

　荷台には幌がかけてあって内部は見えないが、どうもその中に人間が潜んでいる気配なのだ。それも一人や二人ではない。光子がいま聞きつけた人声は、押し殺していたが、かなり大勢のそれもざわめきといった気配である。

　光子の来た気配に、ピタリと静まったのもおかしい。

　――あんな中でいったい、なにをしているのかしら？――

　客席が混んでいるので、トラックの荷台に乗っているのだろうか。それにしては、光子の足音に気配を消したのが解せない。

——それとも私の空耳だったのかしら？——

耳をすますと、上部の船室や甲板から船客のざわめきが波の音に乗ってかすかに伝わってくる。

光子はしばらく立ちすくんで、周囲の気配に耳をすましていた。波と船客のざわめき以外はなにも聞こえない。

（やはり、私の空耳だわ）

彼女は、ようやく自分を納得させて、その場から立ち去ろうとした。そのときである。先刻聞きつけたのと同じ気配が大型トラックの幌の中から聞こえてきた。まちがいなかった。だれかが幌の中にいる。人間の声ではあったが、何を話しているのかわからない。

それは日本語ではなかった。英語でもフランス語でもないらしい。西欧系の言葉ではなく、中国系の言葉に似たひびきがあった。もしかすると、中国語かもしれない。

光子は、急に気味が悪くなった。もうウクレレなどどうでもよかった。彼女は踵をかえすと、車両甲板から逃げ出した。デッキに出たところで、ちょうど船員が通りかかった。彼女はトラックの幌の中にかなりの数の人間が潜んでいる気配があると訴えた。

「トラックに？　あなたはどうして、そんな所へ入って行ったのです。航海中は立入り禁止ですよ」

船員は険しい目を向けた。

「すみません、知らなかったんです。でもそれならなおのこと、なぜトラックの中に人がいるんでしょう？」

船員にも初めはわからなかった。首をかしげかけてから、何事かにおもい当たったらしい。表情を引きしめて、

「お客さん、それはどのトラックですか」

「車両甲板の真ん中辺にある緑の幌をかけた大きなトラックです」

「すぐ見てみます」

「私、案内するわ。ね、いいでしょう」

恐くなって逃げ出して来たのであるが、光子は旺盛な好奇心が湧いてきた。船員は仕方なさそうにうなずいた。

船員は、さらに上級の船員にその件を報告して、数人の船員が光子の案内で車両甲板に下りて来た。気配を確かめるために、全員足音を忍ばせている。

――あのトラックです――

光子が目顔で告げて、指さす。たしかにそちらの方角から人の声が聞こえてくる。

――やはり、だれかいる――

船員たちはうなずき合うと、最初の船員が光子の耳に、「あなたはもう帰ってくださ

い。ご協力ありがとう」とささやいた。

「いったい、だれが隠れているんですか」

彼女は、もはや好奇心を抑えられなかった。

「なんでもありませんよ」

「密航者ですの？」

光子が想像を言うと、船員は仕方がないという表情で、

「そうかもしれません、あとはわれわれにまかせてお引き取りください」

「まあ、やっぱり！」

「このことは他の人に絶対言ってはいけませんよ、乗客の不安を誘うといけませんから」

「そんなことだれにも言いやしません」

「それじゃあ、船室の方へ戻っていてください。あとはわれわれが善処します」

光子は、事件《こと》の成り行きを見届けたかったが、それ以上わがままは言えなかった。

船長を中心に協議して、ここは手出しをせずに、海上保安部へ連絡することにした。もし彼らの中に武器でももっている者がいれば、シージャックに発展するおそれもあった。

福岡海上保安部からも、直ちに巡視艇が急行するから、それまで気がつかない振りを

してそっとしておくように指示がきた。

二十分後に、二隻の巡視艇が駆けつけて来た。海上保安官が緊張した表情で乗り移って来て、船長から事情を聞いた。

「何人ぐらいいる気配ですか」

「少なくとも十人前後はいる様子ですね。女もいるようです」

「こちらが気がついたことを、彼らは知っていますか」

「たぶんまだ知らないとおもいます」

「あとどのくらいでこの船は博多に着く予定ですか」

「約三十分です」

巡視艇の艇長は、ちょっと考えた後、

「このまま警戒しながら、博多までいきましょう。博多へ着くまでは、彼らに悟られないようにしてください。船客は知っているのですか」

「船客の一人が発見してわれわれに報せてくれたのです。しかし口留めをしておきました」

「もう一度確認しておいてください。博多へ着いて乗客を降ろしてから逮捕します」

と艇長は判断を下した。海上保安官によって、車両甲板は封鎖された。このため、密航トラックの運転手が、巡視艇の出現によって異変を感じ取っても、密航者に連絡できなくなった。天下太平の乗客を乗せて、フェリーは、博多埠頭《ふとう》へ近づきつつあった。

2

フェリーボートは、博多埠頭フェリー発着所に接岸した。対馬から約五時間の船旅を共にした人々は、埠頭から陸地の八方へ散って行く。車両デッキの車も動きはじめた。船体が埠頭に繋《つな》がれてエンジンを停止すると同時に、積まれていた人や車がいっせいに活動をはじめるのは、壮観であった。だがここに、その活動を止められていた一台の車があった。

マークしていた大型トラックにジャンパーにジーパンの二十二、三の若者と、グレイのダブルを着た中年の男が近寄り、運転台に乗ろうとした直前、待機中の海上保安官がすっと近づいた。

「この車は、あなたの車ですか」

たずねると同時に、ジーパンの若者の顔が青ざめた。中年の背広男もギョッとしたように、一、二歩後ずさったが、すでに退路もべつの保安官によって塞がれている。しかたなげにそうだとうなずくと、すかさず、

「積み荷に不審な点がありますので、調べさせてもらいます」

「そ、そ、捜索令状はあるのか」

中年男が必死に肩をそびやかして虚勢を張ったが、ジーパンの若者がいきなり、

「おれは知らない！　おれは関係ないんだ。おれはなにが積んであるのかも知らずに、運転を頼まれただけだ」

と悲鳴に近い声で訴えた。

そのときはすでに身構えた保安官が荷台後部にまわって、幌の内部へ呼びかけていた。

「中に潜んでいるのはわかっている。みんな出て来なさい」

このときは乗客の大部分は、乗下船口から下船していた。車両甲板の車はほとんど降りている。たとえ密航者が武器をもっていたとしても、一般乗客に危険の及ぶおそれはなくなっていた。

幌の内部に、明らかにそれと知れる騒《ざわ》めきがおきた。だがまだだれも出て来ようとしない。

「おとなしく出て来なさい。ここは博多港です。いつまでもそこに潜んではいられません。さあ、早く出て来なさい」

重ねて呼びかけた。日本へ密入国を企てる者が、日本語をまったく解しないはずはなかった。

荷台の幌が揺れた。内側から白い顔が覗いた。若い女だった。

「さあ恐がらずに出て来なさい」

保安官は、彼女の緊張を取り除くように優しく語りかけた。幌の口がおずおずと開けられた。

保安官が警戒の構えを解かずに中を覗くと、女ばかりが十人ほど荷台の奥に心細そうに寄りかたまっていた。

「女ばかりか」

海賊ばりの荒くれが機関銃でも構えているのではないかとコチコチになっていた保安官が、いささか拍子抜けの体で、ホッと息を吐いた。それも二十歳前後の若い女ばかりが、段ボール紙を敷いただけのトラック荷台に長時間息をひそめて閉じこもっていたために、幌の内部には若い女の生臭いにおいが澱《よど》んでいる。

「日本語はわかるね」

保安官が問うと、大部分がうなずいた。荷台から降りて来た娘たちは、服装は貧しいが、みなととのったおもだちをしている。

「どうしてこんな所に閉じこもっていたのか」

「どこから来たのか」

「旅券はもっているか」

密航者であることは明らかだったが、いちおう型どおりに訊問する。彼女らはいずれも旅券を所持していなかった。

その場で彼女らを出入国管理令違反の疑いで緊急逮捕した。同時にトラックの運転手と背広男も、密入国幇助《ほうじょ》で逮捕した。

女性は十一人、すべて韓国国籍である。福岡海上保安部に連行して取り調べた結果、背広の中年男は大阪市鶴見《つるみ》区今津南《いまづみなみ》三丁目三十×、三崎《みさき》運輸社長、三崎利男《としお》こと張景林《ちょうけいりん》、運転手は、同社の従業員で、吹田《すいた》市昭和町《しょうわちょう》十七―三十×、寺下明《てらしたあきら》と判明した。

寺下は張の命令で車を動かしたことがわかったが、張は、「対馬から大阪までサバを運ぶために来たが、荷主と行きちがいが生じて空車で帰って来た。密航者がいつの間に荷台にもぐり込んだのか、全然知らなかった」と言い逃れようとした。

だが、張はその荷主の名前をあげることができず、最も腐りやすい魚といわれるサバの輸送に必要な防腐の知識をまったくもっていなかったことから、嘘が露れてしまった。

密航者本人らは、韓国釜山《プサン》から漁船で対馬に運ばれ、そこから乗船時のチェックが甘いフェリーボートに、トラックの荷台に潜んで乗り込んだことがわかった。

彼女らはほとんど釜山や近郊の店員、ウエートレス、事務員、学生、看護婦などで、日本へ行けばよい条件の就職口や出世の機会があるという甘言に乗せられて、密航して来た者である。それを手引きした組織についてはまったく知らなかった。

海上保安部では、背後に大がかりな人身売買と、密航を手引きするシンジケートがあるとにらんで、張を厳しく取り調べた。

密航女性たちは、ほとんど日本での自分の落着き先を知らなかった。ただ日本へ行きさえすれば、すぐにも有利な職場が得られ、また女優やモデルとして華やかな脚光が浴びられると信じて、うす暗いトラックの荷台の中でバラ色の夢をふくらませていたのである。

保安官は、彼女らの夢をこわすのは辛《つら》かったが、その行末が目に見えるようであった。張は、黙秘して語らなかったが、彼の役目は、密航者の輸送だけであろう。とすると、日本へ運んできた女性たちを稼働すべき人間がいるにちがいない。いわゆる人身売買の仲間で〝はめこみ師〟とか、〝玉転がし〟と呼ばれる役の者である。これが人身売買シンジケートの中核にあたる。

海上保安部では、密航女性の本国送還手つづきを取る一方、張と寺下を福岡県警保安課へ引き渡した。

本国送還ときまって、すっかりしょげかえってしまった密航者の中から、最年少の李《り》英春《えいしゅん》という十七歳の釜山のデパートの売り子をしていた少女が、たどたどしい日本語で、「せっかくここまで来たのだから、せめてお姉さんに一目会わせてください」と訴えた。

「きみの姉さんが日本にいるのか」

取調官は驚いた。

姉がいるのであれば、密航などせずとも、その姉に身許保証してもらえば旅券もビザも取りやすくなったはずである。

「私より二年前に日本へ来ました」

「住所はわかっているのか。名前は」

「東京にいます。もしその後変わっていなければ、いまでもこのアドレスにいるはずです」

英春は懐の奥を探ってお守りのようにもっていた一枚の古い絵葉書を差し出した。東京タワーからの夜景で、韓国語の文章の上に日本字で住所が記されている。文章は何を書いてあるのかわからないが、文章より先に確かめなければならないことがある。

取調官は素早く住所をメモすると、

「それで姉さんは、日本で何をしているのかね？」

「女優になるために来たのです。姉さんはとてもきれいで、唄も踊りも上手だったから、日本で有名な女優になったとおもいます」

「ちょっと待ってくれ。姉さんはどうやって日本へ来たんだね」

取調官の頭にピンとくるものがあった。

「私と同じに対馬までフィッシュボートで来て、そこからトラックボートに乗ると言いました」

やはり同じ密入国ルートで来たのである。

「それできみは、自分も日本へ行きたいと姉さんに手紙を書いたのか」

「いいえ。初めは姉さんのアドレス知りませんでした。そのうちに一度だけ姉さんからこの絵葉書がきて、日本で楽しくやっているから心配しないようにと書いてあったのです。でも手紙を出してはいけないそうで、内緒で出したことがわかると怒られるから、返事はよこさないようにと書いてありました。

私は、この東京の絵葉書を見るたびに、こんなきれいな都会に住んでいる姉さんが羨ましくて、私も後を追って行きたいとおもっていました。くにのデパートで働いていても、お給料は安いし、おもしろいことはなにもありません。私もいつか日本へ行こうと、日本語も独りで勉強していました。

そんなとき、お客さんに声をかけられたのです。以前からよくお店へ来る人で、とても気前よく買い物をする人でした。そのお客さんが日本へ行ってみないかって誘いました。私ならきっと日本で成功すると言うんです。日本には若い女性のために有利な仕事がたくさんあると言われて、姉さんも東京にいることだし、おもいきってそのお客さんにまかせて飛び出してみたんです」

「その日本人のお客というのは、対馬からトラックボートでいっしょに来た男ではないのかね」

「ちがいます。そのお客さんは、タナカさんといいました。釜山からフィッシュボートへ乗るとき、いっしょに海岸まで来ましたけれど、そこから帰りました。フィッシュボートへ乗ると、もうこの人たちが先に乗っていました」

「フィッシュボートは、日本人が操っていたのかね」

「ちがいます。韓国のフィッシャーでした。日本人は一人もいなかったとおもいます」

「対馬ですぐにトラックに乗り込んだのか」

「対馬の海岸に夜中に着きました。あの二人の日本人がトラックといっしょに海岸で待っていて、私たちをトラックに乗りかえさせました。私たちは疲れていましたが、憧れの日本へ行くために、辛抱したのです。トラックに乗るとき、背広の日本人がサンドイッチとリンゴをくれました。そして日本本土へ着くまでトイレットへ行けないから、水気のものはあまり摂らないようにと注意しました。トラックは夜が明けると動きだして、いつの間にかボートに乗っていました。船に乗ってしまいさえすれば、もう日本へ着いたようなものだとおもった私たちは、つい注意を忘れてはしゃいでしまったのです。ここまで来て、本国へ送り帰すなんてひどいわ、残酷だわ。お願い！　私を姉さんの所に連れて行って！」

一日会わせてくれと言っていたのが、いつの間にかエスカレートしていた。

「きみは姉さんが、日本で本当に幸せになっていると信じているのか」

取調官は残酷だとおもったが、この際、人身売買の甘い誘惑の正体を知らせてやらなければならなかった。

「信じています。姉さん自身がこの葉書に書いています」

「それじゃあ聞くが、どうして姉さんは返事をよこしてはいけないと言ったんだね」

「それは……」

「どうして故国の肉親へ手紙を書くと怒られるのかね、いったいだれが怒るんだ？」

「そ、そんなこと知りません」

「姉さんの名前はなんというんだ」

「李英香《えいこう》です」

「残念ながら、そんな名前の女優や歌手は聞いたことがないね」

「きっと日本名に変えているんです」

「いいかね、いいかげんに目をさますんだ。姉さんは絶対に女優や歌手などになっていない。姉さんも、きみたちも欺《だま》されたんだ」

「欺された？」

「そうだ。きみらはタチの悪い人身売買の一味に引っかかったんだよ。われわれが見つけなければ、きみらはいかがわしい所に叩き売られて、骨のずいまでしゃぶられるところだったんだぞ」

「ま、まさか」

「その証拠に姉さんを探してみよう。まず幸せになっていないね」

保安官は少女たちを人買いの魔手に落ちる直前の言葉どおりの水際で食いとめたものの、はたしてそれが彼女らにとって幸せであったのかどうか、自信がなかった。

本国に送還したところで、彼女らが幸せな人生をつかむ保証はない。密出国を企てた彼女らには厳しい法の制裁が待っているだろう。生まれた土地に夢を失ったから、異邦へ新たな夢を寄せたのであろう。

——せっかくここまでたどり着きながら——というのは保安官の心情でもあった。

3

杉並《すぎなみ》区永福《えいふく》三—四—××番地、宮村健造《みやむらけんぞう》方李英香——これが李英春宛の絵葉書に書かれていた寄留先であった。出入国管理局にも李英香の入国した記録は残っていなかった。

英香は、妹、英春と同一ルートによって日本へ密入国した疑いが強かった。デパートガールをしていた英春に、タナカと名乗った日本人が、日本行きを勧誘したということだが、姉を二年前に売り飛ばしたとき、すでに妹にも目を着けていたのではあるまいか。

とすれば、宮村健造は人身売買シンジケートの一味である可能性が強くなる。しかも英香が寄留先にしているところをみると、一味の中核たる〝玉転がし役〟かもしれない。

取調官は、直ちに警視庁に宮村健造なる人物の身許確認の依頼をすると同時に、張景林に宮村の名前をぶつけてみた。

特に反応はみられなかったが、白《しら》をきっているようにも見える。

運転手の寺下の方にも訊いたが、彼は本当に知らない様子であった。

ここに新たな人物が浮かび上がった。取調官は、宮村健造が人身売買に一役かっている、それもかなり重要なパートをつとめているにちがいないという心証をもった。

宮村健造は、該当する住所にいた。職業は『サンライズ・ビューティメート・クラブ』というファッションモデルクラブ社長である。赤坂《あかさか》の貸しビルに事務所をもち、いちおうモデルも何人かかかえているらしい。

モデル幹旋業《エージエント》という職業は、取調官の心証をますます濃くした。それは、人身売買によって獲得した「玉を転がす」ための絶好の隠れ蓑《みの》である。

多少とも容姿に自信のある女性ならば、自分の美しさを華やかな脚光を浴びて人に見せたいという本能的な欲望がある。この欲望を端的に充足してくれる職業が、ファッションモデルである。

その華やかさに比して、芸能界ほど直接的な危険を感じさせない。芸能界と聞いただけで、身を売らなければ売り出せないと信じているような古い親も、モデルの外見優雅で上品なオブラートに惑わされて、あまり拒絶反応をしめさない。

またモデルをしているうちに、スターや歌手になっていった人たちも少なくない。モデルになるためには、特技はいらない。見せ物にする顔と体があるだけでよい。——最も手っ取り早く、優雅に、しかも安全に有名になれる——ように錯覚して、猫も杓子《しやくし》もモデル志望と言われるほど若い女性に人気がある職業だそうである。

しかもモデルと謳《うた》う以上、顔とスタイルに自信のない女性や、理屈っぽい女性はあまりやって来ない。

事物について思考する習性がなく、自ら思考する習練もせず、周囲のおだてに乗りやすく、自分の外面の美を過信して誇示したい。なかにはそんな女性もいる。

そういう人は人生の長期のビジョンがあるわけではなく、ただ短い花の命の間にキリギリスのように自分の歌を歌いたいだけである。

こういうタイプの女性こそ、まさに人身売買の絶好のカモとなる。その心情を巧みに誘導しながら、モデルの糖衣の下に売春をさせても、彼女らには売春した意識もないだろう。

福岡県警保安課の依頼によって、宮村健造なる人物の身許を調べた警視庁では、人身売買シンジケートの一味の疑惑があるという点に引っかかった。

現在、「本部事件」として、碑文谷署に捜査本部がおかれている浮浪者殺しが、どうやら官財界にまたがる大がかりな汚職を暴き出しそうな雲行きとなっている。その汚職には国際人身売買シンジケートがからんでいる気配なのである。

米原豊子の家に出入りする〝農務省関係者〟および日本人と偽装結婚した疑いの強い外国女性。青田孝次郎の供述によれば、同家で一人の女が殺されている。汚職、売春、殺人の犯罪三重奏が同家で奏でられたかもしれない。

だが決め手がつかめない。コールガールの名義上の夫である二人の日本人の居所は依然として不明だし、当の女性たちに直接当たるには、まだなんとしても本部の手持ち資料が薄弱であった。

青田ら三人組が目撃したという殺人の死体は、どこからも現れていない。その痕跡すらも見つけられない。疑惑はあっても、すべて模糊たる霧に包まれている。

八方塞がりの状況のときに福岡県警から密航者に関する照会がきた。背後には大規模な人身売買組織の存在が感じられる。

捜査本部では、宮村健造なる人物を、米原豊子の家に出入りする女性たちの背後に据えてみた。

もとよりまだ、仮定の域を出ないが、宮村健造と、米原豊子の間になんらかのつながりがあれば、仮定はにわかに現実の色彩を濃くするのである。

プラスティック人形の家

1

福岡県警に触発された形で、宮村健造の身辺に内偵の手がのびた。

宮村の経営する『サンライズ・ビューティメート・クラブ』は東京・赤坂三丁目の貸しビルの中にあった。モデルクラブは、東京、大阪、京都などを中心に約六百社がひしめいており、モグリの業者も少なくない。

ちょっと容姿がよくて内容が空虚の女の子に、すぐにも一流のモデルになれるように誘いをかけると、十人中八人は従《つ》いて来るという。彼女らから入会金と称して五万から十万くらい取って、三カ月ほどモデルになるための基礎訓練をするのだが、この間にほとんど脱落してしまうそうである。

サンライズ・ビューティメート・クラブは労働大臣の認可も取り、いちおう信用のおける業者だけで結成している日本ファッションモデル協会に加盟している。専属のモデルもかなりいる模様で、赤坂の事務所にはレッスン場もあって、メーキャップ、歩行法、話し方、語学、リズム体操、コスチューム、和装着付けなどのモデルの基礎を教えている。

大手の広告代理店にも出入りしており、秋川《あきかわ》リサや前田美波里《まえだびばり》クラスのトップモデルはいないものの、よいスポンサーが付いて現在成長中のモデルを何人かかかえている。

これでモグリの業者ではなく、基礎訓練に名をかりて月謝や入会金を取るだけが目的のモデルクラブでないことはわかった。

だが内偵を進めるうちに、警察は同じクラブに所属しているモデル約百八十名のうち、三分の二が外国人、あるいはハーフかクォーターであることに引っかかった。

現在は、外国人の血をひいたモデルが多い。また圧倒的なボリューム、彫りの深いマスク、抜群のプロポーション、珍しさなどから外国人モデルがもてはやされるので、外国系のモデルが多くとも不思議はないのだが、福岡県警がその末端をつかみかけた国際人身売買ルートに相応ずるところがある。

韓国女性のモデルも何人か所属していた。ただし、彼女らはいずれも正規のルートで入国、あるいは滞在許可を得ていた。密航を企てて失敗した李英春の姉、英香は所属していないし、宮村の家に寄留している事実もなかった。

また米原豊子の家に出入りした女性たちも、同じクラブにはいっさい関係していない。

だが、それで同じクラブに対する疑いを解くわけにはいかなかった。李英香は、寄留先として宮村健造の名前と住所を書いていたのだ。英香が妹への手紙にまったくでたらめの住所を書き送るはずがない。しかも宮村健造は該当の所番地に実在している。

宮村は必ずつながりがある。サンライズ・ビューティメート・クラブは、彼の隠れ蓑にちがいない。

「同じクラブの口の軽そうなモデルに近づけ。内部の者なら、きっと正体のキナ臭いにおいぐらい嗅いでいるだろう」

那須警部は言った。

若い下田がようやく同クラブのモデルの一人と親しくなった。水木《みずき》アリサという二十一歳のモデルで、同クラブに所属して二年ほどになるが、いまだにガヤ（その他大勢）の仕事しかまわってこない、いわゆる〝大部屋〟である。

小柄な身体で、小鼻が少しそった愛嬌《あいきよう》のある子だが、トランジスタグラマーやファニーフェース全盛の時代を過ぎてからモデルになったために、外国系やプロポーション抜群タイプに圧倒されて、いまだにくすぶっていた。

いまのマスコミ時代においては、デビューの当初その波頭にうまく乗れば、あっという間にスターになれる。だが乗り遅れると、波頭は彼女を置き去りにして、はるか先へ行ってしまう。もうこうなると、売り出す機会はなかなかやって来ない。波は後から後から来るが、彼女をみな乗り越えていってしまう。

水木アリサは、それをサンライズクラブの売込み方が下手なせいだとおもっているらしい。自分ほどの優秀なモデルをいまだに埋もれさせておくのは、同クラブにモデルを見る目がないからだと不満をもっている。

下田は同クラブのモデルがお座敷のかかるのを待ってよく屯《たむろ》している赤坂見附《みつけ》近くの喫茶店に辛抱強く張り込んで、水木アリサと口をきくようになった。

「あんなの本当のモデルじゃないわよ。ふん、なにさ、ストリップショーに出ているのでもあるまいし、ヒップを振って、歩きさえすればつとまるとおもっていたら、大まちがいよ。いまはテレビのおかげで裸踊りの真似事をしてスター気取りでいるけど、いまにおもい知るわ」

と売れっ子モデルをさも軽蔑したような口をきいていたが、自分に座敷がかかれば、どんな仕事でも飛びついていった。

下田は彼女の不満を見すかして、アプローチしていった。

「これからのモデルは、センスとフィーリング、それに個性だとおもいますが。いまのテレビコマーシャルで売り出しているモデルやCMガールを見ていると、身体とタイミングのよさだけでうけているような気がします」

彼がそれとなく水を向けると、水木アリサは我が意を得たりとばかりに、

「そうよ、そのとおりよ。あなたは案外わかっちゃってるのね」下田に親しげな視線を寄せてきた。

「モデルなんて、われわれ素人が考えているように華やかなものでも、甘いものでもないんでしょうね」

「そうよ、新しいコスチュームをつけて舞台で操り人形のようにシナをつけて歩きまわっていればいい時代は、とっくに終わったわね。新作発表会にも着せられた着物ではなく、自分の意志で着たものでなければいけないの。だから商品についてもよく知っていなければいけないし、お客に少しでもたくさん買ってもらうために、モデルがセールスマンの役目もするのよ。見せるモデルから売るモデルになってきたのね」

「大変なんですね。でもその代わり収入がいいから、やりがいがあるでしょう」

「とんでもない！　このごろはスポンサーもシブチンになって、できるだけ少ないモデルにできるだけたくさんの商品を着せて、より多く売ろうとするのよ。それこそ役者の足りない田舎芝居みたいに一人何十役だわ。めいっぱい働かされて、一日二、三万になれば、いいほうね。それも毎日仕事があるわけではなし、モデルだけで生活していくのは大変よ」

水木アリサは、売れないモデルの悩みをもらした。こういうタイプは、うまく誘導す

ると、だれかに言いたくてたまらなかったが言えずにいた不満や悩みを全部打ち撒《ぶま》けてくる。太田刑事がべつのボックスからこちらの話に耳を澄ましていることは知る由もない。

「モデルというと、私たちには華やかな舞台で豪華な衣装を着けてシャナリシャナリ歩いているだけのように見えますが、他にもいろいろな仕事があるのですか」

「大ありよ。デパートや有名デザイナーの新作発表会に出演できるのは、ごく一部のトップクラスのモデルだけね。たいていは二流雑誌のカバーガールやポスター、カレンダー、マネキン、それから料理や美容体操なんかのモデルに駆り出されることもあるのよ。ところで、あなたはだれ？　どんなお仕事をしてるの」

いいかげんしゃべった後で、水木アリサは急に警戒的なまなざしになった。

「あ、申し遅れまして。私は新聞関係の仕事をしている者でして、こういう者です」

下田はこういうときのためにもらっておいた、あるスポーツ紙の編集部にいる高校時代の友人の名刺を覗かせた。厳密に言えば、これは違法捜査になるが、こちらの身分を正直に打ち明けると、せっかく解《ほぐ》れかけた口を閉ざしてしまう。

「あら、××スポーツの記者さんなの、それじゃあまるっきり縁がないわけでもないのね」

水木アリサは名刺を覗き込んで、目を少し輝かした。彼女らは、マスコミ関係には弱い。マスコミのおぼえをめでたくしておけば、いつかはお呼びのかかる可能性がある。

水木アリサの口はさらになめらかになった。

「でもね。いま一流モデルとして肩で風を切っている人たちだって、いろんな所に顔を突っ込んでいたのよ。有名になるために、ずいぶんいかがわしい真似をした人たちもいるわ」

「いかがわしい真似って具体的にどんなことですか？」

話がそろそろこちらの狙う核心へ近づいてきた。

「ここだけの話よ」

水木アリサは、周囲を見まわして、声をひそめた。

「だれにも言いやしません」

「記事なんかに書かないでね」

「書きませんよ、ぼくは芸能関係じゃないし」

「バーやナイトクラブのアルバイトよ。もちろん会社には内緒だけど。私たちって意外に出費が多いのよ。服装や化粧品も普通のOLの数倍かかるし、貧乏たらしくしていられないの。それなのに、かなりの売れっ子でも月五十万稼ぐのはきついわね。ガヤの仕事をやってたんじゃ、月十万にもなりゃしない。とてもやっていけないわ。アルバイトは禁じているくせに、中には会社が斡旋することだってあるのよ」

「何を斡旋するんです」

「斡旋というより、本当は半強制的ね。断ったらもう絶対においしい仕事はまわしてくれないわ」

「ひどい会社ですね」

「本当よ、モデルクラブなんて体裁のいい看板を出していても、一皮剝けば、女を食い物にしている所が多いのよ。だから〝接待〟や〝賞品〟に私たちを使うのよ」

「つまり、芸者やホステスの役目をさせるわけですね」

「そんななまやさしいもんじゃないわよ、モデルクラブって代理店やスポンサーに弱いでしょ。そのすじから可愛がられなかったら、会社《クラブ》もモデルもやっていけないから、女を世話しろと言われれば、聞かないわけにはいかないのよ」

「そんなことを要求するやつがいるんですか」

「会社《クラブ》の方から、言われもしないうちにご機嫌取りに女を提供することだってあるのよ。賭け麻雀《マージャン》の賞品に女学生をつけて問題になった事件があったでしょ。あんなこと、この業界では表沙汰にはならないけれど、決して珍しくないわ。以前は、接待や賞品には芸者やホステスを使ったんだけど、最近ではモデルを使うようになったのよ。水商売のプロ女性だと、各社がダブッて使うので、秘密が漏れやすいんですって、その点、モデルなら、口はかたいし、身許もしっかりしているわ。それにプロほど悪ずれしていない。

顔やスタイルだって、その辺の温泉芸者や、いもホステスなんかとは、比べものにならないわ」

水木アリサは、変なところで優越を見せた。どうやら彼女も時々、接待や賞品用に使われているらしい。

「ずいぶんひどいことを斡旋するんですね」

「斡旋するだけでなく、手数料《マージン》も取るわ」

「えっ、そんなマージンまで取るんですか」

「〝出演料《ギャラ》〟を直接会社に払う所もあるから、どれくらいピンハネされているかわからないこともあるのよ」

「こうなると悪質な女衒《ぜげん》だな」

「ゼゲンって何なの？」

水木アリサは、その言葉を知らなかったらしい。

「まあ、女性のブローカーのようなものです」

下田が、説明する必要もないとおもって適当に言葉をにごらせると、

「遣り手婆《やりてばば》アみたいなものね」

意外に古い言葉を持ち出して、

「本当にそうよ、会社に搾取されるの馬鹿らしいから、自分で直談《じきだん》する人も多いわね」

「ジキダンって何ですか」

今度は下田が聞く側にまわった。

「スポンサーと直接交渉することよ。会社からは禁じられているけど、三カ月、半年、一年単位で、契約《ぎめ》している人もいるわ。週一、二回〝接待〟するだけで十万くらいになるから、ワリがいいのよ。かなり名の売れた人でも、接待はしてるわよ。中にはいままでもつづけている人がいるのよ」

「ところであなたのお仲間で李英香という韓国の人はいないでしょうか」

ころあいよしと見て下田は、質問の核心に切り込んだ。

「リエイコウ？」

水木アリサは首をかしげた。

「二年ぐらい前にサンライズクラブに所属してたはずですが」

「私が入ったころだわね」

水木アリサには心当たりがない様子だった。

「李秀蘭、趙王麗、坂石時枝というモデルはどうですか」

「初めて聞く名前ね」

「田代弓子と大山まさ枝という名前になっているかもしれません」

「さあ、そんな人はうちの会社にはいないとおもうわ。新入生はとにかく、レッスンが終わっている人はたいてい知っているつもりだけど」

「入ってすぐやめてしまったのかもしれません」

「最初に入会金として三カ月分の月謝をまとめて取られるから、すぐにやめてしまう人は少ないわよ。その人たちがどうかしたの」

「ちょっとした知り合いなんです。たしかサンライズ・ビューティメート・クラブに入ったと聞いたんだけどなあ」

「私の知っているかぎりそんな名前の人はいないわ」

「それじゃあ米原豊子、田代行雄、大山勇、という名前は聞いたことはありませんか」

「知らないわ。その人たちもモデルなの？　うちには男性モデルはいないわよ」

「いいえ、ご存じなければいいのです。ところで宮村社長ってどんな人ですか」

「どんな人って、社長さんよ」

「優しいとか、恐いとか、あるいは気前がいいとか、ケチとか……」

「だいたい女性には優しいみたいね、でもそれは商品を大切にするような感じなのよ」

「特定の所属モデルと特に親密な仲ということはありませんか」

「それはないようだわ。商売物に手を出さない主義なのかしら。とにかく私たちは社長にとって人間じゃないのよ。金儲《かねもう》けのタネにすぎないんだわ。でもどうしてそんなことを聞くの？　まるで刑事の訊問をうけているみたいだわ」

しつこい質問に彼女もようやく下田の正体に疑問を抱きかけたらしい。質問の調子も、新聞記者の砕けた言葉遣いができず、どうしても聞き込み調になってしまう。

「いやどうもつまらないことを聞いてすみません。でも私にとっては知らない世界なので、つい興味をもちまして」

「けっこう知ってるじゃないの、あなたになにか下心があって調べているんじゃないの？」

「べつに下心なんかありませんよ。こうしてまったくべつの世界の人の話を聞くのもわれわれの仕事です。いつまでも下働きの記者なんかやっていても仕方がありませんからね、いずれフリーランスのライターになるつもりですよ」

「すると小説を書くのね」

水木アリサは簡単に疑惑をそらしたらしい。

「まあそれほど大袈裟《おおげさ》には考えていませんがね、書けたらいずれ書きたいとおもっています」

「そのときは、私の身の上を書いてよ。きっと凄い『女の一生』が書けるわよ。私ってとても数奇な運命に翻弄された女なのよ」

「それではおもいきってうかがいますが、会社があなたに接待や賞品の話をもってきたことはありますか」

下田は踏み込んだ。

「私なんかにもってくるもんですか。そういう話がくるのは、外人部隊だけよ」

「外人部隊！」

「さっきの話は、一般論よ。うちの会社では日本人は接待に使わないわ。使うにしても、社長の親衛隊だけね。そのへんが社長のうまいところなのよ。外人部隊や親衛隊なら口がかたいでしょ。秘密のもれるおそれはないし、外国人はお客に喜ばれるわ」

「あなたはどうして知っているんです？」

「証拠はないわ、でもわかるのよ。着る物や暮らしぶりからね。本業がそんなに売れてるわけでもないのに、あんな贅沢《ぜいたく》できっこないもの。それに社長の態度も変わってくるわ」

「直談しているんじゃないのですか」

「直談の相手ってそう簡単に見つかるもんじゃないわ。それにたいていケチなのよ。直談は月一、二回上京して来る地方支社の部課長クラスか、中小企業の社長を何人かかけもちするのよ。日本語もろくすっぽ話せずそんな複雑な交渉はできないわよ。外人部隊の相手は、そんな小物じゃないわ。これは噂なんだけど、政財界の大物のお客がいるんですって」

「驚いたな」

「親衛隊の中にはね、外国政府の高官が来たとき、政治家から頼まれて〝接待〟した人もいるそうよ」

「その人の名前は知らないの？」

「私なんか、下っ端だもの、とてもそんな立ち入ったことまでは知らないわよ」

「でも噂はあるんですね」

下田は、サンライズ・ビューティメート・クラブと、宮村健造をめぐる状況が、ますます米原豊子の周辺に対応してくるのを感じた。この両者に連絡があれば、実に〝似合い〟になるのである。

2

水木アリサの口から、サンライズ・ビューティメート・クラブのアウトラインがおおまかに浮かび上がった。同クラブと米原豊子グループとの間に、いまのところつながりは見つけられない。

しかし捜査本部は、必ずなんらかのつながりがあるとにらんだ。もしそれが発見されれば九州の水際で捕まった大量密航者は、米原豊子の〝接待〟の供給源ということになる。

韓国に〝駐在〟しているタナカという女性《タマ》調達役、玉の運送を担当した張景林、玉転がし役の宮村健造、玉を美々《びび》しく料理して供応の食卓に載せた米原豊子、それらの玉を賞味した政官財グループ。これらが一連の汚れた鎖によって結ばれてくる。

　下田は、李英香の痕跡が、宮村健造と米原豊子の周辺にまったく認められないことが気になった。李英香は、妹への手紙に寄留先として宮村の名前を明記してきた。英香が嘘を書くはずがない。とすれば、宮村のほうが隠したのだ。

　英香は、手紙を書くことを禁じられていると言っていた。つまり彼女の生活の痕跡が外部に漏れては寄留先にとって都合が悪かったのである。

　英香も、李秀蘭や趙王麗のように人身売買シンジケートの手を通して日本へ送り込まれた〝玉〟なのであろう。

　宮村側にその姿がなければ、米原豊子側に、その影ぐらいちらついてもいいはずである。現に王麗も秀蘭も米原の家に出入りしている。

　それがどちらにも、姿を見せない。ここで下田は大胆な仮説を立てた。青田孝次郎が目撃した殺人の被害者の位置に英香をおいてみたのである。

　すでに殺されていれば、姿を現さないのは、当然であった。英香は、米原豊子や宮村健造にとってなにか都合の悪いことを知ったので抹殺されてしまった。もともと密入国者だから、姿が突然消えても、だれも疑問をもたない。

　だが、下田の仮説を成立させるためには、まず宮村と米原の関係を証明しなければならない。青田が嘘をついていないかぎり、英香（未確認）の死体がどこかにあるはずである。それは宮村の身辺か、米原の周辺か。

「李秀蘭や趙王麗に直接当たってみましょうか」と下田は意見を出したが、那須警部が、

「彼女らが英香の死体の隠し場所を知っているはずがない。かえって敵を警戒させるだけだろう」

「いっしょに密入国して来た仲間として、英香のことを知っているかもしれません」

「いや、秀蘭も王麗も表むきは正規の入国手続きを踏んで来ているんだ。だからこそ偽装結婚までして滞在期限を延長しようとしているんじゃないか。英香は、彼女らとはべつのルートだ。うっかりルートのちがう女たちに聞き込みをすると、元も子も失ってしまうぞ。聞き込みをするにしても、まず宮村と米原のつながりを見つけ出してからだ。あいつら、必ずつながっているよ」

「英香と同じルートで来た女たちもいるのではないでしょうか」

「いるだろうな。だがこれまで調べたところでは、米原の家では、密航ルートの女は使っていないようだ。出入りする連中が大物ばかりなので、万一をおもんぱかって安全な女を使っているんだろう」

「すると、英香が米原の家に出入りしていたとすれば、どういうことになります？」

「例外だろうな。大物の贔屓《ひいき》があったのかもしれない」

那須の判断で、女たちに当たるのは、時期尚早とされた。保安課の協力をあおいで、とりあえず、同一ルートによって密入国したとおもわれる女性たちの行方を追うことになった。彼女らが英香の行方と宮村健造の正体について知っている可能性もあった。

3

太田はその夜十一時ごろ家へ帰った。捜一係の刑事が事件を担当しているときは、連日帰宅が遅くなる。家へ帰れるのはいいほうで、徹夜の捜査におよぶことも珍しくない。たまの休日で家にいるときも、電話一本で簡単に休みが吹っ飛んでしまう。

家族もそのうち馴れてしまって、夫や父は家にいないのがあたりまえとおもうようになってくる。だがこれまでになるのには、年季がかかる。犯人は捕まえたが、妻に逃げられたという悲劇が若い刑事の家庭に起きることもある。

夫婦の歴史が浅い間は、刑事は家庭崩壊の危機をかかえながら捜査に携わっていると言ってもよい。

太田ぐらいの年輩になると、その危機はなくなっているが、家族との団欒を犠牲にしてたどり着く刑事の成れの果ての姿を瞼のうちに時折見るようになる。捜査に夢中になっている間は、そんなものは見ない。いや見ないようにしている。

だが、捜査が壁に阻まれて、今日も徒労に終わって聞き込みの疲労だけを身体に重く澱ませて家路につくとき、いやでもその姿が視野にちらついてくる。

振りはらおうとしても、寝そびれたとき耳につく遠方の雑音のように、瞼に貼りついて離れない。疲労が重いときは、よけい目ざわりになる。

そんなとき、ふと自分の職業に疑惑をおぼえるのだ。一度かぎりの繰り返しのきかない人生を捧《ささ》げて、犯罪者を追いかけて行っても、世の中から犯罪のなくなることは決してない。

――おれは、無意味なことに自分の人生を浪費しているのではないのか？　いや浪費ならまだよい。空費ではないのだろうか――

そんな疑惑が夜更けの家路で、ふと頭をもたげてくるのも、捜査が膠着《こうちやく》しているせいばかりでなく、年齢が影響してくるのかもしれない。

家に着くと、すぐ食事ができるようになっていた。妻も心得たもので、腹を空かして帰って来る夫に、温かいものは温かく、冷たいものは冷たくしてできるだけ早く出す。

食事をしながら、新聞に目を走らせ、視野の端でテレビを覗いている。その合間に妻の話しかけに相槌を打ち、時にはラジオの音楽を聴くこともある。

「もっとましな番組《もの》はないのか」

飯のお代わりをしながら、太田は妻に言った。画面では名前も知らない歌手が青い声を張りあげて青い歌を歌っている。

妻がチャンネルを回した。女がプロレスをやっていた。さらに切り換える。キャバレーの客とホステスの姿がうつし出された。

「この時間帯は、みんなこんなものよ」

妻が言った。

「もういい、消してくれ」

太田は妻に手を振った。そのとき画面はキャバレーからコマーシャルに切り換わった。妻がスイッチオフした一瞬、CMガールの顔がブラウン管に残像となって消え残った。

太田は、その顔に見おぼえがあった。どこかで会ったような気がするが、おもいだせない。それもごく最近会ったようなのである。

「いまのテレビつけてくれ」

太田は慌てて言った。

「コマーシャルよ」

「なんでもいいから早くつけろ」

太田はどなった。そんなことに馴れている妻は、逆らわずにスイッチを入れ直した。先刻の見おぼえのある女性が自転車に乗っている。カラマツ林の中の道で、背景に山荘風の家が見える。

「別荘分譲地のコマーシャルなんか見て、どうなさったの？　うちには縁がないでしょ」

妻があきれたような口調で言った。それは帝都レクリエーションが那須高原に新たに造成した別荘分譲地のCMであった。だが、太田が興味をもったのは、CMガールのほうである。

「おい、この女を知ってるか」

「さあ、あまり見たことないわね。きっと新人のモデルでしょう」

妻がなにげなく言ったモデルという言葉が彼の記憶を触発した。

「そうだ、あの女だ。水木なんとかいったサンライズクラブのモデルだ」

太田はおもわず高い声をだした。

「まあまあ、どうなさったのよ、あなたこのモデル知ってるの？ コマーシャルに興奮してお安くないわね」

妻が苦笑してひやかした。短いスポットはすぐに終わった。

「馬鹿、そんなんじゃない」

太田は食事途中に箸をおくと、電話機の場所に立った。下田に確かめるためである。

水木アリサが帝都レクリエーションのCMガールに使われていたことが、必ずしも米原豊子と宮村健造のつながりをしめすものとはならない。それはごくありふれたビジネス上の契約にすぎず、広告代理店や、モデルクラブがなにげなく彼女を起用しただけかもしれない。

だが、まったくなんのつながりもなかったときに比べて、彼らの間に一本の糸が張られたことは否めない。このあえかな一本の糸がもっと太く大きなつながりを手繰り寄せるかもしれないのである。

調べた結果、そのCMを取り扱ったのは、赤坂にある広告代理店『広明社《こうめいしゃ》』で、そのスポットも、同社制作部でつくられたことがわかった。

広明社は、広告代理店としては新興の社で、有楽町《ゆうらくちょう》の総合広告代理店から分かれたものである。広告スペースや広告タイムの確保よりも、優れた広告表現能力《クリエイティブ》を特徴として、最近急速に伸びてきたクリエイティブ・エージェンシイである。

帝都レクリエーションのCMは、広明社が同社の依頼をうけて制作したもので、起用モデルやCMの内容については、すべて広明社の発案企画によるそうである。

しかし、消息筋の話によると、スポンサーが使用モデルを指名したり、CMの内容に干渉するのは当然で、いっさい代理店まかせというのは、むしろ珍しいケースということであった。

「重役のお手つきの女をCMに出したり、社長の細君が出たこともあります。そのような私的な起用でなくとも、スポンサーのイメージに合うモデルを求めますから、まったく代理店まかせというのは、むしろ少ないですよ」

と消息通は話してくれた。

すると、やはり帝都レクリエーションとサンライズクラブの間には事前のつながりがあったのではないか。

〝大部屋〟で腐っていた水木アリサは、なにかの拍子に見いだされたのである。

捜査本部では、改めて問題のスポットを観《み》た。カラマツの自然林の中の道を自転車で颯爽《さっそう》と走る水木アリサ、長い髪が背景のカラマツ林になびいて見るからに爽やかである。

そこに軽快なリズムに乗って、「別荘地？　いいえ、別天地なのよ」と水木が歌うようにつぶやく。

さすが、広告表現能力《クリエイテイブ》を標榜《ひょうぼう》するだけのことはあった。

そこには下田刑事に大部屋の嘆きを訴えていた陰気くささは、かけらも見られない。

下田の背後に隠れて、その訴えを聞いた太田は、女の変貌ぶりに驚いた。

「まるで別人みたいだな」

「あの後で、チャンスがきたんですね」

水木と直接話し合っている下田は、もっとびっくりしていた。

「いいときに聞き出したよ。いまとなってはサンライズのかげ口はきかないだろう」

「まったく。しかし、どんなきっかけからチャンスをつかんだのでしょうね」

「それが気になるな」

「こういうことは考えられませんか」

「なんだね」

「水木はぼくに話しているところを、クラブの幹部に見られた。その軽い口を封ずるための口留め料として」

「すると、あのＣＭはきみが聞き込みをした後につくられたことになるよ」

「時間的には合います」

「しかし、もう十分しゃべっちゃった後で、口留め料を払ってもしかたがないだろう」

「もうこれ以上しゃべらせないために……」

「そうすると、彼女はまだなにか知っていたことになる」

「知っていたんじゃないでしょうか。少なくとも彼らにとって外部に漏れては都合の悪いなにかを」

「それはなんだろう」

「わかりません。いまとなっては、確かめようがないでしょうね」

「でもそれなら、なにも先方から関係《コネクション》を明らかにするようなＣＭに使わなくともいいじゃないか」

「そうですね、しかし先方《テキ》はもっと軽い気持ちかもしれませんよ。スポンサーとモデル会社という程度の。サンライズは、あちこちのスポンサーにモデルを派遣していますからね。たとえスポンサーとモデルの間に特別の関係があっても、大して目立たないと考えたんじゃないでしょうか」

「まあここで臆測していてもはじまらないが、どうだろう、一度水木アリサに当たってみたら。彼女がきみを避けたら、スポンサーか、サンライズからなにかの指示があったと見ていいだろう」

「それがいちばん手っ取り早いでしょう」

二人がもう一度、水木アリサに当たろうとしたとき、意外な所から電話が下田にかかってきた。それはスポーツ新聞の記者をしている大友《おおとも》という友人からであった。

「おい、おまえ、あんまり変なことにおれの名刺を使うなよ」

大友は意味ありげな笑いを含みながら言った。下田は、最初なんのことを言われたのかわからなかった。

「水木アリサとかいうモデルがな、この間話したことはみんなでたらめだから忘れてくれと言ってきたぞ。おまえ、いったいどんな話をしたんだ」

「水木アリサがおまえになにか言ってきたのか」

「そうだよ、最初は、おれもなんのことかわからなくて面くらったよ。話しているうちに、あんたが聞き込みに必要だから貸してくれ、といってもっていった名刺の一件だな、とおもい当たったんだ。心配なく。調子をうまく合わせておいたから、おれをあんたとおもい込んでいるよ」

ようやく下田も、水木アリサが彼の見せた名刺を信用して、その名義人の新聞記者の許へなにか言ってきたのを悟った。

「水木アリサが、どんなことを言ってきたんだ」

下田の声が緊張した。

「それよりあんた、おれの名刺を変なことに使いやしねえだろうな。あの女、だいぶ困っていた様子だぜ。刑事が他人の名刺を使って女の子を誘惑なんかしたらまずいぞ」

「そんなんじゃないよ。名刺は見せただけで渡さなかったんだ。それで水木はなにを言ってきたんだ」

「なんでも外人部隊の話はでたらめだ。そんなものはないと言ってたぞ」

「外人部隊がないだと」

「ああ、そんなことを言っていたな。いったいなんのことだい？　外人部隊って」

「他にはなにか言わなかったか」

「自分の所では接待などいっさいしていないから、小説には絶対に書かないでくれと言ってたよ」

「接待もしないと言ったんだな」

「言ってたよ、おまえ、おれの名刺を使ってなにをしたんだ？　小説でも書いていると言って女の子を誘惑したのか」

「心配するな、きみに迷惑をかけるようなことはしていないよ」

大友からの電話を切った下田は、興味が身体の奥から湧いてくるのを感じた。

水木アリサは圧力をかけられたのだ。だからこそ、前言を取り消してきたのである。その圧力は、サンライズ・ビューティメート・クラブからか、帝都レクリエーションからか。あるいはその両方から発したものかもしれない。

それは、はっきりした圧力ではなく、余計なことを言って、せっかくめぐってきたチャンスを潰してしまうのを恐れて、水木アリサが自発的に取り消してきたとも考えられる。

単純に取り消しただけなら、虚言の訂正とも釈《と》れるが、彼女にようやく日の当たった直後だけに、その間に因果関係が感じられるのである。

黒幕の専属

1

水木アリサは、電話を切ってからも、どうも気になってならなかった。

「大友道彦《みちひこ》」という男が、いま電話で話した相手である。先日、クラブの近くの喫茶店でいっしょになった男である。チャンスはあの後に回ってきた。クラブのオーナーの宮村からテレビのCMに出ないかと言われて、夢見心地で出演したスポットが大ヒットして、たちまちマスコミからチヤホヤされだした。お呼びの回数が急に増えた。それも一流デザイナーの新作発表会や服飾雑誌モデルなどの檜舞台《ひのきぶたい》ばかりである。

昨日大部屋で冷や飯を食わされていた身が、今日は一躍、売れっ子モデルで、CMフィルム、ポスター、一流雑誌カバー等に引っ張り凧《だこ》である。映画やテレビ出演の話もきているほどだ。

水木アリサは、急に浴びせられたスポットライトのまばゆさと、自分を中心にしてめまぐるしくまわりはじめたマスコミの渦が信じられないおもいだった。

だが、これはまぎれもない現実であり、これまで夢見てきたことを、現に生きているのであった。

彼女は、夢ではないと知ると、急に不安になった。こんなうまいことが長くつづくはずはない。神様が自分をからかっているのではないか。有頂天に突き上げておいてから、またドスンと奈落の底へ落とすつもりではあるまいか。

しかしようやくつかんだ好運は、もうどんなことをしても手放したくない。もう一度あの日陰の〝大部屋〟へ戻るくらいなら、死んだほうがましだ。

つかんだ幸せをしっかりと抱きしめて、もっともっと大きく脹らませるのだ。

それにつけても気になってきたのは、あの新聞記者であった。宮村から話があったのは、新聞記者にさんざん冷や飯食いの怨みつらみを並べ立てた翌日である。

その意味では、あの新聞記者が自分に好運をもたらした使者のような気がする。だがまさかこんな好運がすぐ後にめぐってくるとはおもわなかったから、サンライズクラブの悪口や表沙汰にできない裏の事情をずいぶん漏らしてしまった。

万一、新聞記者が彼女の話を記事にして、それが宮村の目に触れようものなら、一大事である。宮村の激怒した顔が瞼にまざまざと浮かぶようだった。

宮村は、記事の出所を徹底的に洗うだろう。せっかくつかみ取ったチャンスは、たちまち潰《つい》えさる。

——自分はどうしてあんなことをべらべらしゃべりたてたんだろう——痛切に後悔しても遅かった。

新聞記者は、芸能関係ではないから、記事にしないと言っていたが、いつ芸能記者に話すかもわからない。それに彼自身がそちらの方へ異動する可能性だってある。

こう考えると、心配で居ても立ってもいられなくなった。

あの記者は、名刺をちらつかせた後、またさりげなくしまいこんでしまったが、名前と社名はおぼえている。電話帳でナンバーを調べて、とうとう電話をかけてしまった。そんなことをすれば、かえって相手の印象を強めて危険であることはわかっていたが、なにかせずにはいられなかったのである。

大友道彦は、名刺の所にいた。最初は、水木アリサをすっかり忘れていた様子であった。話しているうちにおもいだしたとみえて、調子のいい返事をするようになった。

彼女が先日話したことをすっかり忘れてくれと言うと、先日の話とはどんなことかととぼけた。サンライズクラブに外人部隊はいない。接待や賞品は、いっさいやっていないと言うと、やっと納得したようであった。

そのときはそれで一安心して電話を切ったのだが、後になって、不安が漏水のように湧いてきた。

話している間にあった違和感が、通話を終えてからいっぺんに増幅されたようだった。

「いまの人、本当にあの新聞記者かしら？」

電話なので、声も多少変わっているし、初めて会ったとき、その場かぎりの行きずりの人間とおもっていたから、よく声も顔もおぼえていない。

だから電話で、大友だと言われると、そのように信じ込んでしまったが、後になってよく考えると、どうも声の調子が、先日会って話した新聞記者とちがうような気がする。どこがどうちがうのか、指摘できないが、なんとなくちがう。

それに電話に応答した最初は、彼女がだれかわからない様子だった。アリサはそれを忘れたとおもったのだが、あれはまったく未知の人間から声をかけられたために面くらっていたのではないだろうか。

話をしている間に調子を合わせてきたが、それもいまにしておもうとぎごちない。自分からはあまり話さず、こちらばかりにもっぱら話させるように仕向けて、それを手がかりに会話を巧みに転がしていったような節が感じられた。名刺を覗かせただけでおいていかなかったことも、いまにしておもえば怪しい材料の一つである。

——電話の相手は、本当に大友だったのか？　もしそうでないとしたら、なぜ本人が出ずに、他人が替え玉になったのだろう？——

——しかも、彼が替え玉であったとしたら、後から本人とすり替わったのではなく、初めから替え玉が出たことになる。本人、替え玉いずれにしても、自分がどんな用件で電話したか、知らないはずだ。それがいきなり替え玉が応答した。なぜそんなことをしたのか、本人はどこにいるのか？――

疑問は脹れ上がる一方だった。彼女は膨張する疑問をじっと見つめているうちにハッとなった。

「そうだわ！　電話に応答した相手が、名刺の本人なんだわ。だれかが大友の名刺を騙《かた》って見せたのだ」

すると大友の名を詐称したあの男は何者か？　いったいなんのためにそんなことをしたのだろう。

ここにようやく水木アリサも何者かがサンライズ・ビューティメート・クラブの内情を探るために動いていたのではないかと考えた。

「私は、大変な相手に秘密を漏らしてしまったわ」

彼女は、自分の推理が導き出した結論に蒼《あお》ざめた。

――でも、大友本人は、私が電話していったとき、なぜ心当たりがないと言わなかったのかしら？――

べつの疑問が生じた。これを説明する場合が一つある。大友本人が自分の名刺が他人によって使われていることを承知している場合である。つまり、本人と替え玉の間に通《つう》課《ちよう》があったのだ。

「直接会って確かめてみよう」

水木アリサは決心した。記憶はおぼろであるが、大友の名刺を騙った男には、喫茶店で向かい合ってかなり長い時間話したので、もう一度会えば必ずわかる。

彼女は、おもい立つと同時に行動をおこした。自衛のためであるから、必死だった。

大友の新聞社は、神田鍛冶橋《かんだかじばし》にあった。在社しているかどうか不安だったが、受付で聞いてみると、どうやらいるらしい。こちらの身許を明らかにすると、確認の目的を果たせなくなるので、ある著名なスポーツ選手の使いの者だと嘘を言った。たとえ大友が、そのスポーツ選手と直接の関わりがなくとも、職業がら出て来るだろうと計算したのである。

通された応接間で待っていると、間もなく三十前後の精悍《せいかん》な感じの男が入って来た。彼は応接間にアリサ一人しかいないのを見て取ると、

「あの××さんのお使いの方はあなたですか」

と声をかけた。

「大友さんですか」

彼女は相手の顔にじっと目を注いで聞いた。喫茶店で話した男ではなかった。あの男も同じ年輩で精悍な雰囲気を身につけていたが、ヘアスタイルも、服装の好みもまった

くちがう。

だいいち、アリサを見て全然反応をしめさないのが、別人であるなによりの証拠だった。

「そうです」

相手がうなずいた。

「大友道彦さんですね」

彼女はもう一度確かめた。

「そうです。××さんが、私に何か？　前に一度お会いしたことはありますが、直接の担当ではありませんので……」

大友は不審げに聞いた。

「ごめんなさい、私××さんの使いではありませんの」

「するといったい、なんのために……？」

「私、水木アリサと申します」

「あっ」

大友の表情に狼狽が走った。

「初めてと申すべきでしょうか、それともまたお会いできて嬉《うれ》しいと言いましょうか」

アリサは皮肉たっぷりに言った。

「いや、これはどうも。なんと申しましょうか、弱ったな」

大友は頭をかいて恐縮した。

「大友さんは先日のお電話の様子では、私を知っているようでしたけど、私は、初めてですわ」

アリサは追撃の手をゆるめなかった。

「はあ、そのう……私も、間接的に存じあげていたもんで」

「間接に？　だれを介してですの」

「いえ、そのうテレビで」

「テレビには、私の名前は出ていません」

「そ、そのう、つまり調べたんですよ」

「どうしてそんなことをしたのですか」

「…………」

「私が電話したとき、あなたは私を知りませんでした。それが途中から調子を合わせてきたのです。どうしてそんなことをしたのですか？　あなたの名刺を私に見せた人は、だれですか。あなたはその人を知っています。あなたとはどういうご関係の人ですか」

「どうもこりゃ弱ったな」

たたみかけられた大友は、ますます追いつめられたようである。

「大友さん、おねがいです。あなたの名前を騙った人を教えてください。正体不明の人間に身辺を探られているなんて、気味が悪いわ」

「あなたは探られては困るようなことをしていたのですか」

弱りっぱなしだった大友が、初めて反駁《はんばく》してきた。

「そんなことするはずないでしょ。ただ気味が悪いだけです」

「先日、あなたがちょっと漏らされた外人部隊だとか接待ってどういうことですか」

大友は、いつの間にか新聞記者の目になっている。

「そんなこと、あなたには関係ないでしょ」

「いや大いにありますよ。とにかく私は名前を騙られた本人です。ニセ者があなたにどんなことをしたのか質ねる権利があります」

「なにも変なことはしません」

「それではどんなことを話したのですか」

「大したことは話しません」

「変ですね、なにも変なことをせず、大したことも話していないのに、あなたは電話をかけて取り消したり、いままたわざわざ出かけて来て、ニセ者の正体をつかもうとしている。いったいなにがあったんです？」

いつの間にか、主客が転倒していた。

「質問しているのは、私のほうなんですよ」

水木アリサは主導権を取り戻そうとした。しかしこうなると、新聞記者の敵ではない。

「あなたと私のニセ者の間にどのような話があったのか、その内容をすべてお話しいただければ、私もニセ者の正体を打ち明けてもよいとおもいます」

「あなたは本当になにも知らないのですか」

「知らないというと?」

「私とあなたのニセ者が話したことです」

「知りませんよ」

「それじゃ私が電話したときどうして調子を合わせたのですか。あなたはニセ者があなたの名刺を使うことを知っていたんでしょ」

「名刺はやりました。しかし詳しい事情は知らないのです」

「新聞記者がそんなふうに名刺をばら撒いてよいのですか。私はこちらの新聞社の人とおもったので信用したんですよ」

痛いところを突いたらしい。大友がグッと詰まったところをすかさず、

「あなたのニセ者は、こちらの新聞社の人ですか」

「社には関係ない人間です」

大友の目の色が保身を考えていた。たしかに自分の名刺をばら撒いたからには、当然

それだけの責任がある。

「すると、新聞社にはいっさい関係ないことで来たのですね」

「関係ありません。彼と私とはあくまでも個人的な関係で名刺を貸したのです」

それを聞いてアリサは少し安心した。これで先日話したことが新聞に載るようなおそれはなくなった。

「もしあの人に話したことで、後日迷惑をうけるようなことが起きたら、私、あなたに責任を取ってもらいますわ」

水木アリサはだめ押しをするように言って、立ち上がった。結局、その日の会見は「勝負なし」という形になった。

2

その夜、水木アリサは宮村健造から食事に誘われた。社長がモデルを食事に招くということは、それだけ彼女のウエイトが増した事実を物語る。

宮村が連れて行った先は、麻布の奥まった一角にある料亭であった。庭樹と植込みに厚ぼったく囲まれた奥の秘密めいた一室に、すでに酒肴《しゅこう》の用意が整えられていて、一人の先客が待っていた。

来る途中の車の中で、アリサは宮村から、今夜一人の人間を紹介すると言われていた。

その方面に非常に影響力のある人物で、その知遇を得ておくと、これから先大いに引き立ててもらえると聞いて、アリサは内心これが例の〝接待〟だなと悟った。

接待にはこれまで、外人部隊か、親衛隊の女性しか当てられなかった。彼女に白羽の矢が立てられたことは、親衛隊の中に組み入れられた事実をしめすものである。

「おお来たか、さあこちらへこちらへ」

先客は、入って来たアリサに目を細めながら、隣にしつらえておいた席を指した。

アリサは、伏し目がちに挨拶しながら、先客を見て、ふと記憶を揺すられた。以前どこかで見たような顔だった。だがどこで見たのかおもいだせない。面積の広い顔に、細長く小さい目とうすい眉がある。天井を向いた低い鼻の下に、口がいつもうす笑いしているようにうすく開いている。年齢は六十前後、どことなく茫洋としたとらえどころのない顔だった。

「こちらが金崎《かねさき》先生だ。きみの大ファンでね、今度のCMフィルムも、先生がきみを強く推薦したんだよ」

宮村が、だからその〝接待〟に粗相のないようにと言外に含ませた。

「私、以前どこかでお会いいたしましたでしょうか」

初対面の挨拶がすんでから、アリサは恐る恐る聞いた。自分を推薦したというからには、どこかで自分を見知っていたにちがいない。

先生と呼ばれる職業の種類をアリサは頭の奥で数えた。

「クラブにお越しになったとき、偶然居合わせたきみを見初《みそ》められたんだよ。きみも運がいい。あのとき先生のお目に触れなかったら、まだくすぶっていただろうな」

宮村が恩着せがましい口調で言うと、

「そんなことはどうでもよろしい。憧れの水木アリサに来てもらったんだから、今夜は楽しく過ごそう。きみ、今夜は遅くなってもいいんだろう」

金崎は底光りのする小さな目で、アリサの体を撫《な》でまわした。

3

その夜から水木アリサは、金崎の〝専属〟になった。金崎の正体はわからぬながらも、宮村の態度から判断して、よほどの大物のようであった。

金崎の前に出ると、宮村はその眉一すじの動き、目の色の含みにまで気を配っているように見える。それを金崎はまた当然のことのようにして尊大にかまえていた。

金崎の口から時々、アリサも知っているような政財界の大物の名前が、まるで家来の名でも呼び上げるように気軽に出た。「その方面に重要な影響力をもっている」という言葉は、嘘ではないようである。

世に出るためなら、身体などいくつでも提供できるとおもっていたアリサだが、金崎から呼ばれると、本人にまみえる前から全身が疲労の汗にまみれるような気がした。

彼女はこれまでにこれほど執拗に、徹底的に男に貪られたことはなかった。

金崎は呼びつけるとき、必ず服装の指定をする。和装のときもあれば、洋装で来るように指示することもあった。和洋いずれにしても、金崎は盛装のまま褥《しとね》へ連れ込む。そして自分で一枚一枚女を剝いでいく過程を楽しむのである。

和装のときは帯を解く前に故意に裾を乱れさせて、そのあられもない姿態を女が恥じらう風情を目で十分に楽しむ。次に帯じめ、帯、帯揚げなどを一つ一つ解いていく。ようやく帯が取れて、だてじめをはずし、数々の腰ひもに取りかかる。長じゅばんを開き、下着に手をかけるまでに、金崎は欲望を炭火で茶を点《た》てるようにゆっくりと煮つめていく。

女体から剝ぎとった衣類やひも、下着、アクセサリー類は、できるだけ乱雑に褥の周囲に投げ散らす。それが咲き乱れる花園に一人踏み入り、美しい花をおもうがままに蹂躙《じゅうりん》する者のような優越と情欲をかきたてるらしい。

洋装の場合も〝手続き〟は同じである。特に洋装の場合、アリサが金崎の知らないような下着をつけていくとひどく喜んだ。

「ちかごろの若い女子は、こういう下着を肌に着けておるのか」と彼は細い目をますます細めて、その下着をまじまじと見つめる。彼女が「いや、恥ずかしい」と言って取り返そうとすると、老人とはおもえない素早い身のこなしで、ついと彼女の指先から下着を躱《かわ》してしまう。

目で楽しんだ後は、においを愉《たの》しむ。金崎に会う前にどんなに身体を洗っていても、多少の分泌物が出るのを防げない。そのにおいを金崎は喜んだ。洗いたての若い女体から発散する体臭。それはもぎたての果物のにおいのようだと金崎は言った。

こうして彼女は全裸に剝かれる。その後がまた大変だった。枕元に四段切り換えのスタンドが二基おいてあるが、この位置をそれぞれに工夫したあと、光量をいちいち切り換えながら、光と影の中に描き出されるさまざまな女体の曲線美を鑑賞する。

その目は、女を愉しむというより、照明とモデルのポーズがジャストミートして、一瞬につくり出す女体の造型美をとらえようとするプロカメラマンのまなざしであった。

「若い女の美しさは、即興の演奏のようなもんだ。一瞬の間に消えて、演奏者自身にも再生できない。写真に撮っても、それは死んだコピーにすぎん。おれは、その美しさのすべてを生きているまま吸い取りたい」

と言いながらアリサに取り組む金崎は、それ以外のすべてのことにまったく興味がないかのように、彼女の中に沈入した。まさに彼は、五感のすべてを稼働して女を味わっていた。

アリサは前段の手続きで、すでにへとへとになったように感じる。金崎はようやく行為のメインコースに入ってくる。彼女は柔術の達人に押さえ込まれたかのように身動きできない。若い荒々しい力で押し貫かれているわけでもないのに、ピタリと女の体の要所要所を押さえ込まれて、相手にいいように料理されている。アリサも性の技には多少の経験と自信があるはずなのに、それがべつの国の言葉のようにまったく通じない。相手から侵略される一方で、もはや逃げ場のないまでに、ひたひたと水位をます官能の圧力に包み込まれる。

「ねえ、おねがい」と耐えかねたアリサが、せがむと、金崎が耳もとで、

「目を開けろ」とささやく。

「いや、恥ずかしい」と彼女があらがうと、

「いいから開けろ」とうながす。

アリサが恐る恐るうす目を開くと、ほとんど密着するばかりの近い距離に金崎の細い目があった。

いつもは象のように小さいとおもっていた彼の目が、彼女の視野いっぱいに広がっている。

「おれがいま歌を歌うから、いっしょに歌え」

「とても歌なんか歌えないわ」

「おまえも知っているやさしい歌だ」

「歌なんかより、ねえ早く」

せがむのに耳をかさず、金崎は低く歌いだす。アリサもよく知っている童謡だった。一節歌った金崎は、彼女に同じ歌詞を和すように言った。なにげなく和しているうちに、頂き直下まで高まった波がいくらか鎮まったようである。

波頭が高まって砕けるかわりに、持続性のあるうねりとなって二つの身体がしっくりと和合した。二人が和して歌った童謡に淫らな意味があることにアリサは後になって気づいた。

普通に歌えばなんでもない歌が、男女が同衾《どうきん》して歌うと、べつの意味を生ずるのである。彼女は、あどけない童謡がこのようにして歌われることを初めて知った。

金崎は、さんざん歌わせた後で、

「時間はたっぷりとあるでな。これまでが〝初座《しょざ》〟だ」

と身を引いてしまう。

ここで金崎は、せっかく剝いだアリサに、また盛装をさせる。同じ衣装を着けさせる場合もあれば、金崎が用意しておいたべつの衣装に変えさせることもある。また、和洋を転換させるときもあった。これが〝中立《なかだち》〟で彼はまさに茶道の所作にたとえていた。

全裸に剝いて止めを打つ直前までもみしだいた女性をふたたびドレスアップさせると、新鮮な興奮を誘われるらしい。

身仕度を整えても、髪の乱れや上気した肌の色は残っている。それがたまらない色気を添えるという。

中立の後、いよいよ〝後座《ござ》〟に入る。客が中立している間に亭主は床の間の掛け物をしまい、茶室を掃き、花入れに花を生け、道具も改め、心機一転して客を迎え入れるように、金崎は、新たに身仕舞いをこらしたアリサを、いそいそと褥に誘う。

これからが茶事ならぬ〝房事〟の濃茶《こいちゃ》の点前《てまえ》となる。すべての所作が終わるのにまず二時間はかかる。終わった後、彼女は完全燃焼した灰がらのようになってしまう。

彼女はこれまで男と交渉をもった後、必ずバスかシャワーを使わないと眠れなかったのが、金崎と過ごした後は、なりふりかまわずに眠り込んでしまうようになった。

落城した全開の裸身を、まだ男の貪欲な観察の目が撫でまわしているのを感じながら、渦のような睡魔に引きずり込まれてしまう。

眠っている間にもなにかされているようなのだが、どうすることもできない。ある朝、目がさめると、かたわらに金崎の姿が見えない。トイレットにでも立ったらしく、金崎の身体があった位置の布団が温かい。あるいは、金崎が床を脱ける気配で目がさめたのかもしれない。

まだ起き出すには早い時間だったので、もう一眠りしようとしたアリサは、金崎の枕元に当たる場所に一冊の本があるのに気がついた。金崎の読みさしか、ページが開かれたままであった。彼女はなにげなく、開いているページに目をやって、「あら」とつぶやいた。

その文章にうすい記憶があったのである。本の表紙を見ると、『眠れる美女』とある。作者は川端康成《かわばたやすなり》であった。

アリサの記憶がよみがえった。当時、女子高生だった彼女は、ノーベル文学賞をうけたその作家の作品を、意味もよくわからないまま読みあさったが、その中にその本はたしかにあった。筋もおぼろにおぼえている。それは性的能力を失った老人が睡眠薬をのませて昏睡《こんすい》させた女の体を玩弄することによって自己の回春をはかろうとする話だったようだ。

アリサは、眠った（眠らされた）女の指の執拗な描写が、いまだに記憶に残っている。その場面だけが不思議に鮮明な輝きを帯びた残像となって、意識のスクリーンに焼きつけられている。優れた作家の鋭い目は、女の指を媒体にして、女の意識下に埋もれた生臭い正体を暴き出しているようであった。アリサは、描写されたものは指でありながら、女の最も恥ずかしい部分を、まるで顕微鏡で観察されているかのように、どんな微細な襞《ひだ》の奥までも逃さずに押し広げられたような恥ずかしさをおぼえたものである。

いや、作家が描いたものは、まさしく女の恥部であった。女の最も生々《なまなま》しく、欲望の脂でぬれぬれと光っている内臓の部分を、指に仮託して描き出したのである。

だから読解力の不十分な彼女すら、おもわず顔を赧《あか》らめたのだ。その箇所が、ちょうど読みさしたまま開かれていた。

金崎は、『眠れる美女』を読みながら、眠れるアリサを観察していたのである。金崎は不能者ではない。それどころか、年齢に影響されない男のスタミナをこってりとたくわえている。

回春のために彼女を観ていたのではなく、あくまでも性の所作事《しよさごと》の一つとして眺めていたのであろう。それをより味わい深く鑑賞するために、稀有《けう》の作家の目を借りた。おそらく、いや絶対に金崎は、鑑賞のポイントを作家のように指などに仮託しなかったであろう。

すでに十分に貪った獲物の残骸を、金崎はこのようにして最後の肉片、小骨一本残さないようにあさったのである。

「とてもかなわないわ」

とつぶやいたとき、部屋の空気が動いて、金崎の帰って来た気配がした。彼女は慌てて眠っている振りをした。起きているのを悟られると、また新たになにをリクエストされるかわからない。

4

金崎と会うときは、たいてい〝泊まり〟になった。稀《まれ》に金崎だけ先に帰るときがあったが、夕方から会うと、例の所作事が長いので、夜遅くなってしまう。帰る気なら帰れるのだが、腰が抜けたようになってしまって、アリサだけ泊まってしまう。

金崎の使う旅館は渋谷にある。駅から近いわりに閑静な一角で、しかも玄関が奥まっているので、出入りが目立たない。経営者に金崎の息がかかっているらしく、彼は特別待遇であった。

アリサもしだいに顔が売れてきたので、旅館に出入りするところを芸能週刊誌などに嗅ぎつけられてはまずい。

金崎は、宮村を通してアリサのスケジュールを掌握しているらしい。売出し中のモデルだから、仕事とかち合わないように気を遣っている気配が感じられた。フリーのときに呼んでくれるのは、有難いが、それは彼女に自由がないということも意味していた。仕事がないときは、いつ金崎からお呼びがかかるかわからないからである。

金崎の専属になってから、彼女は柿の木坂《かきのきざか》にマンションをあたえられた。3DKのセントラル方式による給湯、冷・暖房の豪華マンションで、大部屋にいるかぎり、一生かかっても住めない所であった。

「過去のことは咎めない。しかし、もし今つき合っている男がいたら、すぐ手を切りなさい。そのために金がいるならあげよう。この部屋はきみの名義になっているから、どのように使ってもいい。ただし、絶対に男を入れてはいけないよ」

宮村は入居にあたって言い渡した。彼ははっきり言わなかったが、マンションの金は、金崎から出ているらしかった。

「男なんていません」

行きずりのプレイをしたことはあっても、特定の男はいなかった。

「それはいい。男は女を蝕む。特にこれからのきみは、自分を大切にしなけりゃいかんよ。せっかくいいチャンスがまわってきたんだからな。チャンスを自分の実力だけでつかんだなんておもっちゃいけないよ」

宮村は目の端でうすく笑いながら、優しく諭すように言った。女を扱い馴れた者の目であり、同時に女に商品的な価値しか認めていない男の言葉であった。

「そんなこと夢にもおもいませんわ。みんな社長さんのおかげです」

アリサはせいぜいしおらしく言った。

「私のおかげじゃない。金崎先生のお力だ。それからフリーのときどこへ行ってもかまわないが、必ず連絡先を管理人に言っておくようにな」

それは金崎からのコールにいつでも応えられるようにしておけという含みであった。

金崎は、都合の悪いことでもあるのか、マンションに通って来なかった。しかし、事実上、アリサは彼に囲われたのと同じであった。

彼女は、そのことについては抵抗をおぼえなかった。二年近い大部屋生活のおかげで、女独りの力では、どうあがいたところで大した所へ登っていけないことがわかっている。都会での生活を維持するのさえ難しかった。いずれ生活のために自分を安売りするのは目に見えていた。それがおもいがけず、自分に高い値をつけてくれたスポンサーが現れた。歳《とし》を食っているのが難点だが、スポンサーとしての力は申し分ない。この程度の拘束は、当然支払わなければならない〝税金〟だった。

禁断の共有

1

金崎は、アリサを呼ぶとき、車をよこした。いつも二十七、八歳と見える運転手が来た。

浅黒いひきしまった風貌をした、なかなかのハンサムであるが、陰気である。こちらから話しかけないかぎり、決して口をきかない。話しかけても短い返事が返ってくるだけで会話が進展しない。べつに彼女を軽蔑も憧れもしていない。雇い主から命じられたから運んでやるという感じである。彼にしてみれば、荷物を運んでいるのと同じなのであろう。

だからアリサも、彼を運搬機械と見ればよいわけだが、これから金崎に玩弄されるために運ばれていくとき、押し黙った運転手の背中ににらまれているのは重苦しかった。

アリサは沈黙の圧力に耐えられなくなって、無理に会話を転がそうとした。

「運転手さん、お生まれはどこなの？」

「群馬です」

相変わらず、木で鼻をくったような返事が返ってきた。

「あら、それじゃあ、お隣じゃない。私、長野県なのよ」

「はあ」

「群馬県は、どの辺なの？」

「浅間山の裏のさびしい田舎です」

面倒くさそうな声であった。

「浅間の裏というと……嬬恋の方かしら？」

「嬬恋村を知っているんですか」

なにげなくつぶやいたアリサに、運転手がおもいがけず反応した。

「知ってるわよ、私の町から峠を一つ越えたところですもの。運転手さんは嬬恋の人なの」

「そうです。あなたは？」

無機的だったその声に少し感情が入ったようだった。

「私、真田町《さなだまち》よ、なんだ、本当に隣組じゃないの」

嬬恋村と真田町は鳥居峠をはさんで隣り合っている形である。

「真田の方だったんですか。世の中は広いようで狭いものですね」

郷里が近かったのが、運転手に親近感を抱かせたらしい。前よりも口がほぐれてきた。

しばらく郷里の話が二人の間にはずんだ。運転手の生まれた所は、嬬恋村の大前という字《あざ》らしい。車の目的地に着いたのが、いつもより早く感じられた。

旅館に着いて降りようとしたとき、アリサはまだ肝腎なことを聞いていなかったのに気がついた。

「運転手さん、お名前、なんとおっしゃるの?」

「ぼくの名前ですか」

「教えて」

「そんなもの知っても仕方がないでしょう」

「いいから教えて」

「田代です」

「どういう字を書くの」

「田畑の田、代々木の代」

「田代さんね、私、水木アリサです、よろしく」

「あなたのお名前ぐらい存じていますよ」

「あらそう、まるで荷物でも見るような顔をしていたけど」

アリサは皮肉ったつもりだったが、このときから田代は彼女に親しげな表情を見せるようになった。少なくとも荷物を運ぶ感じはなくなった。

「金崎先生って、いったい何をしている人なの」

少し親しくなったところで、アリサは聞いた。政財界に大きな影響力をもっている人物らしいが、依然として正体はわからない。

「すごい資産家ですよ」

「どこかで見たような顔なんだけど」

「新聞や雑誌に写真が載ったことがありますからね」

「お金持ちぐらいで新聞に載るの？」

「ただの金持ちじゃありません。有力な政治家も先生から献金をうけています」

「うちの社長とは、どういう関係なのかしら」

「ぼくも知りません。とにかく先生は顔が広いですからね、芸能界や角界、文壇にまで顔がききます。まあ、あんまり深く知らないほうがいいですよ」

「どうして？　べつに悪いことをしているわけじゃないでしょ」

「金がうんと集まる所には、それだけ暗い影ができます」

「私も、その影の部分というわけね」

「…………」

「田代さんは、私のことどうおもっているの」

「というと？」

「こんなことをしている私を軽蔑してるんでしょう」

「べつに軽蔑も尊敬もしていませんよ、それぞれの生き方ですから」

「それぞれの生き方か。うまいこと言うわね。女が名を売るには、これがいちばん手っ取り早いわ。これ以外に方法がないと言ってもいいみたい」

「それは男でも同じです。強くなるためには、自分を強いものに所属させるのが、いちばんいいのです」

「あなたも、あのおじいちゃんに所属しているのね」

「そうです。だからあなたも私も同じものに所属している同志ですよ」

「私たち、同志なのね」

「強くなるためのね」

「田代さん、あなた、結婚していらっしゃるの？」

「どう見えます？」

「さあ、しているようにも見えるし、独りのようにも見えるわ……」

「自分にもよくわからないのです」

「わからないって、あなた自身のことでしょ」

「それがわからないのです。まあこれも影の部分かな」

「なんのことかわからないわ」

「無理にわかる必要はありません」

「私たち、同志なんでしょ」

「影はべつですよ」

「つまり、べつの影の中にいるというわけ？」

「まあね」

そんなとりとめもない会話が交わされている間に、目的の場所に着く。

二人がかなり親しくなったころ、いつものようにお呼びがかかり、田代の車で待ち合わせの旅館へ送られてくると、旅館に伝言があった。金崎に急用が生じて来られなくなったから、今日は帰ってよいということであった。

「急に授業が休みになった生徒みたいな心境だわ」

と、アリサがはしゃぐと、

「無駄足になってしまったけど、お宅まで送りましょう」

と田代が言った。

「このまま帰るのは、もったいないわ。ねえ二人でどこかへ遊びに行かない？」

アリサは田代を誘った。苦味走った田代に彼女は少し食指を動かしていた。金崎の専属になってから、若い男との縁が切れた。

華やかな世界に身をおいていたが、それはショーウインドーに飾られた人形としてであって、生身の人間としての行動は許されなかった。

スポンサーと客の目が、きらめく脚光の奥から常に光っている。

金崎は、女の扱いを心得ていたが、女は彼にとって高い金を払って買った玩具《おもちゃ》でしかなかった。金崎とのセックスは対等ではなかった。それは、どんなに年季を入れた技巧を弄して、女の官能を煮つめてくれても、所詮、男の欲望に奉仕する性奴としての扱いでしかない。

若い男は、未熟ではあっても、自分を女として扱ってくれる。たとえ彼らが自己の欲望本位に行動したとしても、対等の関係で行為ができる。

常に老人の玩具として扱われていると、若い男とのセックスに餓えてきた。欲望そのものは、金崎によって適当に充《み》たされている。身体を売った後にあいた虚《うつ》ろな部分を、とりあえず手近にいる田代によって埋めようとしたのかもしれない。

もともと田代は彼女の好みのタイプの男であった。知的で翳《かげ》を帯びたニヒルな風貌は、女学生時代に熱を上げた映画スターに似ている。

「とんでもない。そんなところを先生に見られたら大変ですよ」

田代は、大仰に首を振った。

「なにも悪いことするわけじゃないわよ」

「だめです。あれで先生はひどくやきもち焼きなんだ」

「いっしょに食事をするくらいならいいでしょ」

「いけませんね、どこに先生の息のかかっている者の眼《め》があるかわかりませんから、痛くもない腹を探られたくありません」

「李《すもも》の下の冠《かんむり》というわけね、用心深いんだなあ」

「本当のことを言いましょうか」

「本当のことって、何？」

「私はね、あなたの監視役も命じられているんですよ」

「たぶんそんなことだろうとおもったわよ。初めのころ、あなたはひどく疑い深そうな目で私を見ていたわよ」

「いまでも疑いを解いたわけではありません」

「それでどう、何かわかったの？」

「いままでのところは、クリーンですね。もっとも前に遡ってほじくればなにが出てくるかわかりませんが」

「お生憎《あいにく》さま、ほじくったってなにも出てこないわよ。でも、私も人形ではないもの、ガラスのケースに入れられて飾られているのはごめんだわ」

「そのための報酬はもらっているんでしょう」

「いいわよ、誘わないわ。その代わり、家に帰って品行方正にしているって報告してちょうだい」

旅館からUターンした車は、アリサのマンションへ着いた。

「ねえ、ちょっと寄っていかない。私の家ならいいでしょ。お茶ぐらいさしあげたいわ」

「いいえ、これで失礼します」

これまでにも送って来たことはあるが、部屋の中へ入ったことはない。

「ずいぶん用心深いのね、でもそれではあなたの責任を果たしたことにならなくてよ」

「え?」

「あなたの役目は私をエスコートすることでしょ。それだったら、エレベーターの中に痴漢が潜んでいるかもしれないし、廊下で襲われるかもしれないじゃないの」

「これはまいった。それじゃ玄関口までお送りします」

言い負かされた形で、田代は運転席から降りた。ドア先まで送って帰ろうとした彼をアリサは、

「ねえ、ここまで来たんだから、ちょっと寄ってらっしゃいよ。お茶ぐらい喫《の》んでいってもどうってことないわよ」と引きとめた。

「しかし……」

「遠慮も程度問題よ。さっきあなたは私の監視役だっておっしゃったけど、逆の立場になるかもしれないのよ」

アリサは含み笑いをした。

「逆の立場？」

「目下私は、金崎おじいちゃんが最もご寵愛《ちょうあい》の愛人というわけでしょ。だから、私があなたのことをおじいちゃんにどのようにでも言いつけられるってこと」

「あなたって人は……」

「私のおじいちゃんに対する影響力も捨てたもんじゃないわよ。よしなに言上してもらいたかったら、寄ってらっしゃい」

そう言われて、田代は逆らえなくなった。女の独り住まいを覗いてみたい好奇心もあった。またそれを覗くのも監視役の仕事の一つだと、自分を納得させた。

「それじゃ、ほんの少しだけ」

田代は、恐る恐るといった体で、中へ入った。内部は、若い女の住まいらしく、小ぎれいにまとめられていた。見ない振りをしてざっと観察したが、男の生活のにおいは感じられない。

アリサはテラスに面した八畳ほどの洋室に田代を招じ入れた。部屋の一隅にサイドボードがあり、世界の洋酒のさまざまなボトルが並んでいる。

「なにかカクテルをつくりましょうか」

「お茶」が、いつの間にかアルコールに昇格している。

「車ですよ」

「帰るまでには、醒めるわ」

「コーヒーでもいただきます」

「本当に用心深いのね」

アリサは苦笑しながらサイフォンでコーヒーを点ててやった。コーヒーには多少の自信があった。豆もいつも行く専門店で自分の好みに合わせて挽《ひ》かせたものである。

「おいしいコーヒーですね」

「淹れたコーヒーではなく、点てたコーヒーだからでしょう」

「すみませんが、もう一杯いただけませんか」

田代はよほど気に入ったらしく、アンコールした。

「お気に入っていただけて嬉しいわ」

コーヒーの芳香が室内にこもって、男と女が密室の中で相対している緊張を柔らかくほぐした。

「田代さん」

喫み終わったときをとらえてアリサは声をかけた。彼女はコーヒーカップの代わりにブランデーグラスをささげもっている。軽い酔いがほんのりと頬を染めていた。

「私を食べてみたくない？」

挑発するように唇を仰向《あおむ》けて笑った。

「な、なにを言うんです」

田代の声が少しうろたえた。

「私たちがここにこうしていることは、だれも知らないわ。ふたりだけの世界よ。その秘密をもっと掘り下げない？」

「からかってはいけません」

「からかってなんかいないわよ。あなただって私のこと欲しがっているわ、いいえ、隠さなくてもいいの。目の色を見ればわかるわ。私だってこの世界で伊達《だて》に生きていないわよ。私もあなたが欲しいの。道具は揃っているというわけね」

「そういうことを言ってはいけません」

「あなたはおじいちゃんが恐いんでしょ。でもここまで来ちゃったら同じよ。男と女が、マンションの中に閉じこもっているのよ。中でなにをやってもわからないし、なんにもしなくとも、なにかやったとおもわれるわ」

「私は帰ります」

田代は立ち上がった。

「田代さん！」

アリサはその前にすっと立ちふさがった。

「このまま帰って無事にすむとおもってるの？」

「それはどういうことですか」

「私、おじいちゃんに言いつけてやるわよ。エスコートする振りをして無理に家の中まで押し侵《い》って来て、私に乱暴したって」

「き、きみは……」

田代は、言葉がつづかなくなった。

「もう男らしく観念するのね。私ほどの女はなかなかいないわよ。それほどの女から据え膳もちかけられて、指一本出さないなんて、男の恥じゃないかしら」

アリサは田代の肩に両手をかけてすくい上げるように見た。ブランデーにうすく充血した目は、発情したようにうるんで光っている。

田代の抑制の限界もそこまでであった。抑えていた男の本性が、牙を剝いて暴れだした。女に対する慢性的な飢餓が抑制を解かれて、水門に殺到するダムの水のようにいっせいにほとばしり出ようとした。

アリサは、自分から挑発しておきながら、堰《せき》をはずされた男の洪水のような欲望の高波にもみしだかれて悲鳴をあげた。金崎のような持続力と技巧はないが、圧倒的な水圧の下で悶絶《もんぜつ》した。

トロトロと煮つめられるかわりに、瞬間的に沸騰した。強大な爆発力が女のこざかしい経験を粉砕した。

2

二人は秘密を共有した。それは金崎に対する秘密である。

この秘密が金崎の知るところとなれば、現在の生活の基盤を失うことは確かである。それは危険な秘密であった。彼らは保身のために、秘密の共有をただ一度にとどめるべきであった。

最初、彼らはそのつもりでいた。だが禁断の甘果は美味すぎた。一度はずされた保身の理性は、二度めはもっと容易にはずれた。三度めはさらに容易であった。

大人の浮気のつもりが、いつしか離れられなくなっていた。彼らほどの情事に悪達者な者でも、久しぶりに味わった新鮮な肉欲の感動に酔って、官能の喜悦を愛と混同しかけていた。

田代は、アリサのエスコート役であるから、出逢《であ》いの機会は容易に得られる。だが二人は辛くなった。エスコートする時間を盗んでしか逢えない。田代は、自分の女を、老人の卑しい玩弄に供すべく運んでいかなければならず、アリサは、愛する男に体を切り売りするところをいちいち見届けられてしまう。

「せめて金崎の所へ行く前に私を抱いて」

アリサは訴えた。

「それはだめだ。金崎に見破られてしまう」

二人は皮肉な運命を嘆いた。金崎のバックアップのおかげで、アリサはますます売れてきた。映画の話もきた。歌を歌ってみないかとも言われた。

世に出られたのは嬉しい。それは自分が夢にまで見たことだった。だが、その反対給付として、金崎に身体を提供することが辛くなってきた。いや、おぞましくなった。あの執拗な愛撫《あいぶ》を想像するだけで、鳥肌立った。金崎と逢って帰るとき、身体だけでなく、心の襞のすみずみまでが汚染されたように感じた。

シャワーを浴びたくらいでは、汚染を洗い落とせない。その汚れた身体を田代にまかせるのが辛かった。

田代と金崎がまったく無縁であれば、アリサもチャンネルを切り換えるように割り切って二人の男に接することができたかもしれない。だが、これでは切り換えようがない。

「もうこんな逢い方は、いや」

金崎の許から送ってきた田代と、忙《せわ》しなく抱き合った後、アリサは訴えた。

「他にどんな逢い方があるというんだ？　きみはせっかく芽が出かけているんだよ。金崎を怒らせたら、その芽を摘み取られてしまう」

「私、もう自分の力で行けるとおもうわ。他にもいいスポンサーがつきかけているし、テレビや映画だって引っ張り凧なのよ」

「金崎の力を見くびってはいけない。彼がきみを引きずり落とそうとすれば、簡単だよ」

「私、いつまでも金崎の二号みたいな真似をやっていなければいけないの？　私、サンライズをやめて、べつのクラブへ行ったっていいのよ。そうすれば、金崎なんかの世話にならなくてもいいでしょ」

「待て、早まってはいけない。きみにはまだ金崎の恐ろしさがよくわかっていないんだ。もう少し待ってくれ」

「待てばどうにかなるの？」

「結婚してくれないか」

「結婚ですって」

アリサは信じられないような顔をした。愛し合ったといっても、結婚とはべつの次元で考えていた。だいいち、田代が独身かどうかも曖昧だった。

「きみは、いま売出し中の人気モデルだ。ぼくのようなしがない男でよかったらね。結婚すると言えば、金崎も許してくれるとおもうんだ。それくらいの貸しは金崎にあるんだよ」

田代は、自信ありそうに言った。

「嬉しいわ。でも、あなたは前に独身かどうか自分でもよくわからないって言ったわね、あれどういう意味なの」

「三年待ってくれないか、いやあと二年半ぐらいでいいんだ。そうすれば契約が切れる」

「二年半？　なぜなの。契約ってなに？」

「それはいま言えないんだよ」

「私にも言えないことなの？」

「きみだからこそ言えないんだ。二年半経てば、きみと結婚できる」

「二年半でも三年でも待つわよ。でもこんな汚れた女でもいいの？　後悔しない？」

「汚れているのは、おたがいさまだよ。でも泥の中にだって花の咲くことはある」

「泥の中だからこそ、きれいな花が咲くのね」

二人は、自ら咲かせた花の芳香に酔っていた。それがどんなに危険な香りであるかを知りながらも、酔いが理性を鈍磨させていた。

落ちた仮面

1

寝物語には、つい警戒の垣根が取りはらわれて、裸の心を見せるものである。ある日、アリサは大友という新聞記者の名を騙って聞き込みに来たニセ記者の話を田代にした。保身のためにこれまで心の隅にしまっておいたことが、田代との一体感に誘われてチロリと滑り出してしまったのである。

「それはいつごろのことなんだ？」

ところが聞き流してくれるとおもった田代が、顔色を変えた。

「もうだいぶ前になるわ」

「よくおもいだすんだ」

「どうしたの？　そんなに大切なことなの」

アリサは、田代の反応にびっくりした。

「大切なことだよ、とても大切なんだ」

「たしか去年の十二月初めごろだったわ」

「そのニセ記者は、どんなことを聞いたんだ」

「モデルクラブの内情よ。私もさしさわりのないことを言っておいたわ」

本当は、相手の巧みな誘導尋問に引っかかってべらべらしゃべってしまったのだが、そんなことは言えない。

「どうしてニセ記者だとわかったんだ？」

「私も後でなんとなく胡散くさいとおもったので、名刺の本人に会いに行ったのよ。そしたら別人だったの」

「本人はきみが電話したとき、調子を合わせたんだろう。すると、本人とニセ者は通じていたことになるじゃないか」

「通じてはいないらしいんだけど、ニセ者の正体は知っている様子だったわ」

「すると悪用されるのを承知で、新聞記者は、名刺をやったのか」

「悪用されるというほどの意識はなかったみたい。新聞社とはいっさい関係なく、個人的な関係で名刺を貸したと言ってたわ」

「名刺を貸したと言ったのか」

「たしかそう言ったわ」

「するとそのブン屋は、自分の名刺がだいたいどういうことに使われるか知っていたんだ」

「そうかしら」

「そうに決まってるさ。社名の入ってる名刺を貸したんだぞ、必ず貸す前にどんなことに使うか聞いたはずだ」

「でも詳しいことは知らないようだったわ。私に、ニセ者とどんな話をしたのかしつこく聞いていたから」

「いったいどんな話をしたんだ？」

「だから、クラブの内情よ。もうよくおぼえていないわ」

「人を探していなかったか」

「人……そういえば」

アリサが記憶をまさぐっていると、

「だれか人の名前を聞かなかったかい？」

「そういえば聞かれたような気がするわ」

「どんな名を聞かれた？」

「おもいだせないわ。だって韓国の人の名前だったんだもの」

「韓国人だと！」

「ああびっくりした。どうしたの、いきなり大きな声をだして」

「いや驚かせてすまない。その名前は、男か女かおぼえていないか」

「韓国の名前だから、男か女かわからないわよ。でも、日本の女の人の名前を聞いていたわ」

「韓国のほうは、たとえば李《り》とか言わなかったかい」

「あなた、そのひと知ってるの？」

「いやべつに知ってるわけじゃないけど、韓国に多い名前だから……」

アリサに顔を見つめられて、田代は少し狼狽の色を浮かべた。

「あ、ちょっと待ってよ」

アリサは、記憶の末端を探り当てた様子だった。

「なにかおもいだしたか」

「たしか聞かれた名前の中に聞きおぼえのある名前があったわ」

「それは……」

しだいに記憶を手繰り寄せながら、アリサは田代と顔を見合わせて、ハッとなった。

「そうだわ！　田代という名前を聞かれたのよ。その人、あなたの名を聞いたのよ」

「ぼくの名を聞いたって⁉」

田代は愕然とした様子だった。

「たしかにあなたの名前だったわ」

「タシロちがいか、聞きまちがいじゃないのか」

「フルネームで聞いたのよ。田代行雄という名前はそんなにありふれたものじゃないでしょう」

驚愕から立ち直った田代は、深刻な表情になった。

「ねえ、そのニセ記者、あなたとどんな関係があるの」

アリサが心配そうに覗き込んだ。

「べつになんの関係もないよ」

「嘘！　あなたは、その人を知ってるわ。それもかなり近い関係の人だわ」

「関係なんかない」

「さっきあなたは、ニセ記者が来た話をしたら、非常に大切なことだから、よくおもいだせと言ったでしょ。だからおもいだしたら、今度はなにも関係ないと言うの」

問いつめられて、田代は返す言葉にグッと詰まった。

「そのニセ記者ったら、私をつかまえて、まるで刑事みたいにいろいろと訊いたのよ」

「なに、刑事だと！」

田代の声がふたたび強くなった。

「いったいどうしたのよ、今日のあなたはおかしいわよ。まさかニセ記者が刑事じゃないでしょう……あ」

田代の表情の異常な緊張を見て取ったアリサは、自分がなにげなく発した言葉が、ニセ者の正体についてかなり近い推測を下したらしいのを知った。

「でも、どうして刑事が嗅ぎまわるのよ、刑事が来るはずないじゃないの」

彼女は慌てて不用意に放った言葉を取り消した。もしニセ記者の正体が刑事だったら、彼女がしゃべった内容は、本物の新聞記者に話すよりもさらにまずいことになる。

だが、刑事にしては、あれからだいぶ経っているのに、警察はなんの動きもしていない。

「いや刑事かもしれない」

田代は、アリサの言葉をさらに否定した。

「きみが、新聞記者に会いに行ったのは、まずかったかもしれないな」

「どうしてまずいの?」

「だってそうだろう。きみはさしさわりのない話をしたはずなのに、後になってなんとなく胡散くさいと感じて、電話をかけたり、わざわざ名刺の主に会いに行ったりした。さしさわりのない話なら、そんなことをする必要はまったくないじゃないか」

「そ、それは、なんとなく気持ちが悪かったからよ。得体の知れない人に探られたなんて気持ち悪いでしょ」

「なんで気持ちが悪いんだ。さしさわりのない話なら、だれに話したっていいはずだ。きみはしゃべった後で、不安になった。それはきみがさしさわりのあることをしゃべったからじゃないのか」

「ちがうわ」

「どうちがうんだ？　後になってまずいことを言ったと気がついたものだから、新聞にでも書かれてはいけないと不安になって、取り消しに行った。そこでニセ者ということに気がついたのだ」

「ねえ、もうそんなことはどうでもいいじゃない。すぎたことでしょ」

アリサは旗色が悪くなったので、愛し合う者同士のなれ合いの中に引きずり込むことによって話題を変えようとした。

「どうでもいいことではない！」

ところが、田代は彼女の〝色仕掛け〟に乗ってこなかった。関係が生じてから初めて聞く厳しい声である。アリサは一瞬ビクリと体を震わせた。

「いいか、よくおもいだすんだ。きみはニセ記者にどんなことを話したんだ？」

「大したことじゃないわよ」

「大したことじゃないのに、わざわざ身許を確かめにいくものか。ニセ記者が来たのは、十二月初めごろだと言ったな。それから間もなくきみは売り出した。おそらくきみは冷や飯食いのうっぷんを、ニセ記者に洗いざらい打ち撒けてしまった。その直後にチャンスが回ってきたもんだから、慌てて新聞記者の所へ行って、前言を取り消そうとしたんだろう」

「そうよ、だったらどうだって言うの。あなたこそなによ、まるでねちねちと刑事みたいに。私がなにを言おうと、あなたには関係ないじゃないの」

アリサは、急にヒステリックに言い返した。その頰を田代はピシリと張った。火の出るような平手打ちだった。彼女の頰に田代の手形が赤く浮き上がり、さらに男に初めて打たれた女の怒りの紅潮が手の痕を吸収した。だが怒りと動転で抗議の声は、すぐに出てこない。

「さあ言え！　いったいどんなことを刑事に話したんだ」

田代は、両手で彼女の首筋をつかんで揺すった。息が詰まった。たちまち女のこざかしい怒りなど踏み潰されて、このまま逆らっていれば、絞め殺されそうな恐怖をおぼえた。田代はすでにニセ記者を刑事と決めつけている。ということは、彼が刑事に追われるようなことをしているからだろう。刑事はたしかに彼の名を聞いていたのである。

田代は、たがいに影の部分で生きていると言ったが、彼の影とはそのような性格のものだったのか。

アリサは、いま自分の愛の正体を、まざまざと見せつけられたおもいだった。

それは愛でもなんでもなかった。女学生時代スターに捧げた青い憧れの延長線上に現れた田代を、愛していると錯覚しただけにすぎなかった。

青い憧れと異なるところは、そこに成熟した官能の味つけが施されていたことである。その味つけが欲望の肉食をうながしたにすぎない。

彼女は幻滅の悲哀よりは、ただ恐ろしかった。田代の目は、異星の妖怪に取り憑かれたかのような凶暴な色に塗りこめられていた。それはまさしく殺気だった。

田代の人が変わってしまったのではなく、それが彼の正体だったのだ。これまで巧みにかむっていた化けの皮を、いま剝いだのである。

「言うわ、言うから乱暴しないで」

アリサが言ったので、彼はようやく胸をとらえた手を放した。

「どんな話をしたんだ」

手は放したものの、目の奥にある凶暴なものは同じである。本当のことを言えば殺されるかもしれない。だが言わなければいますぐ殺されそうな恐怖が、彼女を駆り立てていた。

「外人部隊や親衛隊が、接待や賞品になると話したのよ」

アリサは恐怖に駆られて、つい専門語のまま言った。

「そんな話をしたのか」

「でも、それはうちのクラブだけがやっていることじゃないわ。ねえ、私が悪かったわ。このことはおじいちゃんや社長には内緒にしておいてね」

この期におよんでも、保身を忘れない彼女も、やはりプロの女のしたたかさをもっているといえよう。

「刑事が来たのは、そのときだけだな」

「そのときだけよ」

「ブン屋は、その後なにか言ってきたか」

「いいえ。だからそんなに心配することないとおもうわ。私自身も忘れていたくらいなのよ、あなたは考えすぎ……」

と言いかけて、アリサはハッとした。

モデルクラブ内部の〝専門語〟がなんの説明もしないのに田代にすんなりと通じたことに気がついたのである。彼に以前そんな話をしたこともない。

それは彼がクラブの内情に通じている事実をしめすものだ。宮村と金崎の間に怪しい気脈が通じているのはわかる。だが、田代がこれほどまでとはおもわなかった。三人には、彼女が考える以上に深いつながりがあるらしい。それも光の届かない闇の部分においてで。

「たぶんおれの考えすぎだろう。つい暴力を振るってすまなかった。クラブが風俗犯などで汚名を着せられれば、きみにも汚点がはねかかるだろう。いまきみはいちばん大切な時期だ。きみの身を想《おも》ってしたことなんだ。許してくれ」

いつの間にか、田代の目から凶暴な気配は消えていた。だが彼女はもう欺かれなかった。あの奥には、依然として凶悪な妖怪が棲《す》みついている。それが彼の正体なのである。

「聞きついでにもう一つ聞いておくが、これをよくおもいだしてもらいたいんだ。そのときニセ記者は、李英香という名前を質ねなかったかい？」

「リエイコウ」

「すもの李、英語の英、香水の香だ」

「聞かれたような気もするけど、はっきりおぼえていないわ」

「おもいだしてくれ」

「無理よ。だいぶ前のことだし、そんなによく聞いていなかったんだから」

「おれの名はおもいだしたじゃないか」

「あなたはべつよ。それに韓国の人の名前って難しいもの」

「どうして韓国ってわかったんだ」

「だって韓国の人だってニセ記者が言ったんだもの。そう言えば、あの替え玉、変なことを言ってたわ」

「どんなことを言ったんだ？」

田代は身を乗り出した。

「初めに韓国の名前で聞いてから、もしかしたら日本名になっているかもしれないと言って……あ、その一人たしか田代と言ったわよ」

「まさか」

いままで熱心に聞いていた田代が急に冷たく笑った。

「本当よ、下の名前のほうは忘れたけど、田代なんとか子と言ったわ。その女《ひと》あなたと何か関係あるんじゃないの」

「きみの記憶ちがいだよ。それより李英香という名前は聞かれなかったんだね」

田代は、「田代X子」から話題をそらしたい様子だった。

「聞かれたような気もするし、聞かれなかったような気もするわ」

「李秀蘭や趙王麗は」

「だめ、韓国人の名前はまったく引っかかってないわ。ねえ、その人たち、いったいどうしたの」

「きみには関係ないことだよ」

これ以上質ねても無駄と悟ったのか、田代は急に醒めた表情にかえって、

「いいかい、いまぼくがきみに聞いたことは、決してだれにも話してはいけないよ」と言った。

2

田代が帰って行った後も、恐怖は醒めなかった。彼はあのときまぎれもなく殺意をもってアリサの首を絞めていた。目に塗りこめられた殺気は本物だった。

彼女は、その殺意が、いまだに首に残っている痛みとともに実感をもってわかるのである。

あんな恐ろしい人物を、自分はひとときでも愛したのだ。次にあることをおもいだして慄然《りつぜん》とした。

「私はあの人と婚約していたんだわ！」

恐怖にまぎれて忘れていたが、婚約は解消されたわけではない。田代は彼女の首を絞めただけで、取り消しの意志は一片も表したわけではない。

しかしアリサのほうはとうに醒めていた。田代の美しい仮面に惑わされた恋の美酒の陶酔は消えて、残っているとすれば、気味の悪い宿酔《ふつかよい》だけである。燃焼が熾《はげ》しかっただけに、冷却するのも早かった。

だが、自分のほうから一方的に婚約破棄すれば、どんな目にあわされるかわからない。

田代との関係も、初めは金崎の目を恐れていたが、最近はかなり大胆に振舞うようになっていた。「金崎には貸しがある」と田代はよく言った。その貸しとはなにか詳しく話さないが、どうやら金崎のなにかの弱味を握っているらしい。どうせ一つ穴の貉とし て、一蓮托生《いちれんたくしょう》の関係なのだろう。

田代が刑事に追われているのは、たしかである。クラブが風俗犯の汚名を着るのを、アリサのために恐れていると、苦しい言い訳をしたが、もっと深刻な罪で追われている様子だった。

——いったいその深刻な罪とは、なんだろう？——

ここでアリサは、田代がしきりと李英香という名前を気にしていたことをおもいだした。李英香とは何者か？　田代とどんな関係があるのか？

また他の名前は熱心に質問したのに、アリサがせっかくおもいだした「田代X子」については冷淡な反応をしめした。

思考の奥を見つめていると、しだいに煮つまってくるものがあった。

田代が刑事と断定したニセ記者は、何人もの名前をアリサにたずねた。その中に李英香という名前があったかどうか、残念ながらアリサの記憶にない。田代はその名前に最も強い関心をしめしていた。ニセ記者と田代が関心をもった名前が一致すれば、それはなにを意味するのか？

もし一致すれば、田代は李英香に対してなにかをした。そしてそれについてニセ記者——たぶん刑事が嗅ぎまわっているのだ。

いったい田代は、李英香になにをしたのか。二人の間にどんな関係があるのか。田代に聞いたところで教えてくれないし、彼に聞くのは危険である。ニセ記者が聞いた人名の中に、李英香はあったか。それを確かめるには、ニセ記者本人に聞く以外になさそうである。

アリサの興味は、しだいに脹れ上がってきた。単なる女の好奇心ではない。この際、田代の陰の部分を知っておくことは、自衛上必要であった。

ニセ記者の正体は、大友道彦が知っている。この前たずねたときは、言《げん》を左右にして教えてくれなかったが、今度はこちらもその正体についておおよその目星をつけている。

なにも正体を知らなくとも、大友を介して李英香について問い合わせるだけでよい。ニセ記者が、いまでもその名前に関心があるなら、必ず反応してくるだろう。

しかし、自分がニセ記者に接触を試みようとしたことが、田代に知れたら、非常に危険だ。田代も、ニセ記者の一味としての大友の身許を知っている。田代がどうしてもニセ記者の正体をつかもうとすれば、大友に接近するかもしれない。

アリサは迷った。

管鮑《かんぽう》の交わり

1

浮浪者殺害事件の捜査は、蟻《あり》のような歩みをつづけていた。青田孝次郎の供述によって、米原豊子を中心とする一連の怪しい人物が浮かび上がったが、青田が目撃したという殺人の死体がどこからも現れてこない。

博多の水際で捕えられた韓国からの密航女性の口からはからずも、宮村健造と李英香の名が浮かんだが、宮村や米原の周辺に英香の影はない。

その後水木アリサの動きに、背後の黒幕の指示が感じられても、具体的なものはなにもつかめなかった。大友から、アリサがわざわざ訪ねて来たことも報された。彼女は大友の名を騙った下田の正体をしつこく聞き出そうとしていたという。

水木アリサは、どうして急に前言を取り消して下田の行方を追いはじめたのか。前言を取り消したということは、逆にその言葉に信憑性を感じさせる。

その後、水木アリサは短期間のうちに一流モデルに急成長した。スポンサーも帝都レクリエーションだけでなく、有名化粧品や大手食品会社などが付いた。これらの会社は帝都レクリエーションとはなんの関係もない。CMフィルムやポスターに水木アリサのポーズが氾濫した。そして、ある食品会社のモデルCMで最優秀新人賞を受賞して、いまや、押しも押されもせぬ超A級のモデルになった。

それは、数カ月前、うす暗い喫茶店の片すみでお呼びがかかるのを待ちながら、大部屋暮らしを託《かこ》っていた彼女とは、別人のようであった。

スタートの好運もあったのだろうが、時代の要求するフィーリングや個性を備えていたのであろう。

だが、下田は彼女の「スタートの好運」を重視していた。彼女の急成長は、天性の才能に負うところが大きいだろうが、世に出るきっかけには、「かげのスポンサー」の働きがあったにちがいない。

そのかげのスポンサーとはだれか？　その指示によって、彼女は下田の行方を探したのにちがいない。アリサの身辺に監視の網を張っていれば、いずれは黒幕が出て来るだろうという下田の主張が採られて、彼女の行動は密かにマークされた。

容疑者ではないので、全行動を監視するわけではないが、その生活パターンと、周辺の人間関係が洗われた。

アリサは売り出すと同時に、これまで住んでいた都立大近くのうす汚れたアパートから柿の木坂の高級マンションに移り住んだ。マンションの所有名義は彼女本人になっている。新人モデルとして世に出たばかりで、三千万もする都内一等地の高級マンションに入居する資力があったとは考えられない。

アリサは、特定の仕事のないときは午前十時に所属のサンライズ・ビューティメート・クラブへ顔を出す。だが最近は、売れっ子なので、マンションから直接、仕事先へ出かけることが多くなった。それらはテレビ局や、ＣＭフィルムやポスターの撮影であったり、あるいはホテルやデパートにおける一流デザイナーの新作発表会であったりした。

たいてい車が迎えに来た。クラブのモデル志願のタマゴが、何人か付き人についた。そのうち週に一回ぐらいのわりで大型の高級乗用車が迎えに来るのに監視は気がついた。そのときは付き人はいっしょに行かない。若い男の運転手が一人車をもって来る。その車に乗って行くときは、アリサの服装が仕事らしくなかった。監視はピンときた。車に尾行がついた。車は渋谷区南平台町《なんぺいだいちょう》にある旅館「寿仙閣」へ彼女を運んで行った。彼女は、そこへ泊まった。そんな場所に女が独りで泊まるはずがない。だがパートナーを確かめるために、旅館に直接当たることは避けた。パートナーに、警察がアリサに目をつけていることを知らせたくなかったからである。

アリサが入館して二時間ほど後、一人の男が出て来た。男の前にするすると一台の大型乗用車が滑り寄った。ナンバーを確かめるまでもなく、それは、アリサを運んで来た車であった。男は鷹揚《おうよう》にうなずいて車に乗り込んだ。男の身許は、間もなく割れた。金崎末松《すえまつ》――捜査本部は、その名前に緊張した。通称「金松《かねまつ》」、飯田橋《いいだばし》に「金門商会」という市中金融業を経営している。日本の黒い金のほとんどすべては、いったんはここを通ると言われるくらいの悪名高い高利貸である。事実、「闇金の元老」という別名もあるくらいである。

彼の電話一本で億単位の金が動く。政界にも彼の金脈は根を張っていて、これまでにも黒い霧の発生するところ、必ず彼の名がチラチラしていた。

金崎ほど悪に強い男はいない。まるで悪の代名詞のように、その名前を黒い霧の伴奏つきでささやかれながら、絶対にシッポをつかませない。

それというのも、その巨大な金脈によって政財界の要所要所をがっちりと押さえているからである。人の噂だが、彼の自宅には完璧な防火装備を施した地下室があり、そこにトラック数台分の秘密資料が保管されているという。

これがもし天下に公にされれば、政財界は一朝にしてがたがたになってしまうかもしれないほど、日本の大立者の弱味が蒐集《コレクト》されているそうだ。

だから、大物たちにとっても金崎は目の上のタンコブのような存在だが、だれも恐くて手を出せない。一介の高利貸にすぎない身でありながら、司直の追及すら封じこめてしまうほど、彼の〝コレクション〟は政財界の要路に及んでいるのである。

金崎ほど黒幕と呼ぶにふさわしい人物はいない。前科三犯、「くさい飯を食った」経験も何度かある。だが彼は出所して来る都度、新たな獲物をくわえ込んで肥《ふと》った。

その隠然たる勢力は、もはや周知の事実だが、彼は決して表に出ない。ときの与党の民友党の創立資金が金崎によって賄われたとか、総裁選において、現総裁を支持して三十億円を選挙資金として無担保で貸したとか、総裁や与党実力者との直通電話が何本も彼の寝室の枕元においてあり、寝床の中から裏の指図を出しているなどとまことしやかに伝えられる噂が、単なる噂と否定しきれない強大な影響力をもっているのである。

「金崎末松が、水木アリサの旦那か」

那須キャップもさすがに驚いた表情だった。

「車もナンバーから金門商会の自家用とわかりました」

「すると、金崎と宮村はつながっていることになる。金崎が国際人身売買シンジケートと結んでいるとなると、えらいことになるな」

「案外、彼がシンジケートのボスかもしれませんよ」

「金崎が、そんな危ない橋を渡るかね」

「財政界の大物どもに、その女たちがはめられていたとしたらどうでしょう。現に、米原の家に農務省の関係すじが出入りしています」

「いまのところ、金崎と米原の間に、つながりは見えない」

「もちろん、表面上、いっさい関係ないようにしてあるでしょう。しかし、今度は殺人事件がからんでいます。もし彼が米原豊子と関係あれば、今度こそ首根を押さえられるかもしれません」

「米原豊子の旦那が、金崎だと、おもしろいことになるな」

うっそりと笑った那須は、青田孝次郎が目撃したという殺人劇の主犯の位置にふと金崎を据えて、慌てて頭を振った。先入観を恐れたのである。

「金崎と帝都レクリエーションの間には関係がないか」

「いまのところ、直接の関係はなさそうですが、彼の金脈の末端に、二宮重吉がいるかもしれません」

「おい、金崎といえば、元の農務大臣の実方門次《さねかたもんじ》とえらく親しかったじゃないか」

「そうです。たしか同郷で、民友党との結びつきも実方が橋渡し役をつとめました」

「実方とは〝管鮑の交わり〟とか言ってたな。そんなところから佐橋《さはし》派の実方の口ききで、総裁選で佐橋支持の資金を出したという噂が出た」

那須を囲んだ捜査本部の面々の目がしだいに光を強めてきた。米原の家には、農務省関係者が多く出入りしている。このあたりにも金崎の影が感じられる。

「例の嬬恋村の国有地転売事件な、あれももしかすると、金崎がからんでいるかもしれんぞ」

「金崎なら、もみ消せます」

「そうだ。金崎が嬬恋村の帝都レクリエーションの別荘分譲地に、別荘か土地をもっていないか調べてみてくれ」

金崎という大魚の影を見て、本部は久しぶりに活気づいた。

2

金崎は、帝都レクリエーションの嬬恋村分譲地に土地と別荘をもっていた。それは、同社が同村牧野農協から昭和四十×年払い下げ国有地を転売取得して造成した第一期分譲地、嬬恋ハイランドの浅間山の全容を望む高台で、同分譲地の最高級地約三千平方メートルおよび二階建て延べ八十三平方メートルである。

ナラ、クヌギ、モミなどの原生林をできるだけ生かして建てた山荘風の瀟洒《しようしや》な建物で、所有名義人は金門商会になっている。嬬恋ハイランドの別荘所有者の集まりである「ハイランド会」の名簿によると、金崎が第一号会員である。会員番号は、別荘地取得順であるそうだから、金崎は、同分譲地が造成されて、最初の取得者だったわけである。

さらに調べたところ、金崎は帝都レクリエーションが造成分譲した那須、軽井沢《かるいざわ》、蓼《たて》科《しな》などにも、別荘と、延べ四ヘクタールほどの広大な敷地を持っている事実がわかった。その他、同社の嬬恋村、湯河原《ゆがわら》、伊豆《いず》などのカンツリークラブのメンバーでもある。

　それは金崎の資産のごく一部にすぎないが、帝都レクリエーションとのかなり密接な関係を物語る状況である。

　ただし、株式の保有や経営の参加はしていない。

「これで金崎と米原の間につながりが見つかれば、貉どもが一つ穴に集まったわけだ」

　那須が言った。

「宮村健造と米原豊子の関係でもいいですね」

　下田が言葉をはさんだ。

「どちらが豊子の旦那でしょうか」

　太田が口を開いた。

「いちばん臭いのは、金崎だな」

「それはなぜですか」

　下田が太田に代わって聞いた。

「米原豊子の家は、二宮重吉から贈られたものだよ。二宮と宮村の間には直接の関係がない。たとえあったとしても、宮村がそれほどの影響力を二宮にもっているとはおもえない。やはり金崎がバックにいると考えるほうが妥当だろう」

「すると、二宮は金崎に家を贈る代わりに、米原豊子を贈ったのですか」

「だから、米原はダミーだと言っただろう」

「あの家は、金崎の隠し財産というところですね」

「表に出しているだけでもこんなにもっているんだから、他にもたくさんかかえているだろうな」

「いったい、金崎はどのくらい金をもっているんでしょう」

「自分でもわからないと豪語しているがね、五百億とも一千億ともいわれている」

「一千億なんていわれても、全然、実感がわきませんね」

「庶民に実感のわかない金を操るから、そこに影が生じるんだ」

太田が論点を変えた。

「金崎と二宮は、いったいどんなつながりでしょう?」

「そいつもこれから探らなければなるまい。二宮は、金崎の子分だろうが、どうも金だけでつながっている仲でもなさそうだ。金崎が人身売買シンジケートのボスということになると、英国のキーラー事件ばりになるかもしれない」

那須は、英国政界を揺るがしたスキャンダル事件をおもいだした。マクミラン英内閣の陸相ジョン・プロヒューモが、コールガール、クリスチーン・キーラーとの関係を暴露されると同時に、彼女がソ連大使館の海軍武官のスパイの疑いをもたれたために一九六三年六月陸相の任を解かれた事件である。

国際人身売買機関が政界の有力者や高級官僚に密入国させた女性を斡旋していたとなれば、それこそプロヒューモを上回る大スキャンダルになる。しかもその女性の一人が殺された疑いがあるのである。

金崎という腐臭しきりなる人物の出現によって、事件にからんでいた黒い霧はますます濃くなってきた。女の肉体を供応の餌にして、なにやらおどろおどろしい企《たくら》みが醸成されている気配である。

国家という巨大な獅子《しし》に巣喰《すく》う虫たちの蠢動《しゅんどう》が、ここまで手繰ってきた捜査の糸の端に伝わってくる。

捜査本部は、捜査二課や保安課などと連絡を密にして、金崎、宮村、米原、二宮などの周辺を洗いつづけた。

3

捜査二課は、浮浪者路上殺害事件捜査本部の連絡をうけて、米原豊子の家に出入りする山林庁、農林正金、東洋開発銀行、日本漁業金融金庫などの幹部たちの身辺に密かに内偵の手をのばしていた。

同家に出入りした人間は、いずれもこれらの官庁、公庫、銀行などの現役トップクラスの者か、あるいは以前そこに籍をおき、いまでも影響力をもっている者であった。

汚職は「密室の犯罪」といわれるだけあって、物証を押さえることがきわめて難しい。内部からの告発や、業者の競争相手の密告《タレコミ》が発端となって、供応の行われていると見られる料亭、旅館の張り込みや聞き込み、業者の利害関係、容疑者の生活ぶりや預金、財産状態、さらに人間関係などコツコツと捜査の歩みを進めていく。証拠が固まらないうちに相手に気取られると、証拠を隠滅されてしまうので、内偵はきわめて慎重に行われる。それは一つ一つ石を積み重ねるような地道な捜査であった。

その結果、おぼろげながら獅子身中の虫どもが蚕食しつつあるものの輪郭が浮き上がってきた。

昭和四十年代の初めのころから、農務省山林庁所管の国有林が地方農協や民間観光開発会社に払い下げられたり、あるいは民有地と交換されているが、その払い下げ先に必ず金崎がなんらかの形でからんでいた。

嬬恋村の幽霊農協による不当転売事件だけでなく、同様手口で那須、蓼科、軽井沢、箱根《はこね》などの国有地を不当に安い値段で払い下げている。

また川崎《かわさき》市多摩《たま》区内の国有林三十ヘクタールは、岩手県九戸《くのへ》郡軽米《かるまい》町の民有林二百六十ヘクタールと交換しているが、四千万円足らずの見積価格で交換された国有林が、一年後には多摩区の開発に伴って、二百倍の八十億円に急騰している。

この岩手県の民有林が、金崎のトンネル会社『東奥《とうおう》観光開発』の所有地であり、交換された多摩区の国有地は、その後帝都レクリエーションに転売されて、現在はゴルフ場に化けている。

その他にも同様手口による不当交換があったが、いずれにも金崎がからんでいた。

また帝都レクリエーションは、これら不当交換によって得た土地を担保にして、農林正金、東洋開発銀行、日本漁業金融金庫などから巨額の融資をうけ、全国主要リゾート地に一大チェーンホテル網を敷こうとしていた。

これらの不正転売や不当交換において必ず金崎と農務省との間に介在するのが、元農務大臣、現民友党総裁、佐橋伸介《しんすけ》の右腕であり、佐橋政権を支える大番頭の実方門次である。

実方は、新聞記者、農相秘書官を経て政界入りをし、歴代内閣の中で常に主流派を泳いで来た。四十×年六月民友党総裁選挙において、前総裁前田吉之介《まえだきちのすけ》の三選を阻止するために佐橋伸介が立候補したとき、当時農相の位置にいた実方がどこからか多額の選挙資金を引っ張り出して来て、見事、現職総理前田を押しのけて佐橋を総裁の椅子に坐らせた。そのとき、選挙資金を融通したのが、金崎末松だというもっぱらの噂であった。

そのときの総裁選挙は、いまだに語り草になっているほど汚ないものだった。札束が乱れ飛び、買収、供応、中傷、寝返りがあいつぎ、一つしかない権勢の座をめぐって民友党が真っ二つに割れて、争った。

しかしどんなに悪辣な手段を弄し、醜さのかぎりをつくして争っても、総裁の椅子には就くだけの魅力と価値があった。

総裁の交代によって、次の政権担当を目指して、党内派閥地図が塗りかえられる。それによって新たに台頭する者もあれば、沈む者もいる。

総裁の椅子には一人しか坐れないが、その椅子をめぐって無数の人間の権勢への欲望が渦を巻いていた。いまの政界では派閥に属さなければなにもできない仕組みになっている。選挙に際しても派閥の親分から金をもらえないし、閣僚、政務次官、党役員などの役職も、一匹狼にはありつけない。

また親分のほうも、派閥という形で手兵を養い、日ごろから派閥の拡張や他派との連携工作を通して、多数派工作を施しておかないと、総裁の座に就けない。

そのためには莫大《ばくだい》な資金がいる。金のない親分の下に、いい子分がつかないのは、政界もヤクザも同じである。

また単に権勢だけでなく、さまざまな利権がその椅子に伴っている、与党である民友党の総裁が変われば、財界にも変動が生じる。変わらないほうが有利な者と、変わったほうが有利な者のおもわくが真っ向からぶつかり合い、それぞれ〝実弾〟を献金してくる。

こうして結局、金力の差が勝負をつけた。前田派も頑張ったが、金崎が付いた佐橋についに屈した。

その後、佐橋が政権の座をかち取り、前田の後を継ぐ「保守本流」となった。衆参両院を合わせて百人を超す、民友党最大の派閥となり、佐橋が総理、総裁の位置を占めて安定している。

その佐橋の今日をもたらしたのが実方門次である。その後、政調会長、通産相を歴任して、現在は建設相である。将来の総裁候補の最有力者として、佐橋派内では最大の勢力をもっている。

金崎とは同郷で、新聞記者時代からつき合いがあり、「管鮑の交わり」と自ら称している。特に、農務省とはつながりが深い。歴代農務大臣は彼の親友や腹心が占め、現在も農相こそ他派から来ているが、内局、外局の要所は、ほとんどすべて実方の息のかかった者でかためている。

このために、農務省ではなく、実方の「私務省」だとかげ口をささやかれるほどである。

この実方が、国有地の払い下げや交換において、金崎と農務省との間に介在する影として浮かび上がってきた。

「ついに管鮑の交わりが出てきたか。金崎が出たからには、いずれ現れるとおもっていたが」

二課からの連絡をうけた那須は、憮然としてつぶやいた。

「なんですか、その漢方薬のなんとかいうのは？」

若い下田の語彙にはない言葉だった。

「漢方じゃないよ。中国から来た言葉で、春秋時代の斉《せい》という国に管仲《かんちゅう》と鮑叔《ほうしゅく》という二人の男が住んでいてな、若いころ共同出資して商売をしたんだそうだ。ところが、管仲が余計に分け前を取ったのを、彼の貧しいことをよく知っていた鮑叔は一言も非難しなかったので、管仲は『我を生む者は父母、我を知る者は鮑叔だ』と言ってますます親密になったという。この故事から貧しいころからの終始変わらぬつき合いを、このように呼ぶそうだ」

「さすがはキャップ、よくご存じですね」

下田が感心すると、

「いや、実方が出て来たと二課から聞いたとき、故事来歴辞典を索《ひ》いて確かめたばかりなんだよ」

「それにしても、ぼくなんかどういう字を書くのかも知らないから索きようがありません。ところで金崎と実方はどちらがカンでどちらがポウですか？」

「そいつはおれも知らないな。ただね、これについてはちょっとおもしろい逸話があるんだ」

「どんな逸話ですか」

下田だけでなく、そこに居合わせた全員が好奇の耳を寄せてきた。

「実方が農務省時代、省内におきた汚職事件に関連して引っ張られたことがあるんだよ。そのとき、同じ未決の拘置所の中に詐欺かなにかでパクられた金崎がいたんだそうだ。そこで管鮑の交わりを結んだというんだな」

「豚箱仲間というわけですか。こりゃ貧しいころの友だちにはちがいはないや」

下田が言ったので、一座はドッと沸いた。ともあれここに実方という人物が加わった。現閣僚でもあり、首相の右腕として側近中の側近の位置にある。当然、圧力も予想される。捜査には慎重を期さなければならなかった。

未遂の急訴

1

水木アリサはおびえていた。金崎に呼ばれると、必ず田代が迎えに来る。金崎の愛撫は相も変わらず執拗で、終わった後は全身もみくちゃにされたようになるが、少なくとも殺されるような恐怖はおぼえない。

しかし田代に抱かれると、首を絞められたときの恐怖がよみがえって、体がすくんでしまう。官能が燃え上がる前に、恐怖が冷水をかけてしまうのだ。金崎に向ける嫌悪も、田代からうける恐怖が吸収してしまう。

しかもその恐怖を田代に悟らせてはならなかった。彼の目の奥にあった凶暴性は、本物である。アリサが一時的にも田代にかけた愛の幻影が、すでに雲散霧消していることを彼に悟られたら、なにをされるかわからない。

彼女は、演技をした。演技をするのが辛く、それがいつバレるかという不安で、ますます田代に向ける恐怖をうながした。

アリサは、いま李英香という女性について一つのまがまがしい想像をふくらましていた。それは、いまや想像の域を出て、確信といってもよいほどに凝固している。それが彼女の恐怖の礎《もとい》となっている。

その後、田代は李英香についてなにも言わなかった。宮村や金崎も、アリサの〝失言〟についてなにも咎めない。田代に彼女が白状したことを、彼一人の胸にたたみ込んでくれたのだろうか。

かりに田代が宮村に話したところで、接待や賞品は、どこのクラブでもやっていることである。それを不注意に口の端に漏らしたからといって、いま売出し中のドル箱モデルをどうこうすることはないだろう。

「きみはこのごろ、こういう逢い方をいやだと言わなくなったな」

ある日、金崎に呼ばれた後、自宅のシャワーで身体を清めて、田代と抱き合っていると、突然醒めた声で言われた。

「そ、それは……言ってもしかたのないことだからよ」

咄嗟《とっさ》のことで、適当な返す言葉の見当たらないまま、アリサは口ごもりながら言った。

「きみは、このごろ変わったよ」

田代は冷えた目でアリサの身体を観察していた。

「ちっとも変わってなんかいないわよ」

アリサは必死に抗弁した。

「おれが気がつかないでいるとでもおもっているのか」

田代が唇の端でうすく笑った。以前はそんなニヒリスティックな笑い方が好きだったが、その正体を知ったいまは、恐怖しか誘われない。

「気がつかないって、なにを……」

「きみは、このごろおれを避けているよ」

「避けてですって？　どうしてそんなことが言えるの？　私が、一度だってあなたの需めを拒《こと》わったことがあって。一回一回の出逢いを大切にして、ほらいまだってこうしているじゃないの」

アリサは、からみ合った肢体を扇情的に動かした。

「ごまかしたってだめだよ、きみはこのごろ一度も燃えたことがない。せいぜい、演技をしているけど、身体はごまかせない」

「ずいぶんひどいことをおっしゃるのね。あなたは私に厭《あ》きたんでしょう。そうでなければ他に女ができたんだわ。だから私に難くせをつけて……」

「よせ。見ろ、きみ自身の身体を。全身が鳥肌立っているじゃないか」

「そ、それは、私が燃えている証拠じゃない。私が感じているとき、鳥肌になるのは、あなたもよく知っているじゃないの」

「ふん、しかしアズキが出ないよ」

「アズキが？」

「きみは気がついていないかもしれんがね、首の後ろのここに、感じているときにはアズキのようなホクロが濃く浮き上がるんだよ。それがきみの感度のバロメーターだ。おれはそれを目印に、手綱を引いたりゆるめたりしていたんだ。それが、見ろ。見えなきゃ鏡をもってきてやろうか。いまはうすくて注意しなけりゃホクロがそこにあるのもわからないほどじゃないか」

「そ、そんな……」

アリサは口ごもった。項《うなじ》のそんな場所にそんな目印があったとは知らなかった。

「感じてもいないのに、鳥肌立ってやがる。おまえ、それほどおれがいやなのか」

田代の声が凄味を帯びた。

「おねがい！　たすけて」

「たすけろだと、オーバーなことを言うなよ」

田代は唇の一方の端をキュッと曲げて笑った。

アリサの心の中でプッリと切れたものがあった。

「いや！　殺さないで。たすけて。私、死にたくない」

アリサは声を張り上げた。恐怖が自制心を失わせた。

「な、なんてことを言いやがる。こら、黙れ、黙らないか」

いきなり途方もないことを叫びだされて、田代はうろたえた。うろたえながらも、アリサを黙らせようとして、口を押さえた。

それが彼女をさらにパニック状態に陥れた。二人は裸の下半身をからませたまま争った。

「人殺し！　だれか、だれかたすけて」

「ちくしょう！　なんてことを言いやがる。黙らねえか」

マンションの壁はそれほど厚くない。こんな物騒な悲鳴が外へ漏れれば、どんな無関心族でも飛んで来るだろう。慌てた田代が手に加えた力と、精一杯もがいたアリサの抵抗が相加されて、田代自身も計算しなかった強い力が働いた。

急にアリサの抵抗が失われて、身体がぐったりとなってから、田代は我に返った。

「おい、どうした」

いまのいままで、その口を封じようとして男の腕力を振るっていた田代は、一個の軟体となって床にのびてしまったアリサを慌てて揺すった。

頬を叩いたり、上体を揺り動かしてみたが、いっこうに反応がない。その身体はみるみるうちに青白くなっていくようだった。いさかいの原因になった鳥肌も消えている。

「ま、まさか」

田代は、アリサの胸に耳を押し当てた。最後の望みを託した耳にかすかな鼓動が伝わってきた。緊張がいっぺんに緩んだ。いまの争いでちょっと意識を失ったのにすぎないのだ。

「驚かせやがる」

ホッとすると同時に田代は急に腹が立ってきた。まず身仕度をしてバスルームに入ると、桶《ペール》に水を充たした。それを全裸の女の身体の上に勢いよく打ち撒けた。悲鳴をあげて意識を取り戻したアリサを後ろに残して、田代は部屋から飛び出した。

我に返ったアリサは、一瞬、自分がどうなったのかわからなかった。押しつぶされた蛙《かえる》のようにぶざまな全裸をベッドに開いている。全身水にまみれてベッドも水びたしである。その冷たさで意識が返ったのだ。

——田代はどこへ行ったのかしら？——

なにげなくおもったとき、これまでのいきさつがいっきょに記憶によみがえり、麻痺《まひ》していた恐怖が目覚めた。

「殺されなかったのは僥倖《ラッキー》だった」

——おそらく田代は、私を殺したつもりで逃げ去ったのだろう。自分のこの情けない状態がなによりもその事実を雄弁に物語っている——

アリサの目がふとドアの方を見た。田代が逃げ出すときによく閉めなかったらしく、わずかに半ドアになっている、そこからいまにも田代が戻って来るような気がした。

アリサは、自分でも抑制のきかない悲鳴をあげつづけながら、電話機に飛びついて110番をダイヤルした。

2

「私、殺されます。たすけて！」

「落ち着いて。あなたの名前と住所を言ってください」

「柿の木坂二丁目のサニーサイドハウス408号室水木アリサです。早く来て」

「パトカーがいまそちらへ向かっています。犯人がそこにいるのですか」

「犯人は私の首を絞めていま逃げました。でも、またすぐ戻って来るかもしれません」

「犯人の特徴を教えてください」

「犯人の名は、田代行雄、映画俳優の××に似たハンサムです」

「服装は」

「茶のダブルを着ています」

「あなたは怪我をしていますか」

「いいえ、首を絞められただけです。首の皮が擦り剝けてひりひりしています」

「戸締まりをしっかりしていてください。そろそろパトカーが着くころですから」

アリサは話をしているうちに、しだいに落ち着いてきた。先方もその意図があって話をつづけさせたのだろう。

１１０番に訴えたアリサは、次に半ドアを完全に閉めた。電話中に田代が戻って来なかったのは、ラッキーだった。アリサはまだ裸でいる自分に気がついた。大急ぎで身仕舞いを終わったときパトカーの警官が駆けつけて来た。警官たちはすでに何があったか、通信指令室を経由してだいたい知っている。

だが、警官たちはアリサの首を見て、

「べつになんともなっていませんよ、本当に首を絞められたのですか」と疑わしそうに聞いた。

「本当よ、ついさっきまでここが赤くなっていたのよ」

「そう言われれば少し赤いようだけど、この程度なら顔を洗うついでにこすってもなるでしょう」

「私、いったん意識を失ったのよ、意識を取り戻さなければ、あのまま死んでしまったかもしれないわ」

アリサは躍起になって訴えた。あの恐怖は体験した者でなければわからない。彼女は警官たちの冷静な態度が、自分がうけた被害を〝被害妄想〟と疑っているようでおもしろくなかった。

「とにかく詳しく話してくれませんか。もう危険は去ったのです」

警官にうながされて、アリサは田代に首を絞められたいきさつを、自分に都合の悪い部分は省いたり、脚色したりしながら話した。

「すると、田代という男は、あなたがベッドでお寝《やす》みになっているところを絞めたのですね」

「そうです」

若い警官は、寝乱れたままのベッドに好奇心を露骨に浮かべた目を向けた。

「田代はこの部屋の鍵をもっていたのですか」

「いいえ」

「すると、彼はどうやって室内に入ったのです？」

「それは私がドアを開けてやったのです」

「あなたと田代はどんな関係だったのですか」

「私がおせわになっている方の専属運転手で、何度か車に乗せてもらった程度の間柄です」

「その程度の間柄の男を、どうしてこんな遅い時間、女性の一人暮らしの家の中に入れたのです」

「そ、それは、彼に車で送って来てもらったので、お茶の一杯もさしあげようとおもったのです」

アリサは少しずつ追いつめられているような気がした。

「それがいきなり首を絞めてきたというのですか」

「そうです」

「そのとき、あなたはベッドに寝んでいたそうですが、田代はなにをしていたのですか」

「お茶を喫んでいました」

「すると、あなたはそれほど親密な間柄でもない男に茶をすすめたまま、自分だけさっさとベッドへもぐり込んでしまったのですか」

「わたし……私、ひどく疲れていたものですから」

自分に都合のいい脚色がだんだん剝げ落ちてきた。

「それで、この点はあなたもお話しし難《にく》いとおもいますが、被害の程度をはっきりさせるためにうかがいます。あなたは田代から乱暴されましたか」

問われてアリサは答えに窮した。田代が首を絞めたのは、愛撫の最中の微妙なときであった。田代に恐怖をおぼえた身体の萎縮から、演技を見破られて、いさかいがはじまったのだ。

しかしそれは少なくとも彼女の意志に反して強制的にはじめられたのではない。

「必死に抵抗したので、乱暴はされなかったとおもいます」

アリサはとにかくその場を言いつくろった。

「おもうでなく確かなことを言ってください。ご自分の身体のことだからわかるでしょう」

「乱暴はされていません」

彼女は仕方なく答えた。乱暴されたというには、これまでの交渉の実績がありすぎる。それに最初は、アリサのほうから誘いをかけたことでもある。

3

暴行の痕跡はうすかったが、被害者が訴え出ているので、いちおう田代にも事情を聴くことになった。警察では、田代が車で送って行った女性に自室で飲み物をふるまわれている間に、彼女の無防備の姿につい劣情をもよおして挑みかかったとみていた。

警察に呼ばれた田代は仰天した。まさかアリサがそこまでするとはおもっていなかった。彼らの秘密の関係を金崎に知られれば、彼女にとっても都合が悪い。いま売出し中のアリサのほうが失うものが大きいだろう。アリサの恐怖を知らない田代は、彼女が動転したあまり一時的に前後の見さかいがつかなくなったとおもった。

もちろん田代は、否認した。被害妄想に陥って、あることないこと申し立てているのだと主張した。

田代にしてみれば、それを認めることは、金崎を裏切ることにもなる。アリサも首を絞められたと訴え出ただけで、乱暴はされなかったと言っている。彼女もそれを認めることは、金崎の手前、まずいのを知っている。どちらも既成の事実を隠して争っていた。証拠がないので、水掛け論になった。この話が、同じ所轄署にもうけられている捜査本部の耳に入った。水木アリサも田代行雄もすでに本部になじみのある名前だった。特に田代はその行方を追って太田と下田が嬬恋村まで行ったのである。

その人間が、水木アリサの身辺に意外な形で姿を現した。初めは同一人物とはおもわなかった。だが事情聴取に際して田代が申告した住所が、例の麻布一ノ橋ハイムになっていたところから、「田代弓子」の夫の田代行雄と断定された。まず水木アリサに事情が聴かれることになった。

ここにアリサと下田刑事の〝再会〟が果たされた。

「あなたはあのときのニセ新聞記者!」

アリサは直ちに下田を認めた。

「過日は、身許を偽って申しわけありませんでした。聞き込みのために友人の名刺を借りました。許してください」

下田は改めて自分の名刺をさしだした。アリサに表立って抗議する意志があれば、違法あるいは行き過ぎの捜査として問題になるかもしれないが、彼女にその気はないらしい。

「やっぱり刑事さんだったのね」

「お見通しでしたか」

「それより、あのときあなたが訊《たず》ねた名前の中に、李英香という名前はなかった?」

「李英香! それがどうかしましたか」

「李英香を探していたのね」

「最も行方を知りたい人間なのです」

「やっぱりね」

アリサは唇をかんで身体を震わせた。なにものかにおびえている気配だった。

「なにがやっぱりなのですか。李英香がどうかしましたか」

「刑事さん、田代行雄をつかまえてください。李英香という人はきっと殺されています。そして田代が犯人にちがいないわ」

「まあ落ち着いて。いったいなにを根拠に、そんなことが言えるのです?」

「根拠は私自身が殺されかかったことです」

「田代は否認している」

「被害者の私が訴えているんです。私の首のここが、押し当てられた田代の掌《てのひら》の力を、私の心が、あの恐ろしさをよくおぼえています」

「きみの記憶だけでは、どうにもならないよ」

「刑事さんはなぜ李英香を探していたのですか、李英香って、いったいだれなんですか」

「それよりきみは、私が行った後、なぜ言った言葉を取り消したり、大友本人の所へ出向いて私の身許を探ったりしたんだね」

たがいに知りたいことが先行して、質疑が嚙《か》み合わない。だが李英香を接点にして、しだいに輪郭がまとまってきた。

4

ここに田代行雄の所在が確かめられ、彼が李英香となんらかの関わりをもっている状況が浮かび上がった。

ふたたび田代行雄に任意出頭が求められた。今度は、水木アリサに対する暴行容疑での事情聴取ではない。いきなり李英香の行方について訊かれた田代は、明らかな反応をしめした。そして、

「おれは知らない。どうしてそんなことをおれに聞くんだ」と虚勢を張って開きなおった。

「しかしあなたは李英香について、水木さんに聞いたそうじゃないですか」

「アリサが聞きちがえたんだよ」

「だれの名前と聞きちがえたんです?」

「だれだっていいだろう。あんたたちには関係ない」

「関係の有無はわれわれが判断します。さしつかえないことなら話してもいいはずでしょう」

「本当に知らないんだよ」

「おかしいですね、知らないなら知らないでいいのに、どうしてそんなにむきになるんです」

「むきになんかなっていない。なんの関係もない女のことをしつこく聞くから、ちょっと頭にきただけだ」

「どうして女とわかったんですか? 私は性別に関してはなにも言っておりませんよ」

おもわぬ失言をとらえられて、田代はますますうろたえた。

「そ、それは、女のような名前だったので、そうおもっただけだ」

「ほう、英香は女のような名前ですか」

「そうだ、花だの、美だの、香りだのという字を使う名前は女に決まっている」

「どうして英香と聞いただけで、その一字が香りだとわかるんです」

「そ、そ、それは、つまり……」

さらに大きなボロを引っ張り出されて、田代は言葉に詰まった。

「つまり、何ですか。コウという字は他にもいろいろな字があてはまる。あなたは李英香が女性で、コウを香と書くことを知っていた。つまり、李英香を知っていたんだ」

「知らない！　おれは知らん。知らないと言ったら知らないんだ」

問い詰められた田代は、逃げ場を失ってどなった。だが取調べ側も田代が李英香を知っていたという確証をつかんでいない。

ここで質問の鉾先が転じられた。だがこれこそむしろ本命の質問である。

「ところであなたは山根貞治という男を知っているでしょう」

「やまね？」

田代の面に不審の色が浮かんだ。特に演技している様子もない。

「青森県から来た出稼ぎ人です」

「いま初めて聞く名前だけど、そのやまねなんとかがどうしたんだ」

「聞いているのはこっちですよ、あなたはたしかに知っているはずだ」

「知らないといったら知らないよ。まったくおぼえのない人間だ」

「昨年七月十二日の朝、目黒区八雲二丁目の路上で死んでいるのを発見されたんです」

「だからそれがおれに何の関係があるんだ。名前を聞いたことも会ったこともない人間がどこで生きようと死のうと、関係ないよ」

取調官は、田代の表情に視線を凝らした。今度は李英香とちがって、反応がまったく感じられない。李英香に対してあれほど顕著にしめした反応を、山根貞治に関してだけ意志的に抑えられるとはおもえない。

これは本当に知らないのか？　あるいは山根殺しは、金崎がべつの手を動かしたのだろうか。どちらにしても、田代からそれ以上のものは引っ張り出せなかった。

山根殺害の動機は、李英香（？）殺しを目撃されたためと考えられたのであるから、田代を攻めるには、まず李英香との関係をつかまなければならない。いまの段階では、山根貞治は、李英香というワンクッションによって捜査陣から隔てられている形であった。

しかし、金崎のおかかえ運転手の田代行雄が李英香について反応をしめしたことは、金崎も、また彼とつながりのある様子の宮村も、李英香について知っていることになる。妹の李英春が姉の寄留先として後生大事にかかえ込んでいた所書きに、ようやくかすかな足跡を見つけたのである。

5

「どうもいやな感じがするんだよ」

金崎の底光りのする細い目が遠方を見ていた。彼がそんな目つきをするときは、その動物的感覚が研ぎ澄まされて、なにか異変を感じ取っているときである。金崎の眉毛に数本異常に長くのびた宝毛がある。彼はその毛を非常に大切にしている。

それが昆虫の触角や、動物のひげのような役目をするというのである。なにか異変が生ずると、逸早《いちはや》くその宝毛が感じ取ってシグナルを送ってくるのだそうだ。それは多年の泥水稼業をつづけているうちに体得した悪の嗅覚なのだが、金崎は眉毛のおかげだと信じ込んでいる。

「また眉毛がなにかを感じるのですか」

金崎の〝感知機〟の優秀なことを知っている宮村が、真剣な表情をして覗き込んだ。

「そうなんだ。ここのところ眉毛がピリピリ感じている。今度は、これまでにない警戒信号だよ」

「お気のせいということはないでしょうね」

「おれのアンテナの優秀なことは、すでに実証ずみだろう。そのおかげで今日まで生きのびられた」

「それはよくわかっていますが、お年齢《とし》ということもございますからね」

「おい、馬鹿にするな。おれの若さはアリサに聞けばよくわかる」

金崎は年齢を言われて少し憤慨した口調になって、

「この間、対馬のフェリーで韓国からの〝仕込み〟があげられたが、あれは大丈夫なんだろうな」

「ご心配にはおよびません。つかまった連中とは完全に遮断してありますから、万に一つも手繰られるおそれはありません」

「万に一つあっても困るんだ、つかまった張景林の口は大丈夫か」

「彼は、ルートの末端にいる男ですから、私の名前も知らないはずです」

「上手《じょうず》の手から水が漏れるというからな、どこから漏れているかわからんぞ」

「少し神経過敏になっておられるのでは？」

「眉毛が感じているんだ。身辺に、おかしな動きはないか」

「べつにないとおもいますが」

「内部の者に、いつもとちがった動きをしている者はないか」

「ありませんね」

「よく注意していてくれ」

と言ってからいくらも経たないうちに、アリサの１１０番急訴事件が突発したのである。金崎も宮村も驚愕した。アリサの訴えによれば、田代が彼女を絞め殺そうとしたという。田代を信じていただけに、この事件は金崎に衝撃をあたえた。

もちろん田代は事実を否定した。アリサの一方的な言いがかりだという。だがアリサにしても、まったく事実無根のことで110番するはずがない。

「田代があんな馬鹿な男だとはおもわなかった。やつにアリサの送迎をさせたのは、おれの失敗だったよ」

金崎は、飼い犬に手を咬まれたおもいがした。最も信頼できる親衛隊の一人として可愛がっていたのである。

「アリサも馬鹿です。いま売出し中のいちばん大切な時期なのに、こんな騒ぎをおこして」

宮村も苦りきっている。

「いったい彼らの間になにがあったんだ?」

「二人はデキていたとおもいますね。きっと痴話げんかが高じたんでしょう」

「わしも迂闊だったよ。まさかわしの女に手を出すやつがいるとはおもわなかった」

「それをアンテナが感じていたのでしょうか」

「いや、そんなことじゃない。女の替えはいくらでもある。アリサがそんなに欲しければ田代にくれてやってもいいんだ。田代が警察に呼ばれるのがまずい」

「アリサが殺されかかったと訴えているのですから、何度か調べられるのはやむを得ないでしょうね。しかし、二人のけんかの事情について調べられるだけですからご心配ないでしょう」

「いやな予感がするんだよ」

田代は何度か警察へ呼ばれたが、結局証拠がないので、水掛け論になった。だが何度目かに碑文谷署に呼ばれた田代が血相変えて帰って来た。

「大変です。警察は今日、李英香を知っているかと私に聞きました」

「なんだと！」

「それで、きみはなんと答えた」

鉄面皮の金崎も宮村もさすがに愕然とした。

「もちろん、知らないと突っぱねましたよ」

「どうして警察がきみにそんなことを聞くんだ？」

愕《おどろ》きをしずめた宮村が金崎の疑問も代表して聞いた。

「わかりません。ただ……」

「ただどうした？」

「前にアリサの所へも、新聞記者の名を騙った刑事らしい男が来て、李英香の名前を聞いていたそうです」

「それは、いつごろのことだ？」

「去年の十二月初めごろだそうです」

「なぜもっと早く報告しない」

「私もつい最近、アリサから聞いたばかりなのです」

田代は、アリサとの寝物語で聞いたとは言えない苦しい立場にある。その場で報告すれば、アリサとの関係が露れてしまう。そのために、不安はあったが自分一人の胸にたたんでおいたのである。

今度はアリサが金崎と宮村の前に呼ばれた。それは彼女が下田と〝再会〟した後であった。二人のスポンサーの追及にあって、アリサは李英香について聞き込みをしてきたニセ記者の正体を打ち明けた。ここに二人は、警察が李英香の行方に関して、彼らをマークしていることを悟った。

「いったいどこからマークしたんでしょう？」

「わからん。しかしマークしていることは確実だ。火は意外に近くまで迫っているぞ」

「どうしますか」

「決まってるだろう」

「それでは、田代を……」

「あいつがいては危険だ」

「これ以上、殺生はしたくありませんね」

「できれば避けたいな。海外にでもしばらく出せないか」

「彼がおとなしく出てくれればいいのですが」

「外国へ行きたがっていたから、ちょうどいいだろう」

「水木アリサはどうします」

「もう興味ない。田代にくれてやろう。そうだ、アリサを付けて海外へ行かせたらどうだ」

「それは、いいお考えですね。ファッションの勉強にフランスへでも行って来いと言えば、喜んで出かけますよ」

「早速、手続きを取ってくれ。それから米原豊子の家の営業は、しばらく停止したほうがいいかもしれない」

「早速、そのように手配しましょう」

二人の密談は終わった。

追いつめられた郷里

1

内偵途中で、米原家への出入りはハタと風がやんだように停まってしまった。供応や賄賂で相手を追いつめるためには、裏づけがいる。ところがかんじんの場所への出入をやめてしまったので、現場を押さえることができなくなった。

これまでの状況から判断して、女性の身体を使って供応が行われていたことは、ほぼ明らかである。だが、それを証明するためには、夫婦や恋愛関係にない男女の情交を確認しなければならない。その〝供応〟が密室の中で行われるだけにきわめて確認しにくい。資料不足のうちに容疑者と対決すると、単なる会合、あるいは、〝自由恋愛〟で逃げられてしまう。

資料がまだ十分とはいえない段階で、敵は逸早く危険を察知して遠のいてしまった。

「水木アリサが大事な時機に110番などして騒いだものだから、すっかり警戒してしまったんだ」

二課と保安課からその方面の捜査が一頓挫したと聞いた太田は、地団太踏まんばかりにして口惜《くや》しがった。だが、それはまだ序の口であった。

次にきた報告は、捜査本部をふたたび立ち上がれないほどの失望の淵《ふち》に突き落とした。田代行雄と水木アリサがあい前後して海外旅行へ発《た》ったというのである。

――高飛びした――

だれもがおもった。火が足許に迫って来たので、さっさと外国へ逃げ出したのである。二人が逃げ出した事実は、それだけ捜査が正しい方角を向いている証拠であった。

だが、いかに正しい方角へ向かっていても、絶対につめられない距離があってはどうにもならない。

「なんとかならないか?」

と言われても、どうにもならない。田代とアリサの身柄を拘束することも難しい。アリサの訴えが事実なら、田代に殺人未遂罪が成立するが、なんの証拠もない。それにその後アリサはスポンサーから言い含められたらしく、訴えを取り下げたのである。

「けんかして、つい逆上したはずみに110番してしまったが、自分のおもいちがいだった。田代が自分を殺そうとした事実はない」と本人が新たに申し立てる以上、それを否定できない。

「田代はやつらにとってよほどの重要人物らしいな」

那須が例の「老人ホームの日向ぼっこ」の表情でポツリと言った。

「運転手が海外旅行へ出かけるのですからね」

下田が応じると、

「いや、そういう意味の〝重要〟じゃないんだ。むしろ危険人物だな。田代は、彼らにとって危険ななにかを知っているにちがいない。だから、警察がマークしたと知るや、直ちに海外へ出してしまった」

と那須が言葉を追加した。

「やはり、彼が李英香を手にかけたんでしょうか」

「田代も李英香を気にしていたそうだな。ということは、彼女となんらかの関わりがあったことになる。彼が水木アリサの首を絞めたのが〝海外追放〟の理由ではあるまい。すでにアリサ自身が訴えを撤回しているし、あのこと自体は事件にもならない。とすると、彼は李英香の件で追い出されたんだ」

那須は慎重な言いまわしをして、

「李英香は消された疑いが強い。青田孝次郎が目撃した殺しは、おそらく李英香だろう。そのとき男と女が共同して女を殺していたと言った。たぶん、田代が一方の男だろう。もちろん彼の意志でやったのではあるまい。金崎か宮村に命じられて、彼は道具となって働いただけだろう。もしそうなら、田代は彼らにとって危険この上ない存在だ」

「海外追放したとしても、いずれは帰って来なければならないでしょう」

「いずれはね、しかし永久に帰って来なくてもまったくさしつかえない」

「それでは！」

数人が固唾をのむ気配がした。

「おれの想像だよ。いま田代が日本国内でどうかなったら、金崎と宮村が真っ先に疑われる。田代には消えてもらいたいが、日本で消すわけにはいかない。しかし、海外なら、日本の捜査権は及ばない。どうにでも料理できる」

「しかしアリサは？」

「外国で心中したって、いっこうにかまわないんだよ」

「まさかアリサまで……」

「まさかアリサまでは手を出さないだろう。しかし、心中というのは、最も疑われない死に方じゃないか」

「二人を海外へやるのは危険ですね」

「危険だと言っても、もう出国しているよ」

逮捕状が出ている容疑者ならば、ＩＣＰＯ（国際刑事警察機構）を通じての引き渡しや、外交ルートによる引き渡しの協力を求められる。だが、田代は、べつに罪を犯して国外逃亡を図ったわけではない。罪を犯していたとしても、発覚していない。彼の身柄を押さえる方法はなかった。

「これで田代が人知れず、海外のどこかで消されてしまったら、どういうことになるのでしょう」

下田が絶望の底を手探りするように言った。

「それまでだな」

太田が無惨な終止符を打った。彼らは、とにかくここまで手繰ってきたあえかな手がかりの糸がプツリと断ち切られたのを悟った。

2

セーヌ河沿いの暗い路《みち》であった。一台の乗用車がかなりのスピードで疾走して来た。雨が降っていた。パリ特有のポタージュのような霧雨であった。霧雨が視野をいっそう暗く狭隘《きょうあい》なものにしていた。街もとぎれがちで、街路に人影はなかった。運転手は不機嫌であった。寒気が空腹と疲労を助長していた。早く家に帰って熱いシャワーを浴び、温かい食べ物を腹の中に入れたかった。不機嫌がそのままアクセルとハンドルに伝わり、運転が乱暴になった。人影のないことが、日ごろの警戒心を稀薄《きはく》にしていた。

対向車が来た。先方も同じ心理とみえて、ライトを下向線に切り替えることなく、一直線に突っ込んで来た。すれ違った一瞬、強烈なライトに目を射られて、運転者は視力を失った。前方の暗黒のスクリーンの中に、何かが動いた気配がした。目で見たわけではなく、動物的な警戒本能が感じ取ったのである。彼は無意識にブレーキペダルを踏んだ。車体は、急激にかけられた無理な抑制に全身で抗議するように路面に悲鳴をあげた。急停止は間に合わず、強烈なショックがきた。質量の異なる二つの物体が接触したときに生じる嫌な感触である。車が完全に停止した後も、運転者の心理的ショックはおさまらなかった。ようやく自分を取り戻した彼は、運転席からのろのろと起き上がり、車から降りた。確かめたくなかったが、接触した物体の行方を確かめなければならなかった。路面には一人の男が、ボロきれのようになって横たわっていた。その男の身体から、雨水に乗って血が黒い油のように、路面の低い方へ向かって、ゆっくりと広がっていくのが、遠い灯の反映の中に認められる。

「死んでる《イ・レ・モール》」

　運転者は、犠牲者のそばにうずくまって呻《うめ》いた。地面に横たわっている人影は、もはや完全な物質に還元していた。光が乏しいのでその凄惨な実体をよく見届けられないのが、せめてもの救いであるが、犠牲者にはどんなわずかな希望も残されていないようであった。たとえ残されていたとしても、運転者の絶望にとって変わりはなかった。

　雨脚はさらにひどくなった。冷たい雨は衣服を通し肌に染み透《とお》っているが、彼は冷たさを感じない。絶望が、表皮の感覚を奪い去っている。

事故の間接的な原因となった対向車はとうに走り去っていた。通行人も車の交通もない。セーヌ河の対岸の人家の灯が、いかにも暖かげに瞬いた。

「こんな事故さえ起こさなければ、あの灯の中に今ごろは帰っていただろうに」

運転者は突然落ちこんだ落とし穴の深さを呪った。交通刑務所の暗い独房が瞼に浮かんだ。フランスの交通犯罪者に対する科刑は厳しい。人身事故、それも犠牲者を即死させたとあっては、実刑は免れ難い。彼は自分が服役した後の家族の行く末をおもった。生活に余裕はない。ここで一家の大黒柱たる自分が服役したら家族はどうなるか。彼は被害者を改めて見つめなおした。血の帯が、先刻より細くなっている。全身の血を流失しかけているのか。彼は周囲を見回した。暗く冷たい夜を霧雨が閉じこめている。通行人も車の影も絶えたままである。

「誰も見た者はいない」

暗黒の中から囁《ささや》きかける声があった。その声を聞いた瞬間、運転者は、小便の迫った子供のようにブルッと身体を震わせた。彼は悪魔の声を聞いたとおもった。その声はエコーしながら、心の奥に深く突き刺さってきた。善良な人間の心にもある邪悪の琴線に触れたのである。

「誰も見ていた者はいない。このまま逃げてしまえば、自分の仕業と知る者はいない」

思惑と行動は密着していた。彼は被害者の両足をつかむと、ずるずると河岸へ引きずって行った。河岸でいったん対岸の気配をうかがうと、河岸のフェンス越しに死体をセーヌ河の流れに投げ落とした。これで発見されるまでに多少時間がかかるだろう。この暗夜に霧雨という悪条件は、彼にとって好都合に働き、死体をはるか下流まで運んで行ってくれるだろう。そうすれば交通事故の現場も不明になる。路面に流れた被害者の多少の血は、雨が洗い流してくれるであろう。死体を始末した運転者は、路面に車体の破片や積載物が残っていないか確かめた。衝撃の激しかったわりには、車体が堅牢《けんろう》だったので破損が少ない。運転者は意を安んじて車に戻った。車は発進した。テールライトが闇に滲《にじ》んですぐに消えた。雨は降りつづいていた。路面は何事もなかったかのように雨の音をたてていた。

死体は翌朝七時三十分頃ブーローニュの森に対《むか》い合う形のセーヌ河の中洲のピュトー島の中央部右岸にゴミといっしょに漂着しているのを、近くを通りかかった浚渫船《しゅんせつせん》の乗組員によって発見された。検視の結果、頭蓋骨骨折、内臓破裂、全身打撲等の典型的な交通外傷が見られた。創傷はすべて生活反応があり、被害者は轢過《れきか》された後、加害者によって河中に投げ込まれたものと推定された。所持品によって、被害者の身許はパリ滞在中の日本人大山勇《おおやまいさむ》とわかり、直ちに日本大使館および投宿ホテルに連絡された。

3

捜査本部はまだ細々と維持されていた。水木アリサと田代行雄の二人に高飛びされて、重要な手がかりを失ったが、金崎末松を中心とする政官財グループに据えられた疑惑は動かない。

彼らはなにか大きな悪を働いている。殺人も国際人身売買もその末端に現れたにすぎない。——という疑惑が捜査員の胸の中に居坐っていた。捜査二課や防犯部も密かに動いている。

五月初旬のある日、下田刑事の許へ意外な人間から一本の電話が入った。生憎、下田が他の電話と話し中で、交換台でだいぶ待たされていたらしく、取り次がれた彼の耳に、女の声が、

「下田さん、助けて！　私、殺されます」

といきなり訴えた。どこかで聞いたような声だが、すぐにはおもいだせない。

「落ち着いて。あなたはだれ？　いまどこにいるのですか」

「私、水木です。水木アリサです。私、追われているんです。恐いわ、助けて！」

「きみは外国へ行ったんじゃなかったのか？」

公衆電話からかけているらしく、料金切れを告げるブザーが鳴った。

「帰って来たんです。いま軽井沢にいます」

「軽井沢のどこに？」

「イリ軽井沢」

そこまで答えて、電話はプツリと切れた。料金が切れたらしい。下田は直ちに交換台に聞いたが、電話は先方から切られたということだった。ダイヤル即時通話でかけてきたので、どこから発信してきたかわからない。110番経由ではないので、電話は保留状態にもならない。

いまの電話の話しぶりから判断すると、水木アリサはかなり切迫した状態に陥っている様子であった。それならば間もなくまたかけてくるはずである。だがその後いくら待っても再度のコールは来なかった。すると、電話が切れたのも、だれかに強制的に切られたものか。下田が聞いたブザーは、錯覚か、あるいはなにか他の雑音であったのだろうか。

アリサは殺されると訴えたのだ。彼女の居場所のただ一つの手がかりは「イリ軽井沢」だけである。

下田はともあれ軽井沢署へ電話して、その所在を確かめることにした。だが先方の答えは軽井沢には「イリ軽井沢」などという地名はないということだった。

こうなると探しようがなくなる。

「軽井沢以外に、そんな地名をもっている所があるんじゃないのか」と太田刑事がヒントを出した。

「そうだ。地図の索引を調べればわかるかもしれませんね」

下田は、早速、百科事典の日本地図地名索引を引いてみた。索引には、長野県の軽井沢の他にいくつもの「軽井沢」が載っていた。秋田県に三カ所、福島県に二カ所、静岡県に一カ所「軽井沢」がある。

「おどろいたな。こんなに軽井沢があったとは！」

太田も素朴なおどろきの表情を現した。

「しかし、私が聞いたのは、単なる軽井沢ではなくて、イリ軽井沢でした。そういう地名は、索引には載っていません」

「聞きまちがえということはないかね」

「絶対にとは言いきれませんが、まずまちがいないとおもいます。軽井沢のどこかと聞いたら、イリ軽井沢と答えたのですから」

「それだったら、軽井沢のどこかにイリ軽井沢があるということになるよ」

「しかし長野の軽井沢署に問い合わせたところ、イリ軽井沢という地名はないということでした」

「すると、長野の軽井沢以外の軽井沢にある地名だろうか？」

「それなら、どこそこの軽井沢と言ったはずですがね。東京にいる人間に軽井沢と言えば、だれでも長野県の軽井沢だとおもいますよ」

「そうだねえ」

こうしている間にも時間は容赦なく経過していた。水木アリサの生命は、危機に瀕《ひん》している様子である。だが、その居場所がわからないことには手の打ちようがなかった。

「ちょっと待ってくださいよ」

下田がふと何事かおもいついた顔をした。

「何かわかったかね」

太田は期待を寄せた目を向けた。

「全国的に有名な地名と、個人にとっては親しい地名が、たまたま同一の場合は、いちいちどこそこにあるなんて説明しないでしょう」

「自分の立場から話すときはね」

「水木アリサは救いを求めてきた。当然、自分の立場でしか話さなかったはずです」

「なるほど。すると個人的に親しい地名とは……？」

「例えば何度も行った所とかおもいでの場所、いやそれ以上に親しい場所は、自分の生まれ育った所です」

「そうか、水木アリサの郷里に〝軽井沢〟があるかもしれないな」

「さっそく調べてみましょう」

水木アリサの出身地は長野県小県《ちいさがた》郡真田町とわかった。直ちに同町および付近の地図が取り寄せられた。

「あった！」

地図をにらんだ下田と太田は、同時に声を発した。たしかに真田町域の中に「入軽井沢」なる地名があったのである。

直ちに所轄の上田《うえだ》署に、水木アリサの保護を依頼すると同時に、太田と下田の二人が現地へ向かうことになった。

水木アリサを無事に保護できれば、田代行雄、李英香、さらには宮村健造や金崎末松とのつながりから、本命の山根殺しに結びつく可能性もある。

沈滞していた捜査本部に久しぶりに活気がみなぎった。

4

真田町には上田市から入る。数年前までは電車があったが、バスに押されて赤字経営を重ねたあげく、ついに撤去された。

上田署に連絡してあったので、駅前にパトカーが待っていてくれた。恐縮する二人に人の善《よ》さそうな地元の警部補が「塩沢《しおざわ》」と自己紹介した。

ともかく気がせくので、車に乗り込む。塩沢警部補の話によると、捜査本部から依頼をうけると同時に、真田町にある二つの駐在所から巡査を入軽井沢へ急行させたが、水木アリサを保護できなかったという。

水木アリサは真田町域の入軽井沢の出身で、生家には年老いた両親が、長男（アリサの兄）に家を譲って隠居している。

「三日ほど前にえらいやつれた顔をしてフラリとやって来て、疲れたので四、五日休ませてほしいと言ったそうです。生家では、売出し中の娘が急に田舎へ帰って来たので、びっくりして、いちばんいい部屋を提供して置いてやったところ、昨日午後三時ごろから急に姿を消してしまったので、心配していたそうです」

昨日の午後三時といえば、アリサから電話があって間もなくである。「イリ軽井沢」から、真田町の「軽井沢」を割り出すまで、約一時間、そして直ちに上田署へ保護依頼を出したのであるから、まずは可及的すみやかな行動といってよいだろう。

上田署も依頼に敏速に反応してくれた様子であった。

「われわれも水木アリサの生命に危険があると聞きましたので、駐在所巡査の連絡と同時に、署長が自署管内に重点警戒を発令したほか、隣接署にも協力警戒を要請しました。水木アリサは地元出身の人気モデルでもあり、この地方の人間ならほとんどすべての者が知っていますから、まず警戒の網から逃れられないとおもいます」

塩沢警部補は、アリサの消えたことに責任を感じているらしく、訥々《とつとつ》と自分たちのとった処置について弁じ立てた。

車は144号線を途中から左へ折れた。道は一車線幅となって、山が迫ってきた。新緑の中に桃の花が多彩なコントラストをつけている。このあたりでは、桃が桜の後に咲くそうである。

古風な火《ひ》の見櫓《みやぐら》があり、それと高さを競うようにして、取り残された鯉《こい》のぼりが青い風の中を泳いでいた。子供たちがなかなか取り込ませないのだろう。

道がゆるやかな勾配にかかり、行く手が閉塞された山あいにかかったところが入軽井沢であった。

アリサの生家は、車道から右へ川を渡った畑の中にあるわら葺き屋根の、このあたりでは構えの大きい家であった。

パトカーの姿に、家の中から駐在所巡査が飛び出して来て挙手の礼をもって迎えた。

「彼女からその後、連絡はないかね」

「ありませんです」

東京から重要事件の関係者を追って刑事が来たというので、巡査も緊張している。

アリサの生家は、米、高原野菜、リンゴなどをつくっていたが、長兄が農業に見切りをつけ数年前から上田の地方銘菓の会社へ勤めに出て兼業農家になった。この辺の住人のほとんどが作物は自給用程度にしかつくっていないそうであった。

この山間《やまあい》の平和な村にも乱開発の荒波が押し寄せ、土地離れをおこさせているのは例外ではなかった。

派手好みの彼女は、都会に憧れ、地元の高校を卒《お》えると同時に集団就職で上京した。以後、音信も跡絶えがちであったが、昨年末ごろから、人気モデルとしてテレビに華やかに登場するようになったので、両親はじめ身内や地元の者は喜んでいた。

それが数日前、なんの予告もなくフラリと帰って来て、また昨日、来たとき同様、フラリとどこかへ行ってしまった。

隠居した両親から話を聞いた下田は、

「荷物はどうなっていますか、まったく無一物《むいちもつ》で来たわけじゃないでしょう」と聞いた。

「それがまあトランク一つさげてきましたがな、それも置きっぱなしで出て行ってしまいました。どこぞへ行くなら行くと、ちょっとことわって行けばよいものを」

アリサの母親は、しわだらけの目をしょぼつかせた。父親のほうは耳が遠くなっているのでもっぱら彼女が応対役である。長兄夫婦は、まだ勤めから帰っていなかった。

「そのトランクを見せていただけますか」

すかさず下田がつけ入る。

「へえ、どうぞどうぞ。裏の納戸の方においてありましたが、そんなものがなんかお役に立ちますかな」

老母は言いながら背中をのばすようにして立ち上がった。自分で取って来るつもりらしい。

間もなく老母が奥の方から引きずるようにしてもって来たのは、航空会社や海外のホテルのラベルをベタベタ貼りつけたスーツケースであった。ラベルから判断すると、ほとんどパリに滞在していたらしい。

「これですだ。鍵はかかっていないから見てください」

と下田の前に差し出した。

「拝見します」

下田は、ケースを開いた。中身は衣類とアクセサリー類が主体で、手がかりになりそうなものは入っていない。さすがモデルの持ち物らしく、みな高級品のようである。

「しかし、これを残したまま出かけて行ったということは、また帰って来るつもりか、それとも……」

だれかに強制的に連れ去られたかと言おうとして、老母の不安げな目が自分にじっと据えられているのに気がついて、下田は口をつぐんだ。老母もその荷物があるので、まだ安んじているのだろう。彼女はわが子が有名になるために売り渡したものを知らない。

下田たちが追いかけて来たのも、べつの用事と勘ちがいしているらしい節が見える。

「もうけっこうです。どうぞ……」

とスーツケースの蓋を閉じかけた下田は、衣類の間からコロリと転がり出た小さな物体を認めた。

「おや」

なにげなくつまみ上げた指先に、太田や塩沢警部補の視線が集まった。

「何かの動物のようですな」

「熊かな？」

「いや、これはコアラですよ」

塩沢警部補が言った。

「コアラ？」

「オーストラリアの森の中に住んでいるという動物です。最近ではパンダにつぐ珍獣とされています。子供が動物好きでしてね、私も図鑑で教えられたばかりなんです」

「なにか音がするようだが」

ズシリと手応えがあり、振ると金属の触れ合う音がする。

「これは貯金箱です。猫や兎《うさぎ》は多いが、コアラをかたどったのは、珍しいな」

「なにか字が書いてあるぞ」

太田が指さした箇所に、金泥をまぶしたうすい文字がかすかに残っている。

「エイコウストア八雲支店開店記念と読めますね」

塩沢警部補が辛うじて判読した。どうやらコアラは新規商店が落成式や開店時に配った〝粗品〟らしい。

「八雲といえば、山根貞治の殺された目黒区八雲のことじゃないかな」

太田が目を光らした。

「エイコウストアに聞けばすぐわかりますが、そういえばあのあたりにエイコウの出店があったようです」

エイコウストアは最近全国にチェーン網を伸ばしてきた新興のスーパーである。

「エイコウの開店記念品がどうして水木アリサのスーツケースの中に入っているんだろう」

「彼女はもともと、あの辺に住んでいたんでしょう。それで、たまたまエイコウの開店に行き合わせてもらったコアラを、小銭の貯金箱に使っているんじゃありませんか」

「そうかもしれないな」

貯金箱に関する追及はそこで打ち切られた。貯金箱からは、アリサの行方はまったくわからないのである。

「すみませんが、お嬢さんの姿が見えなくなったころのことを、できるだけくわしく話してくれませんか」

下田はケースを返すと、老母の方へ向き直った。

「それがちょっとその辺を歩いて来ると言って出かけたまま、帰って来ないのです。本当にまあ、どこへ行ってしまったのか」

「その前にだれか訪ねて来ませんでしたか」

「だれも来やしません」

「電話はかかってこなかったですか」

「家には電話はありません。電話があれば、表のタマリ屋が取り次いでくれますが、あの娘が帰って来てから電話なんて一度もかかってきたことはありません」

「タマリ屋とは？」

「街道にある雑貨屋です。必要な品はみんなそこから買っていますので、喜んで取り次いでくれます」

「電話をかけるときは、どうするんですか？」

「お嬢さんは、タマリ屋に公衆電話があります」

「タマリ屋から外へ電話をかけていたことはありませんか」

「さあ、それはわかりませせなんだなあ。いちいち後をつけていかなかったもんだで」

下田は太田と目を交わし合った。後はタマリ屋に聞こうと、たがいの目でうなずき合った。

タマリ屋は、車道に面したこの地域ただ一軒の商店である。食料品、煙草、酒、その他の嗜好品《しこうひん》や生活必需品を並べたこの地域のスーパーといってよい。店先に赤電話もあった。

店番をしていた内儀《おかみ》の話では、昨日午後三時ごろアリサが店先の電話をかけていた姿は見たが、だれと、どんな話をしていたのか知らないという。

これは当然のことで、委託公衆電話の利用者に店の人間がいちいち好奇のきき耳をたてていたら、商売にもさしつかえるだろうし、利用者から苦情も出る。

アリサがかけたという電話は、下田に向けて発したものであろう。彼女はその通話途中にして、一方的に電話を切ったのだ。自分から救いを求めながら途中で切ったのは、だれかの介入をうけたとしか考えられない。そんな介入があれば、必ずタマリ屋の内儀の目に入ったはずである。

「水木さんが電話をかけている間、だれか近づいた者はありませんでしたか」

下田は質問をつづけた。

「いいえ」

「彼女はこの電話で何分ぐらい話していましたか」

「そうですね、ほんの二、三分だったみたい」

下田との通話もたしかそのくらいだった。

「電話を切った後、どうしましたか」

「それが通話途中で十円玉がなくなってしまったらしくて、いったん私の方に両替えに来るような素振りをしたのですが、すぐにおもい直したらしく、急ぎ足に店を出て行きました」

やはり、下田が聞いたブザーは料金切れを通知するものだった。とすると、アリサは生命の危機を訴える切迫した電話をかけながら、なぜセカンドコールをしてこなかったのだろう？

「急ぎ足に出て行ったんですね」

下田は念を押した。アリサはなにかを見つけて、それから逃げようとしたのではないだろうか。

「ええ、急になにかにびっくりした様子で、店先から通りの方へ出て行ってしまいました」

「そのとき水木さんは、どの辺にいましたか」

「ちょうど、その電話台のあるそばです」

下田はそこに立った。タマリ屋の店先で、通りの両端が見通せる。

「アリサはここで自分に近づいてくる何者かを見つけた。それでびっくりして逃げ出したんでしょう」

　下田は太田に話しかけた。話すことによって自分の頭の中に醸成されつつある考えを固めようとしている。

「そいつは車かな。車の中に知った顔を見つけてびっくりした」

　太田が受ける。

「たぶんそうでしょうね」

「するとアリサは、その車に乗って来た何者かに拉致されたのか」

「だから、家に荷物を残したまま消えてしまったんですよ」

「どうですか、奥さん、水木さんが店から出て行った後、この辺をタクシーか、見なれない車が通りませんでしたか」

　今度は太田が内儀にたずねた。

「松代《まつしろ》の方から自家用らしい青い車が通ったようでしたよ」

「それに水木さんが乗り込んだ様子はなかったですか」

「さあ、店の中にいたもんだで、そこまでは見なかったねえ」

「この道は松代へ行っているんですか」

「前は、この先の新田《しんでん》どまりだったのですが、最近、松代まで行くようになりました」

　車は松代方面から来たという。

「もしアリサがその車にさらわれたのなら、声をあげて救いぐらい求めてもよいはずだが」

太田が首を傾けた。人影が絶えた田舎の街道でも、すぐ鼻先に雑貨屋があるのだ。

「その車が行った後で、水木さんの悲鳴か、救いを求める声は聞きませんでしたか」

下田がまた内儀の方へ向き直った。

「それがはっきりしないんです」

内儀は当惑したような顔をした。

「はっきりしないとは？」

「聞いたようでもあり、聞かなかったようでもあるんです。ちょうどテレビで西部劇をやってましてね、店番しながら見てたんです。そのときテレビでも女が悪者にさらわれる場面だったので」

「テレビの悲鳴だか、現実の悲鳴だかわからないのですな」

「どうもすみません」

内儀は自分の責任ででもあるかのように、ペコリと頭をさげた。

「しかし、水木アリサが何者かに誘拐されたとしても、あまり遠くまで行ってないとおもうんですがな」

これまで黙してオブザーバーの立場にいた塩沢警部補が口を開いた。太田と下田が目

を向けると、

「われわれは、あなた方から依頼をうけると直ちに駐在を水木家へ急行させ、水木アリサが帰っていないのを確かめると同時に、管轄区域内に重点警戒を発令しました。合わせて隣接署にも協力を依頼しました。水木アリサを連れていれば目立ちますから、必ずこの網にかかるとおもいます」

「しかし、われわれがイリ軽井沢の所在地に気がつくまで一時間ほど失っておりますから、その間にかなり遠方まで行けるんじゃないでしょうか」

「それにしても水木アリサを擁していれば、どこかで網にかかりますよ。生命に危険ありとして、近隣署から、外周署まで発見保護の協力を依頼しましたからね。その網にまったく引っかかっていないのは、この近くに潜伏しているとおもいますね」

「そうだ！」

太田と下田がハッとしたように顔を見合わせた。

「どうかしましたか」

「アリサにつきまとっていた田代という男の生家が群馬県の嬬恋村にあるんです。そこはここから近いのではありませんか」

「嬬恋なら、１４４号線で鳥居峠を越えたところです。三十キロもありませんよ」

「そこに潜んでいるかもしれない」

「嬬恋村のどこですか」

「大前という字《あざ》です。家の在所は知っています」

「これからすぐに行ってみましょう」

塩沢警部補は行動が早かった。

だが、大前の生家に田代は帰っていなかった。狭い家なので隠れ潜むことは不可能だし、両親も、近くに田代が立ちまわった形跡があると聞かされて、キョトンとした。

大前の駐在所に立ち寄って、重点警邏《けいら》を依頼した太田と下田は、いったん真田町の方へ引き返すことにした。彼らは、アリサの生家があるその町にまだ未練を残していた。

アリサは下田に「追われている」と訴えた。

だれに追われているのか聞きそこなったが、以前、110番急訴してきたいきさつから、田代行雄の疑いが濃い。

もし彼女につきまとっている者が田代であれば、この辺の地理には明るいだろう。塩沢の示唆のように、遠方へ逃げる時間の有無にかかわらず、この近くに潜伏しているような気がした。

5

そのころ都下三鷹《みたか》にある金崎の屋敷の奥まった一室では、金崎末松が宮村健造を前にして苦りきっていた。

「まずい、大いにまずいな」

「はあ、まことになんとも。まさかアリサの郷里が同じ所にあるとは知らなかったものですから」

宮村が恐縮しきっている。

「田代のやつ、計算してあそこへ逃げ込んだんだろう」

「まったく抜け目のないやつで」

「動物的なカンの鋭いやつだから、危険を感じ取ったんだろうな。警察が探し出しやすいように故意にあの場所を選んだのかもしれない。あの辺には当分警察の目が集まっている。これでやつには当分手を出せんぞ」

「しかし、田代め、いつまであそこに潜んでいるつもりでしょう」

「長くいるつもりはないだろう。いずれ警察が探し出す。あそこへ逃げ込んだのは、わしに対するデモンストレーションなのだ」

「まさか、あの件を密告するつもりでは？」

「そこまでの気持ちはないわさ。密告すれば、いちばん先にあげられるのは田代自身だ。ただ下手に手を出せば、すべてをバラす覚悟があると見せつけたつもりなんだ。いまにして考えれば、海外へ出したのはまずかった。大山を監視役につけたのが裏目に出て、田代を刺戟しすぎた」

「パリで轢《ひ》き逃げを偽装して、大山を殺したのは田代の仕業でしょうか」

「そうかもしれないし、そうでないかもしれない。なんとも言えんな」

「それでやっこさん、勝手に帰って来たんでしょうね」

「たぶんな。海外にいたら、人知れず消されるとおもったんだろう」

「このことから警察があれに気がつかないでしょうか」

平素自信たっぷりの宮村の面が、不安に塗りつぶされている。

「田代がしゃべらないかぎり、大丈夫だ。そしてやつはしゃべらんよ。やつはわしらを裏切ったわけじゃない。むしろ、やつをキナ臭い存在に感じはじめているわしらに対して、警告を発しておるのだ。実際、うまい手を考えついたもんだよ。ホレた女を擁して、あの場所へ逃げ込んだことは、少しも裏切りではない。それでいて自分の保身とわしらの動きを同時に固め封じてしまった」

「あれをそのままにしておいて、本当に大丈夫でしょうか」

「おまえともあろう男が血迷ったことを言っては困るな。いいか、警察が田代とアリサを探し出すのは、時間の問題だ。警察の目が集まりかけているときに、下手にいじくってみろ、それこそ自ら墓穴を掘るようなもんだぞ」

「申しわけありません。つい取り乱してしまいまして」

「それより、やつらがあそこへ逃げ込んだことは、確かなんだろうな」

「部下に確かめさせました」

「当分だれも、田代のまわりをうろうろさせるな。やつを刺戟するばかりだ」

「田代とアリサが警察に見つかったときは、どうなりますか」

「アリサの証言しだいによっては、誘拐か監禁の罪に問われるかもしれない」

「それじゃあ、田代が口を割るおそれが出ますよ」

「だから、わしからアリサによく言い含めておく。警察には、田代とデートしていた、と言えとな。アリサもわしの言葉には逆らえんだろう。田代はそこまで読んでいるさ」

「まったく考えれば考えるほど、抜け目のないやつですな」

「そうさ、アリサをわしから盗んだだけでなく、いやがる女を無理矢理になびかせる片棒までかつがせようとしておる」

「そのうえ、自衛の固めとわれわれに対するデモンストレーションをしたのですから、一石二鳥ですか」

「しかし、やつも少し図に乗りすぎたな。わしの本当の恐ろしさを忘れたようだ。わしがこのままですますとおもったら大まちがいだ」

金崎の厚ぼったい瞼の奥に隠れていた細い小さな眼が刃物のように光った。老人がそういう目つきをした後、なにをするか、これまでの長いつき合いで知っている宮村は、その凶器が自分に向けられているように感じて、背筋に冷感をおぼえたものである。

花の捜索

1

　真田町は長野県北東部小県郡にある町である。その町勢一覧によると、昭和三十三年十月に長《おさ》、傍陽《そえひ》、本原《もとはら》の三村が合併して町制を敷いた。五十年現在の人口は一万三百二十二人、面積百八十一・七六平方キロの七割は山林である。農業が町の基幹産業で、菅平《すがだいら》を中心とするキャベツ、人参、レタス、種ジャガイモ等の高原野菜の特産地である。また真田氏発祥の地とし、真田氏ゆかりの史蹟《しせき》が町域に多くちりばめられているとある。

　三村が合併して町に昇格した所なので、町の家並みは、おちこちの山かげや狭間に分散して、一つの町として統一は感じられない。見たところ、山間に平和な山里がいくつかちらばっているだけである。それらの集落の間を縫って渓谷状のあまり大きくない川が流れ、両岸を濃い緑で埋めている。畑に菜の花が盛りであった。

「彼らが嬬恋へ行かなかったとなると、東京方面へ行ったのでしょうか」

入軽井沢へ戻る車の中で、下田が独りごちるように言った。

「いや、東京へは向かわなかったとおもうな」

太田が、下田の半ば独り言をうけた。なぜ？　と問うように目を向けた下田に、

「アリサを追いかけて来たのが田代なら……その可能性はきわめて大きいが、田代は金崎の命令をうけて来たんじゃないだろう。むしろ、金崎の意に背いて、勝手に追いかけて来たと見るべきだから……」

「どうしてそう言えるんです？」

「アリサと田代は海外へ追っぱらわれた状況が強い。それがホトボリの冷めないうちに帰国して来た。いま田代が帰って来たのはあらゆる意味でまずい。金崎が呼び寄せるはずがない。金崎の命令に背いて勝手に帰って来たわけだ。アリサは田代につきまとわれているのが恐くなって、日本へ逃げ帰って来た。それを追って田代も帰国した。そんな田代が、金崎のいる東京へ行く心理にはならないとおもうんだ」

「それじゃあ、いったいどこへ行ったとおもいます？」

「タマリ屋の内儀《かみ》さんは、アリサが消える前に、松代方面から走って来た車を見ている。松代から来たのか、上田方面から来たのか、それともUターンをしてアリサを待ち伏せていたのかいずれともわからない。しかしその車以外に車の姿を見かけていないのだから、その車が彼女を拉致したと考えてよいだろう。すると、松代方面へ向かわなかった

ことはたしかだ」

「上田へ出て、18号線を長野方面へ向かったのでしょうか」

「塩沢さん、真田町から外へ出る道は、どうなっていますか」

太田が地元の塩沢に聞いた。メインルートの他に、意外な所へ出る抜け道があるかもしれない。

「真田を通る主たる道路は、上田から長野原へ通ずる144号線です。また横沢《よこざわ》から菅平有料道路を経て、小諸《こもろ》と上田の中間あたりの18号線に出られます。菅平まで行けば、長野と須坂《すざか》方面へ抜ける二本の道があります。その他は、入軽井沢や新田を経て松代へ抜ける道ですね」

「これ以外にはありませんか」

「本原まで下れば、大屋《おおや》の方へ行く道もあります」

「塩沢さん、どうでしょう。地元の方として、もし二人がこの近くに潜んでいるとしたら、どのあたりが最も可能性が強いとおもいますか?」

「東京方面へ行かなかったとすれば、やはり鳥居峠を越えるコースですが、そちらへも向かった形跡がないのですから、長野方面か、あるいは別所《べっしょ》温泉の方へ行ったかもしれませんね」

「温泉はそれだけですか」

「いや、このあたりには温泉が多いですよ。別所の他にも田沢《たざわ》、沓掛《くつかけ》、霊泉寺《れいせんじ》、鹿教湯《かけゆ》などという温泉が上田のまわりに散らばっています」

「女を連れて潜むには絶好ですな」

「そうだ。真田にも温泉があったはずですよ」

「えっ、この町にも温泉があるんですか」

「といっても、いまは営業していませんがね、時たま古い地図の上には、例の温泉マークが記されています」

「その温泉、いまはどうなっています?」

「先代の持ち主がとうに手放して、いまでは東京の観光会社の寮になっているそうです」

「東京の観光会社ですと?」

なにげなく聞いた太田の目が光って、

「その観光会社の名前をご存じですか」

「一度聞いたことがあるんですが、忘れてしまいました。それがなにか……」

「帝都レクリエーションといいませんでしたか?」

「そういえば、そんな名前だったような気がします」

太田と下田は目を見合わせた。真田町に帝都レクリエーションの施設があった!

「その元真田温泉は、どの辺にありますか」

太田の声が弾んだ。

「以前、電車の終点があった近くですが、そこに水木アリサがいるというのですか」

「可能性が強いですね。帝都レクリエーションというのは、水木アリサがよく出るコマーシャルの会社《スポンサー》です」

それ以上の深いつながりについては、いま話している余裕はなかった。

「すぐそちらへ行ってみましょう」

塩沢は、車首を真田温泉の方へ向けさせた。144号線から西の山側へ少し折れると、バスの終点があった。そこが旧上田電鉄の真田駅で、地元の乗客が五、六名のんびりした顔でバス待ちをしている。彼らは、いきなり入り込んで来た警察の車にびっくりした視線を向けた。

旧駅舎のかたわらを川幅四、五メートルの川が流れている。両側は数メートル切り込んでいて、渓谷状になっている。両岸は緑が濃く、レンギョウや桃の花が多色な彩《いろどり》を添えている。昨日雨が降ったとかで、川の水は少し濁っていた。

かなりの勾配の道を下って行くと、木の橋があった。重量制限二トンとあり、袂《たもと》に『白雲真田橋』と橋名が表示されてある。おっかなびっくりに渡り終えた橋の一方の袂には『神川《かんがわ》』と記されてあった。対岸の坂を上ると、松と桜に囲まれた山荘風の建物の前へ出た。庭に植込みがあり、古い水が浅くたまった池の跡がある。築山、石、庭樹なども工夫された位置に配されているが、手入れをしていないらしく、荒れている。露岩の間に雑草が生《お》い繁《しげ》って草花を駆逐し、人工池泉の跡地には苔《こけ》が生えていた。母屋の玄関の上に白樺《しらかば》の樹皮で『白雲山荘』と表示されている。

母屋の裏手に、数寄屋風の離れ家が見えた。

「車があります」

下田が指さした建物のかげに、ブルーのボディカラーのクーペが見えた。近づいて観察すると、練馬《ねりま》ナンバーで、番号標に「わ」の字が記されてある。これはレンタカーをしめす記号だった。タマリ屋の内儀が見たのは、たぶんこの車であろう。

太田と下田は、自分たちの追跡が正しい方向へ向かっていることを悟った。

車がここにある以上、アリサはこの建物の中にいる公算が強い。一行は二手に分れて、建物の表と裏手へまわった。

下田は裏手の母屋と離れ家の間の中庭へまわった。荒れようは、表よりもひどい。建物は瀟洒だが、温泉の営業をやめてだいぶ経つ模様である。

建物の中は人気が感じられなかった。中庭をまわって行くと、母屋と離れをつなぐ石畳があった。

「私は離れを覗いてみます」

下田は、塩沢に母屋の裏口をまかせて、石畳を伝った。離れは数寄屋風のしゃれた造りになっている。玄関の寄り付きは、母屋の差しかけ屋根が延びて土庇《どびさし》になっている。目を屋内の暗さに馴らしてから、玄関のガラス戸を繰ると、重い音をたてて開いた。上がり框《がまち》が左手にある。奥の方でテレビの音がした。

（いるな）

下田は、踏み込みに立って、身構えた。奥へ向かって声をかけると、人の出て来る気配がした。まだ屋内によく順応しない目に明るい色彩が動いた。下田が口を開くより早く、先方が「あらっ」と驚いたような嘆声を発した。

下田はうす暗い屋内に揺れ動いた色彩の核心を確認した。明るい色のブラウスに原色のミディを穿《は》いている水木アリサがそこにいた。

「まあ、下田さん！」

アリサはいちおうびっくりした表情をしていたが、下田の来るのを予期していた様子がうかがわれた。

「まあじゃありませんよ、どうしてこんなところにいるんです。危害は加えられなかったんですか」

下田はアリサのケロリとした表情に、肩すかしを食わされたように感じた。

「ごめんなさい。私つい勘ちがいしてしまって」

「勘ちがい？　それはどういうことですか」

下田はアリサが出て来た奥の部屋の方に、油断のない視線を配りながら追及した。テレビの音は消えていない。アリサがこんな山荘に一人でいるはずがない。奥には、彼女をここへ拉致した田代か、あるいは他のだれかがいるにちがいない。

母屋の方を無人と確かめたらしい太田と塩沢がやって来た。パトカーを運転してきた警官は、逃げ出せないように車を見張っている。

「とにかくちょっとお上がりくださいな」

アリサは、悪びれた様子もなく、三人を奥へ誘《いざな》った。

奥の八畳ほどの居室に色の浅黒い目つきの鋭い二十七、八と見える男が、テレビを見ていた。田代行雄であった。太田と下田は、田代と初対面ではない。

「これはこれは、刑事さんたちと、また妙な所でお会いしましたね」

田代はいくぶんテレたような笑いを漏らして、テレビを切った。刑事たちが入って行くまでテレビを見ていたのだから太々《ふてぶて》しい。

「きみこそ、外国へ行っているはずが、どうしてこんな場所にいるんだ？」

下田は身構えを解かずに訊いた。

「外国は退屈です。なにせ言葉が通じませんのでね」

「それできみは、どうしてこんな所にいるんだ」

「どうしてとは野暮なことを聞くものですね。若い女性と二人で、人目を忍んでいるんですから察してくださいよ」

「あんたは、水木さんを無理にここへ連れて来たんだろう。もしそうなら誘拐か監禁罪が成立するぞ」

「じょ、じょうだんじゃありませんよ。私がアリサを誘拐したって⁉　アリサと私はたがいの意志でここへシケ込んでいるんですぜ。アリサにも聞いてみてくださいよ。だいたい、これが誘拐だの監禁だのしているように見えますか。世間から隠れて二人だけでシッポリと愉しんでいたんですよ。なあアリサ」

田代はわざとらしくアリサの顔を覗き込む。アリサが仕方なさそうにうなずいた。

「ほら、ごらんなさい。刑事さん、それよりあなた方は、人が水入らずで愉しんでいるところへいきなりどかどかと踏み込んで来て、いったいなんのつもりなんですか」

田代は勝ち誇ったように反駁してきた。

「水木さん。説明してください」

下田は、田代に取り合わず、アリサに正対した。

「ですから、私、勘ちがいしてましたの」

下田の視線をそっとはずしてアリサは答えた。

「あなたは、殺されるからたすけてくれと言ったんですよ。それを勘ちがいだというんですか」

下田の抑えた声が、少し高くなった。どうせ田代に脅かされてのことだろうが、塩沢警部補の手前も、いまさら勘ちがいではすまされない。上田署では、重点警戒までしてくれたのである。近隣署も協力してくれている。

「私、少し被害妄想に陥っていたのです。帰国の途中から変な男につきまとわれていて、ノイローゼ気味だったんです」

「それが田代……さんだったというのですか」

「そうです」

「この人とは、いっしょに帰って来たのではなかったのですか」

「べつです。私、いつ田代さんが帰国したのか知らなかったんです」

「それでは田代さんを変な男と勘ちがいしたとしても、どうしてわざわざ東京の私にまで救いを求めたんです。110番するなり、地元の駐在を呼んだっていいはずです」

「自分でもよくわかりません、私、きっと混乱していたのだとおもいます」

「あなたは、それから田代さんといっしょにここへ来て、いままでいたのですか」

「はい」

「ご両親や家の人に黙って飛び出して、心配するとはおもわなかったのですか」

「おもいました。でも話せば、田代さんのことをいちいち説明しなければなりませんし、それに、今日は帰るつもりでしたから」

「私のことは、どうおもいました。私は警察官ですよ。生命の危険があると訴えて、そのまま放っておくとおもったのですか」

「本当にすみません。でもわざわざここまで駆けつけてくださるとはおもってもいませんでした」

「なあ、刑事さん、だいたい事情はわかっただろう。だったら、おれたちを早く二人にしてくださいよ」

田代が口をはさんだ。

「きみは黙ってろ」

下田は田代をにらみつけて、

「水木さん、本当のことを言ってくれなければ困ります。あなたは昨日たしかにだれかに追われていた。勘ちがいなんかじゃない。タマリ屋の公衆電話から私を呼び出している間、たまたま私が他の人と話し中で待たされたものだから、通話開始後、コインが足りなくなった。あなたは、タマリ屋の内儀にコインの両替えを頼もうとしかけたが、なにかを見つけて店先から逃げ出した。そのとき青いクーペが走って来て、あなたの姿は見えなくなった。これはタマリ屋の内儀さんが言っていることだから嘘じゃない。あなたは私に電話をかけてから、なにかを見つけて逃げ出したんだ。あなたが見つけたのは田代だ。田代を見つけて逃げ出した。もし勘ちがいをしたのなら、電話をかける前に変な男とやらを見つけていたはずじゃないか。あなたは脅迫されているんだろう。あなたは以前にもこの男に殺されかかったと110番している。あなたの証言があれば、この男を誘拐、あるいは監禁で捕まえられるんだ」

「刑事さんもしつこいね、本人が勘ちがいだったと言ってるじゃねえか」

田代がまた口をはさんだ。

「黙ってろ！」

下田の権幕に圧倒されて、田代は肩をすくめて口をつぐんだ。

「われわれにしてもあなたを保護するために、大勢の人間が動いている。いまさら勘ちがいだの錯覚だので、すまされる問題じゃないんだ」

「………」

「さあ、どうなんだ！」

うなだれたアリサを、下田は言葉鋭く追及した。

「すみません」

アリサはますます身体をすくめた。アリサの言葉いかんによって、田代の立場が決まる。田代も緊張していた。

「すみませんじゃわからない！」

「私、やっぱり勘ちがいしてたんです。田代さんの車がいったんタマリ屋の前を通り抜けたとき、てっきり旅行中からつきまとっていた男と勘ちがいして、下田さんにあんな電話をしたんです。お金が足りなくなって両替えしてもらおうとおもったとき、車が引き返して来たので、我を忘れて逃げ出してしまったんです」

アリサはうまく言い逃れた。本人があくまでも誘拐や監禁された事実がないと言う以上どうすることもできなかった。

だが、アリサが一度下田に救いを求めたことも事実である。そのために広範囲にわたって警察力が振りまわされた。上田署に対する下田らの面目もある。彼らは田代とアリサに任意出頭を求めて、さらに詳細に調べることにした。

下田は、田代が脅かしているのでなければ、金崎や宮村からアリサに対してなんらかの圧力が加えられているかもしれないとおもった。その辺の事情をゆっくりと手繰り出してやる。

二人を連れて白雲山荘から出たとき、太田の視線がなにかを見つけたらしく、一点に固定した。

2

「なにかありましたか?」

下田が、太田の視線の先を追った。

「あの崖っ縁に咲いている白い花だがね」

「ああ、なにか咲いていますね」

「あれはギンリョウソウらしいな」

「ギンリョウソウ?」

下田はどこかで聞いた名だとおもった。

「忘れたかね、山根貞治ら出稼ぎ三人組の後を追って所沢の飯場へ行ったとき、咲いていた花だよ」

「ああ、おもいだしましたよ。たしか腐敗植物とかいって、動植物の死体の上に咲く花でしょう」

下田の瞼に、崖っ縁に咲いている花と、夏の盛りをおして、汗を拭き拭き聞き込みに行った飯場の裏手の草むらに、ひょろひょろと咲いた白い花が重なった。

「腐生植物だよ。ギンリョウソウがこのあたりにも咲くのかなあ」

「行って確かめてみましょう」

二人は、田代とアリサを塩沢にまかせて、山荘の前庭の端へ歩み寄った。その先は数メートルの崖となって、その下をかなり早い流れが白い飛沫《しぶき》を砕いている。花はちょうど庭のはずれの崖に面した北向きの斜面に咲いていた。

「まちがいない。ギンリョウソウだよ」

太田は花の身許を確認した。神川の水分をたっぷり吸ってじめじめした北面の斜面に数本のギンリョウソウは、ヒョロリとした茎の上にそれぞれ一弁ずつ白い花を咲かせていた。

「花がみんな下を向いていますね」

「これがギンリョウソウの特徴なんだ。いかにも太陽から顔を背けているようで、陰気な感じだね」

「腐生植物は太陽が嫌いなんですか?」

「これは人間の想像だがね、ギンリョウソウが栄養源にしている動植物の死体を見つめているような気がしないかね」

「そういえば、そんな気がしないこともありません。いったいどんな死体が根元に……」

と言いかけて、下田は何事かに気がついたらしく表情をひきしめた。

「はは、下田君、この下に人間の死体があるだろうなんていうのは想像の飛躍だよ」

太田が下田の想像の先を読んで笑った。

「しかし太田さん、この山荘は、帝都レクリエーションのものでしょう。一方、同社社長二宮重吉の元持ち家の米原豊子の家で女が、たぶん李英香が、殺された状況が強いのです。このあたり李英香の死体の隠し場所としては格好じゃありませんか」

下田は自分のおもいつきに興奮して、すぐにもギンリョウソウの下を掘りたそうにしていた。

「なかなかおもしろい着想だけど、やっぱり飛躍だよ」

太田がなだめるように言った。

「どうして飛躍なんですか」

「これは私の説明不足のせいもあったが、ギンリョウソウは動植物の死体を栄養にすると言ったけど、実際は動物の上には咲かないんだよ」

「しかし腐生植物なんでしょう」

「腐生植物といっても、大きく分けると二種類あるんだ。つまり花の咲く顕花《けんか》植物と、菌類で繁殖するキノコ、苔類だ。このうち、ギンリョウソウは前者の腐生植物群に入る。腐生というところから総体的に動植物の死体を養分にすると言ったけど、植物だけ、動植物両方、動物のみを養分にする三種がある。ギンリョウソウは、この第一グループの植物オンリイなんだよ」

「すると、動物の死体の上には、絶対に咲かないのですか」

　下田がせっかくのおもいつきに水をさされた失望をあらわに浮かべて言った。

「まず百パーセント咲かないと言っていいね。それというのは、動物の体内に含まれている硫黄とかリンなどの成分が、植物に有害になるんだ。基本的には動物の身体が顕花植物系の腐生植物にとっても養分たり得るんだが、有害物質が多すぎると、取り付けなくなるんだ。まあ苔やキノコなら取り付くだろうがね」

「それでは、こういう場合はどうでしょう。かりに動物体内の有害物質がなんらかの原因、あるいはある種の環境においてまったくなくなってしまったとしたら、第一グループでも動物の死体で育たないでしょうか」

「まずそういうことはあり得ないだろうね。だいたい動物体内から植物にとって有害物質だけ抜け落ちるということはあり得ないだろうし、有害物質が完全に消失したときは、動物の身体がまったくなくなって土に還元しているだろうからね」

「やっぱりだめですか」

　下田は肩を落とした。

「まあぼくも学者じゃないから、はっきり言い切れないが、一度権威に確かめてみよう」

「でもずいぶんよく知っていますね」

「なに、本の受け売りだ。さあ、あまり待たせてはみんなに悪い。行こうか」

太田はパトカーのかたわらで待っている塩沢の方を気にした。

3

上田署に呼んで事情を調べても、まったく新たな進展はなかった。アリサは、ただ勘ちがいで押し通すばかりである。

例の暴行事件の後、突然海外へ行った理由も、また帰国して来た理由も、ただそうしたかったと言うだけである。

「これは金崎から圧力をかけられていますね」

「おれもそうおもうよ、アリサは警察に救いを求めた。その後コロッと態度を変えるほどの弱味を田代に握られているとはおもえない。そんな弱味があったら、最初から救いを求めないはずだ。アリサに対してそれだけの影響力をもっているのは、金崎だ。白雲山荘には電話がある。アリサをあそこへ連れ込んでから、金崎がなんらかの指示を下したんだ。だからアリサの態度が変わったんだよ」

「ちょっと腑に落ちないことがあるのですが」

「なんだね」

「田代は金崎に弓を引いたんでしょう」

「金崎の女を奪い、命令に背いて勝手に帰国して来たんだからね」

「しかし、金崎がアリサに圧力を加えたとすると、彼は自分の手を咬んだ田代を救ったことになります」

「うん。それだけの弱味が金崎にはあるんだろうな」

「その弱味が、李英香殺しでは」

「田代が捕まると、自分の身も危うくなるか」

「ぼくはいま、田代がなぜアリサを連れて白雲山荘にたてこもったのか考えているんです」

「それは、たまたまアリサの生家の近くに白雲山荘があったからだろう」

「それだけでしょうか」

「他になにかあるのかい？」

「田代が東京方面へ行かなかったのは、弓を引いたボスのいる所へ行きたくない心理だと言いましたね。だったら同じことが白雲山荘についても言えるんじゃないでしょうか。ボスの女を奪って、ボスの息のかかった山荘にたてこもる心理はおかしい」

「なるほど」太田はうなった。

「田代が、金崎の弱味を握っているということは、それだけ金崎から狙われているということです。田代は自分の危険な立場を十分認識していたはずです。それなら、金崎の勢力範囲からできるだけ遠くへ離れたがるのが、当然の心理でしょう」

「きみは、白雲山荘に金崎の弱味があるというのかね」

「そうです。白雲山荘へ逃げ込めば、金崎も迂闊に手を出せないなにかがある。だから金崎は逆に田代を庇わなければならなかった」

「きみはその弱味をあれだとおもうのか」

太田は、下田がギンリョウソウの養分に執着したことをおもいだした。

「そうです。李英香の死体があの山荘のどこかにあるんじゃないでしょうか」

「ちょっと待ってくれ。李英香を殺した疑いの最も強い人間は、いまのところ田代なんだ。そんなことをすれば、自分の首を絞めるようなもんじゃないか」

「私がギンリョウソウの下に死体があると考えたとき、太田さんは想像の飛躍だと笑いましたね。たしかにギンリョウソウが想像を飛躍させてくれたのです。田代はまさかわれわれがそんな飛躍をするとはおもわなかったでしょう。が、もし死体が本当に山荘に隠してあれば、そこへ田代がアリサを拉致して逃げ込んだことに、金崎らは震えあがったでしょう。金崎一味にとっては、そこへ警察の目が向くだけでもまずい。とにかくアリサにはどんな甘い餌をしゃぶらせても、田代に誘拐されたなどとまちがっても言わないように、よく言い含めた」

「すると、田代のほうから金崎に電話して指示したのかもしれないな」

「十分考えられますね。とにかく金崎は、田代からでも聞かなければ、彼がアリサを誘拐した事実など知らなかったでしょうからね。アリサを追って、警察が白雲山荘へやって来れば、金崎一味としては、全力をあげて田代を庇わなければならなくなる。田代にとってはアリサを奪い、併せて自衛をはかるという苦肉の策だったかもしれません」

「うまく考えたようだが、どうもあの山荘に死体があるとはねえ」

「しかし、そうでなければ、田代があそこへ逃げ込んだ意味や、アリサの変節が説明できません」

「おもいきって捜索《ガサ》を入れてみるか」

「ぜひそうしてください」

「その前にガサ入れをすると言って、田代の反応を見よう」

4

まだ任意取調べの段階なので、あまり長く引き留めておけないが、田代は当分白雲山荘に滞在すると言う。アリサもそのように指示されているのか、早急に東京の方へ帰りたい様子を見せない。白雲山荘に下田が言うように金崎一味の〝弱味〟があるなら田代にとってそこに留まることは堅固な自衛になるはずである。

このことも下田の心証を強めた。

「どうして東京へ帰らずに山荘に滞在するんだね?」

下田はおもむろに切りだした。

「べつにどうという理由はない。あそこが気に入っただけだよ。静かだし、景色はいい。女と隠れているには絶好の場所じゃないか」

田代は下田の意図も知らず、うそぶいた。

「なるほど、たしかに静かだし、景色も悪くないな。しかし本当にそれだけの理由であそこにいるのかい」

「そうさ、他にどんな理由があるというんだ?」

田代は、下田の顔をうかがった。不安が芽生えはじめているらしい。

「アリサがよくおとなしくしているな」

「あたりまえじゃないか。おれといっしょにいるのが嬉しいんだ」

「アリサに金崎からなにか言ってきたんだろう」

「いったいなにを言いたいんだ?」

「あんたに誘拐されたんじゃない。アリサの意志でいっしょにいると警察が来たら言え。そうすればこれからも、ますます売り出してやる。言うとおりにしなければ、徹底的に干すとでもな」

「変な勘繰りはやめてくれ、金崎がそんなことを言うはずないだろう。アリサは以前、金崎の女だったんだ。それをおれが奪ったんだぜ。もちろん、アリサの意志でおれの許へ来たんだが、奪ったことに変わりない」

「その金崎の息のかかった山荘へあんたは女といっしょに逃げ込んだ」

語るに落ちた論理の矛盾を指摘されて、田代はうろたえた。

「ボスの女を奪って逃げるんなら、できるだけボスの影響力の少ない所へ行こうとするのが当然の心理じゃないのか」

「そ、それは、山荘に金崎の息がかかっているなんて知らなかったんだ」

「嘘言え！　山荘の持ち主は帝都レクリエーションだ。アリサをそこへ紹介したのも金崎だ。その社長の二宮と金崎は一つ穴の貉だよ」

「おれは、ただアリサに連れて来られただけなんだよ。帝都レクリエーションはアリサのいいスポンサーだ」

田代は辛《から》くも立ち直った。金崎と二宮の関係は、まだ完全に証明されていない。

「アリサが引っ張って行ったとしてもおかしいじゃないか、アリサは旦那の目を盗んであんたと忍び逢うんだ。旦那の推薦で付いたスポンサーの山荘へ行くはずがないだろう」

「そんなことは知らない。アリサに聞いてくれ」

「しかもあんたは山荘に当分滞在するという。アリサを金崎から奪ったというが、アリサはまだ金崎と切れたわけじゃないんだろう。あんな所に長くいたら、金崎が追いかけて来るのは目に見えているじゃないか」

「アリサは、ずっといっしょにいるわけじゃない。家が近いから時々通って来るだけだ」

「女が通って来るなんていい身分だね。しかもあんたの言葉によると、宿まで女が世話をしてくれている」

「羨ましかったら、あんたもそういう身分になったらいいだろう」

「へらず口を叩くな。アリサが通って来るにしても、あんたが山荘にいることは、金崎を刺戟する。どう考えても、あそこはアリサとあんたにとってまずい場所のはずだ。それなのに行ったのは、なにかよほど魅力があったからだろう」

「だから静かで景色がいいと言っただろう」

「そんな所は、この辺にいくらでもある。もっとべつの魅力だ」

「べつの魅力？」

田代の面に不安の影が揺れている。

「そうだ。おれはあの山荘にあんたを惹《ひ》きつけたなにかすばらしい魅力があったとおもうね。その魅力の前には、さすがの金崎も手も足も出ない」

「ふん、馬鹿馬鹿しい。なにを女学生の夢みたいなことを言ってるんだ」

「その魅力をこれから探してみようとおもってるんだ」

「な、なんだと！」

ふてぶてしく構えていた田代の顔色が変わった。

「魅力探しをやろうと言ったんだよ。つまり、家探しをするんだ」

「そ、そんなことができるとおもってんのか。つまらないおもいつきだけで、人の家を勝手に……」

「あんたの家じゃないだろう。捜索令状は請求してある。もうすぐ許可になるよ」

田代は顔をこわばらせて、言葉を失った。顕著な反応であった。

「どうした、だいぶ顔色が悪いよ。山荘に探されては都合の悪いものでも隠してあるのか」

「そんなものはない！」

「だったらあんたが心配することはない。もともとあんたの家じゃないんだからな」

田代は完全に打ちのめされた状態であった。白雲山荘になにかがある。それを引っ張り出せば、本命の山根殺しにつながる。

太田と下田は勇躍した。白雲山荘の捜索請求は許可されて、東京から那須キャップをはじめ本部の面々が駆けつけて来た。

5

捜査は午前十時からはじめられた。一行は那須警部、太田、下田の両刑事、その他、東京から駆けつけて来た数人の本部メンバー、上田署から塩沢警部補と二名の駐在所巡査が加わる。これに真田町の消防団員が協力してくれることになった。

捜査はまず母屋、離れ家と、屋内からはじめられた。母屋はここしばらく使われていなかったらしく、蜘蛛《くも》の巣と埃だらけだったが、田代とアリサのいた離れ家は、いちおう生活の痕跡があった。彼ら二人が来る以前にも、時々人が生活していた様子である。

各部屋、浴室、床下、壁、天井、押入れ、納戸など次々に捜索の輪は広げられていったが、屋内には死体を隠した痕跡は見つけられなかった。

次に庭が捜査の対象になった。母屋の前庭と、離れ家との間の中庭があり、離れ家の裏手は山の斜面につながっている。死体を隠す場所としては、むしろ屋外のほうが格好であった。

まず、めぼしい場所に検土杖《けんどじょう》を突き立てて、においを嗅ぐ。李英香が殺されたと目される のは、昨年の六月七日だから、当時から土中に埋められているとすれば、死体の土中変化を考慮して、まだ完全に白骨化していないはずである。

怪しい箇所は、直接掘ってみた。

だが、死体は現れない。捜査隊のムードは、しだいに悲観的になってきた。もともと本部メンバーの中にはこの捜索に懐疑的な者もいる。

田代が白雲山荘に逃げ込んだことや、アリサの変節から、ここに金崎の弱味が隠されていると導き出した推測に飛躍があるうえに、その推測が当たって李英香の死体があったとしても、本命事件の山根殺しに、はたして関連するかどうか、はなはだ曖昧であるというのである。

田代の攻め口をつかむためにも、迂遠《うえん》な捜索に映った。

だいたい田代の容疑が、李英香殺しを目撃した山根の口を封じたのではないかという、まことにまわりくどいものである。

(こんなことをして、いったいなにになるのか？)

と消極派の表情が、徒労の色濃い捜索に露骨な疑いをしめしてきた。捜索隊が上田側との混成部隊であることも、いったん悲観に傾いたムードをますますうながした。地元署に対する遠慮があるので、おもいきった捜索指揮ができない。

この場合、地元から加わった消防団が、逆にブレーキとなった。彼らには、地元に死体が隠されているなんてとんでもない、という意識が初めから働いている。

「こりゃあ、やはり見込みちがいだな」

と消極派が言うと、

「そうですよ、わしらの町に殺した死骸を埋めたなんて、とんでもねえいいがかりだ」

と消防団がそれ見ろと言わんばかりの表情でうなずいた。こうなると、捜索を提唱した太田と下田は、苦しい立場に追い込まれる。好意的に協力してくれた塩沢が、地元との板ばさみになって当惑した顔をしていた。

「太田さん、どうもギンリョウソウが気になりますね」

下田は崖っ縁に咲いている白い花の方へ目を向けた。まだそこは捜索されていないというより初めから捜す対象に入っていなかった。ギンリョウソウが咲いているということは、その下に死体がない科学的な証拠であった。

「まだ、ギンリョウソウにこだわっているのかね。あの花の下には、いや死体の上にあの花は咲けないんだ。だいいちあんな崖っ縁に、死体は埋められないよ」

「いま地元の消防の人に聞いたのですが、ギンリョウソウが咲いたのは今年が初めてだというんです。去年以前、あんな花が咲いていたのを見たことがないそうです」

「今年が初めて……？」

太田は、下田の示唆する言葉の底にある含みを探ろうとした。

「つまり、きみはギンリョウソウが咲いたことを、李英香と関係があるというのかね」

「李英香じゃありません。山根貞治ですよ」

「山根貞治！」

「そうです。山根がいた所沢にはギンリョウソウが咲いていました。彼らが飯場を去った五月の末にも咲いていたかもしれません。出稼ぎ三人組は、郷里へ帰るべく上野まで来たが、国鉄ストに阻まれて金を費い果たし、都内をうろうろしているところ、米原豊子の家で殺人を目撃したのです。そのとき三人組の身体にギンリョウソウの種が付いていたとは考えられませんか」

「するときみは、三人組によって運ばれてきたかもしれないギンリョウソウの種子が、米原豊子の家にこぼれ落ちて、それがさらに李英香か犯人の身体に付いて、ここまでもってこられたというのかね」

　太田は下田の突飛な想像におどろいた声をだした。

「可能性のないことではないでしょう」

「まあ、理屈の上では、可能性があるが、実際にそんなことがあるだろうかね」

「しかし、この辺にギンリョウソウは去年は咲いていなかったというじゃありませんか」

「それはなんとも言えないよ。植物学の権威が確かめたわけじゃないんだからね。もともとギンリコウソウは陰気な人目につきにくい所へ咲く花なんだ。本当は咲いていたのが、見過ごされていたのかもしれない」

「所沢の飯場のギンリョウソウと、ここに咲いている花を結びつけるのは、無理かもしれません。しかし橋はつながっています。三人組、米原豊子の家、李英香または犯人という形で。植物の種は、生命力が強いもので、運搬手段さえあれば、海でも越えて分布します。私はここに咲いているギンリョウソウを、所沢の飯場から運ばれてきたと解釈したいですね」

「かりにそうだとしても、李英香がここに隠されていることにはならないだろう。米原豊子と二宮重吉はつながっているんだ。この山荘は二宮のものなんだぜ」

「まあ、そりゃそうですが、私はこの花が、李英香の死体がここにあることを教えているような気がしてならないのです」

「しかし、もう探す所が残っていないよ」

「そうですねえ」

下田は憮然とした表情で前庭を見渡した。もうめぼしい場所は、すべて検索の網に引っかかっている。あと残る場所といえば、池の中ぐらいであるが、これは浅いたまり水の底が見えて、ものを隠す陰もない。地元の人の話では、山荘が建設されたときから在った池だそうである。水の色もそれ相応に古びている。

下田は池畔に立って池の底を見下ろした。池の底には苔がまだらに生えている。その苔の形をじっと見下ろしていた下田が、ふと何事かに気づいたように目を上げた。

「太田さん」

「なんだね」

「池の底に苔が生えていますね」

「生えているね」

「あの苔、人間の形に見えませんか」

「人間の形に？」

「ほらあそこです。人間が寝ているように」

「そう言われてみれば、そのように見えないこともないな。しかし、こっちの群がりは亀に見えるし、あっちのは兎に見えないこともないよ」

「太田さん、腐生植物の中で、ある種の苔は動物の死体にも取り付くとおっしゃいましたね」

「ま、まさかきみ」

太田は、下田の言葉の重大な含みを悟った。

「もしそうなら、あの苔が、人間の死体の上に生えたものではないと言い切れないとおもいます。そのような目で見ると、ますます人間の形に見えてきました」

たしかに自然が造りだした偶然の造形にしては、見事である。両手両足を自然体に伸ばして、横たわっている寝姿、頭部や腰の円みなどもわかるようだった。

「人間だとすれば、女だな」

太田がつい下田の暗示に釣られた。

「つまり李英香です」

「よし、ここを掘ってみよう」

「まず水を抜かなければなりませんね」

消防が水抜きの掘割工作をした。堀は崖につながれて、池の水はみるみる減った。

「もういいだろう」

塩沢の声によって、まだ数センチ水が残っている池の中に掘り手が入って行った。池の底は、コンクリートで塗りこめられている。苔に欺かれていたが、まだ工事後間もないコンクリートのようであった。池は山荘とともに造られたものだが、池の〝人形苔〟の下の部分はコンクリートを塗りかえて新しい模様である。

「これは、ひょっとすると……」

半信半疑だった太田も、しだいに強気になってきた。

6

ツルハシによってコンクリートが割られた。そこへ残った池の水がすかさず浸入していく。コンクリートの抵抗が取り除けられると、軟土になった。検土杖がそろそろと差し込まれる。引き抜いて鼻にあてると、ツンときた。

「この下になにかあるぞ」

　捜査隊にどよめきが起きた。その部分に囲いをつくって、水が完全に追い出される。積極派も消極派もいっしょに泥まみれになって池の底を掘った。

「静かに、そろそろ出るころだ」

　一人の消防団員が差し込んだスコップの先に軟かい抵抗が触れた。

「あったぞ」

　スコップを中心にして、少しずつ土が取り除けられた。臭気がしだいに強まって、無残な形骸が白日の下に露れてきた。ハエや小虫が早くもにおいを嗅ぎつけて寄ってきている。

「女だぞ」

「まだ若いようだな」

「なんてむごいことを！」

　そんなものはあるはずがないと言っていた地元の消防団員も、現実に現れた凶行の確証の前に犯人に対する怒りと、被害者に向ける憫《あわ》れみを攪拌《かくはん》させている。

　午後四時、死体は完全に掘り出された。死体はあおむけに穴の底に横たえられていた。ワンピースらしい着衣と、その上からぐるぐる巻きにしたズック布はボロボロになっている。

泥まみれの死体から泥を取り除けると、顔面や腹部が屍蠟化《しろうか》し、背部はミイラ化していた。

塩沢警部補が本署に連絡した。上田署、県警本部からも捜査一課と鑑識課員が押取《おっと》り刀《がたな》で臨場して来た。

死体の発見によって、田代行雄の扱いが変わった。田代はこの場所に死体が埋められていたことを知っていた状況がある。いや、彼自身が埋めた疑いが強い。

検死によって、死者は二十二～二十五歳の女性、死後経過約一年と推定された。これは三人組が米原豊子の家に忍び込んで殺人を目撃した時期と符合している。死体は犯罪の疑い濃厚として司法解剖に付されることになった。

田代は改めて上田署に留置されて厳しい取調べをうけた。これまでは、東京側の捜査に協力という形をとっていたが、これからは自署管轄区域内に発見された殺人被疑死体として、上田署と長野県警が担当する事件となる。

だが取調べの鍵は、これまでのいきさつから東京側が握っているので、結局、上田署を借りて東京側が田代の訊問をすることになった。もし身許が李英香と確認されれば、東京と長野の合同捜査になる。

解剖の結果が出て、取調べは、死者の身許確認からはじめられる。主たる取調べは太田が当たり、下田と、塩沢が補佐をする。

「あんたは、死者《ホトケ》の身許を知っているな」

太田の直截的《ちょくせつてき》質問に、

「そんなもの知るわけねえだろう」

田代は最初から居丈高であった。

「そうかい、そうかい。それなら知っている人間を呼んできたっていいんだぜ」

太田はこういう短兵急な取調べ方が賢明でないことを知っていたが、彼なりの考えがあった。

「そんな人間がいるんなら、早く呼んでくればいいじゃないか」

「それをしてもいいのかね。死者は韓国国籍李英香だろう」

「知っているんだったら、なにもおれに聞くことはねえだろう」

「われわれが知りたいのは、単に身許だけじゃないんだ。だれが死体をあそこに埋めたか、そしてだれが彼女を殺したか、そいつも知りたいんだよ」

「だったら、おれに聞くのは、お門ちがいというもんだよ」

「そうかな？　見ていた者があるのを忘れたのか？」

「見ていた？　忘れた？　なにを」

虚勢を張っていた田代の面に不安が揺れた。

「とぼけるな！　おまえが李英香を殺す現場を泥棒に入った三人の出稼ぎが見ていたん

だ。おまえは、その口を封じるためにそのうちの二人まで殺した」

「じょ、冗談じゃない！　とんでもない言いがかりだ」

田代は全身で抗議した。太田は取り合わずに押しかぶせた。

「ところがそのうちの一人が逃げた。その生き残りの目撃者が、はっきりとあんたの顔をおぼえているんだよ」

ここで太田はハッタリをかませた。青田孝次郎はたしかに犯行を目撃したが、短い時間のことだったので犯人の顔をおぼえていないというのである。

だが、太田のハッタリは効果があった。虚勢を張っていた田代の顔色が変わった。

「どうしたね、だいぶ顔色が悪くなったようだが。いまあんたの写真を目撃者に見てもらっているところだ」

「そんな写真なんかでわかるもんか！」

「もちろん実物の首実検もしてもらうよ。どんな結果が出るか楽しみにしているんだ」

「おれは李英香なんか殺していないぞ」

「おや、名前を知っているのかね」

「そ、それは、いまあんたが言ったからだ」

「それにしてもすぐおぼえるとは、いい記憶力だな。ついでになぜ殺したのかおもいだしてくれないか」

「おれが殺ったんじゃない。あんたはこの前も李英香についてしつこく聞いた。おれはそんな人間は知らない」

「田代！」

これまで穏やかに質問を重ねていた太田がいきなり大声を発した。田代は一瞬、身体をピクリと震わせた。

「いいかげんに観念して泥を吐いたらどうだ。おまえ、娑婆《しゃば》にいても、どうせ、消されてしまうのがわからんのか！」

「消される？」

田代の蒼ざめた顔が引き攣《つ》った。

「それを悟っていたから、金崎の命令に背いて帰国し、白雲山荘に逃げ込んだんだろうが」

太田の言葉は、急所を突いたらしい。田代の身体がグラリと揺れたように見えた。

「おまえが山荘に逃げ込んだのは、そこに死体があることを知っていたからだ。そこに警察の目を引きつけるのは、金崎一味にとってまことに都合が悪い。死体は金崎の弱味だった。アリサを擁して山荘にいれば、いやでも警察の注意が集まる。山荘にいるかぎり金崎はおまえに手を出せない。死体がおまえを守ってくれる。死体の主は、金崎の命令でおまえが殺したんだ。知りすぎたおまえを金崎は邪魔にしだした。だから下手に手出しをすれば、死体を現すぞという示威のために山荘へ逃げ込んだ。そのかぎりにおいては、一石何鳥ものうまい手だったよ。しかし、もう死体が発見されてしまっては、おまえは裸同然だ。警察の追及をうまく躱して逃れたとしても、金崎が放っておくとおもっているのか」

「金崎がおれを消すとでもいうのか」

「あたりまえだろう。おまえはいま金崎の急所を握っている。一言しゃべられたら、金崎の死活にかかわる。そんな危険な人間をそのままにしておくとおもっていたら、あんたもよほどおめでたいよ。あんたさえいなけりゃ、金崎はじめ大勢の人間が無傷のまま、この世の春を楽しんでいられるんだからな」

「そんなことはさせるもんか」

「だったらすべてを話すんだな。いまのままなら、悪者にされるのはおまえだけだ。殺人と死体遺棄、また犯行を目撃した出稼ぎ労働者の殺害。死刑になるかもしれないぞ」

「や、やめてくれ。おれはただ命じられてやっただけだ」

「だれに命じられた？　それを言わないかぎりおまえの容疑は動かないぞ」

「李英香はたしかにおれが殺った。でも、仕方がなかったんだ。命令には逆らえなかった」

田代はついに自供をはじめた。

「ホトケはやはり李英香だったんだな」

「そうだ」

「だれの命令でやった？」

「出稼ぎ労働者のことは、まったく知らない。そいつはおれが殺ったんじゃない」

「いいから、最初から順序だてて話してみろ」

混迷していた事件の真相がいま明らかにされようとしていた。太田は、興奮を抑えて田代の供述をうながした。

不在の着床

1

解剖の結果は次のとおりであった。

①死因、扼頸《やくけい》による窒息死の疑いあるも、断定できない。咽喉部《いんこうぶ》に扼頸による内出血らしい痕が認められるが、腐敗との区別がつかない。頸部軟骨に骨折あり。外傷なし、薬物反応認められず。

②自他殺の別、他殺の疑い濃厚なるも断定できない。

③死後経過時間、十〜十三カ月。

④死者の性別および年齢、女性、二十二〜二十五歳程度。

⑤姦淫《かんいん》の有無、不明。

⑥その他参考事項、検体は妊娠四カ月〜六カ月と認められる。

つまり解剖の結果によっても、死体の腐敗が進んでいるために他殺と断定されたわけではなかった。目撃者も犯人の顔をおぼえていない。

そこで太田は田代の心理に賭けて追い込んで行ったのである。田代が白雲山荘へ逃避したのは、金崎に対するデモンストレーションであると同時に、金崎をそれだけ恐れていた証拠にちがいないとにらんだ刑事の読みは、見事に的中した。

いったん崩れると、田代は素直に自供した。それによると、

「金崎から李英香を殺せと命じられた。英香は、韓国から宮村健造が密入国させた女だ。他にも密入国させた女が何人もいる。金崎と宮村は、これらの女を政官財界の大物に提供して、見返りとして甘い汁を吸いほうだい吸っていた。金崎は厖大《ぼうだい》な金脈と、これらの女の身体を使って、日本の要所要所を押さえていた。しかし私も金崎の闇の勢力の正確な範囲は知らない。きっとそれは、自分の考えているよりも、はるかに大きいのだろう。

金崎と知り合ったのは、嬬恋村国有地の払い下げ転売のときだ。金崎が裏で動いていて、払い下げになったときは、もう帝都レクリエーションに転売することが決まっていた。

そのとき同郷の大山勇の口ききで、金崎の運転手になった。転売で得た金は、あっという間になくなってしまうし、村にいても一生うだつはあがらない。金崎の子分になれば、凄いチャンスが開けるような気がした。事実、金崎は私を可愛がってくれて、いず

れ彼の傘下の会社の一つを任せてくれると約束してくれた。

そのうちに、韓国から来た女に戸籍を貸してやってくれと頼まれた。なんでも結婚すると日本に永くいられるんだそうだ。当分結婚するつもりはなかったし、三年ぐらいならと軽い気持ちで貸してやったのが李秀蘭だ。名目だけの妻で、自分は顔もよく知らない。

こんなことをしているうちに、私は、ますます深間《ふかま》にはまってしまった。

李英香は、宮村の人身売買ルートから送られてきた女で、政界の大物が彼女をひどく気に入ってしまったらしい。私もその名を知らないが、この人物の浮沈によって日本の政界地図がかなり塗り替えられるほどの大物だそうだ。

李英香がおとなしくこの大物の陰の女におさまっていればよかったのだが、ここにまずいことが起きた。李英香が妊娠して、なんとしても産むと言いだしたのだ。大物や宮村はびっくりして、なんとかおもいとどまらせようとしたのだが、英香は急に強くなって、子供を認知したうえ、自分を正式に第二夫人にしろと大物に詰め寄った。

密航女に産ませた子供を、日本政界の大物が認知できるはずがない。だいいち、そんなことが公にされただけで、大物の政治生命にかかわる。

李英香は、そのうちにますます増長して、子供を認知できなければ、自分を大物の養女にして、日本国籍を得させろなどと言いだした。困り果てた大物は金崎に相談した。

金崎は、私を呼んで女の始末を命じた。いやとは言えなかった。またここで金崎に貸しをつくっておくことは、自分の将来にとってプラスになると考えた。

六月七日の夜、李英香を米原豊子の家に誘い出した。大物に忍び逢う場所に米原の家を使っていたので、英香は疑いもせずにやって来た。ところが私が部屋へ入って来たのを見て、彼女は逸早く殺意を悟ったらしく、逃げ出した。二階から下りたところで追いつき、首を絞めた。女とはおもえない激しい抵抗だった。さすがの私もたじたじとなったほどだった。米原豊子が暴れまわる英香の足を押さえて協力してくれた。

三十分ぐらいしてようやくぐったりとなった。死体はその夜のうちに白雲山荘へ運び、翌日の夜から二日がかりで池の底へ埋めた」

「犯行の現場を三人組に目撃されたので追跡して、山根貞治と島村太平を殺したのだろう」

太田はさらに追及した。

「その件は、すでに何度も言ったように、自分のまったく知らないことだ。三人組が忍び込んだことすら知らなかった。警察はなにか勘ちがいしているんじゃないのか」

「この期におよんでとぼけようとしてもだめだ。殺人の現場を覗き見られたのを知ったおまえは、現場に落ちていた島村の求職票から三人組の身許を知り、その口を封じるために追いかけていってその中の二人まで殺したんだ。島村太平の死体は、どこへ隠したのか」

「なんのことを言われているのか、さっぱりわからない。求職票って、いったいなんだ？」

「とぼけるな。出稼ぎ援護相談所の求職票だ。そこに島村の住所氏名が記入されていた」

「それを泥棒の一人が米原豊子の家に落としていったというのか」

「よく知っているじゃないか」

「冗談じゃない。そんなものはなかった。本当だ。一人殺すも二人殺すも同じだろうと、おぼえのない殺人の罪まで押しつけるなんてひどいデッチ上げだ」

素直に供述していた田代が悲鳴のような声をあげて抗議した。

「海外から急に帰国して来たのはどういうわけだ」

「大山がパリで轢き逃げされたので、恐くなった。大山がパリまで追いかけて来ているとは知らなかった」

「大山を轢き逃げしたのは、あんたじゃないのか」

「とんでもない！　おれには外国で人を殺すほど度胸はない。それに大山はおれより役者が一枚上だよ」

「日本国内ならいくらでも殺しができるというわけか」

「そういう意味じゃない。李英香殺しは仕方がなかった。やらなければこちらが殺される。大山だって金崎の仕業かもしれない」

「金崎がなぜ大山を消すのだ」

「彼は私以上に、金崎の内幕を知っていた。金崎が消して、私の仕業に見せかけようとしたのかもしれない。金崎ならやりかねない」

「金崎ならかね、その伝《つて》で出稼ぎの二人も消したんだろう」

「そのことについてはまったくおぼえがないと、さっきから言ってるだろう。どうしておぼえがない罪まで押しつけようとするんだ」

「それでは去年の七月十二日の真夜中、正確には午前零時から二時までどこにいたか？」

「そんな前のことをいちいちおぼえていない」

「ぜひともおもいだすんだ。日記かメモでもつけていないのか」

「そんな気のきいたものをつけてるはずがないだろう」

「おまえ、金崎のかかえ運転手だろう。金崎といっしょにどこかに行っていたようなことはないのか。おまえのアリバイが証明されないかぎり、出稼ぎ殺しの容疑が最も濃いのだ」

「金崎といっしょに？」

田代の目の色が動いた。

「ただし、金崎の証言では証拠価値がないぞ。おまえら同じ穴の貉なんだからな」

「そのころたしか会津《あいづ》の方へ行っていたとおもう」

「会津だと？　会津のどこだ」

「会津高田《たかだ》という町だ。田植えを見に行ったんだ。それが七月十日前後のような気がする」

「田植えを見にだと？　そんなものを見に会津くんだりへ行ったのか」

「おれが行きたくて行ったんじゃないよ。金崎がたしかあっちの方の出身で、郷里の田植え祭りとやらを見に行ったんだ。おれが車を運転して、向こうに三日ほど滞在したから、調べてもらえばわかる。会津若松《わかまつ》のホテルに泊まった」

「その日を、はっきりおぼえていないのか」

「七月十日前後だったとおもうが、はっきりしない。金崎か地元に聞けばわかるだろう。なんでも全国的に有名なお祭りだそうだよ」

田代は意外なことを言いだした。もし彼が山根殺しの当夜、会津にいた事実が確かめられれば、シロとなる。するとこれまでの捜査はまったく見当はずれということになる。しだいに増しつつある失望の傾斜に耐えながら、太田たちは、田代の供述の裏づけ捜査を行った。

その結果、福島県会津高田町（のちの会津美里《みさと》町）の伊佐須美《いさすみ》神社で行われる伊佐須美御田植祭を見物するために、田代は金崎の伴《とも》をして昨年七月十一日から十三日まで会津若松市郊外の東山《ひがしやま》温泉へ泊まっていたことが確かめられた。

この田植え祭りは、伊勢《いせ》の「朝田植え」、熱田《あつた》の「夕田植え」とともに「日本三田植え」と称されるもので、会津高田町付近の山村出身の金崎が、毎年楽しみにして必ず帰郷するそうである。

ホテルの従業員の他、地元の人たちにも、十三日の朝まで田代がそちらにいたのを見ている者が大勢いる。特に祭りの当日の十一日は、深夜まで地元の人と祭り酒を飲んでいて、とうてい十二日午前零時から二時までに東京目黒区の犯行現場へ行けないことが確定した。

田代は、山根殺しに関するかぎり、犯人ではあり得なくなった。

2

捜査本部の受けた打撃は救い難かった。これまでの長い捜査は、まったく誤った方角を模索していたのである。山根とともに消された疑いの強い島村太平は、その死体を発見されていない。田代が島村を殺した疑いはまだ消えていないが、捜査の発端となった山根殺しについてシロと確定したので、島村に関してもシロの状況が強くなってきた。

捜査本部は、この迷路に入り込んだ過程を反省した。山根貞治の死体が目黒区の路上に発見され、所沢の飯場から山根、青田、島村の出稼ぎ三人組を割り出したまではよかった。

だが青田孝次郎の供述によって、米原豊子の家での殺人事件が浮かび上がった。それを捜査するうちに、金崎末松を中心とする国有地転売や国際人身売買シンジケート、さらには政官財界に深く張った大規模の不正の根に行き当たった。そしてついに埋もれていた密航女性の殺害事件の真相を明らかにしたのである。

田代の供述によって、政官財界に波紋は大きく広がっていくのは必至である。多年闇金の大元締めとして、諸悪のかぎりをつくし、その黒い金脈によって政治までも裏からリモートコントロールしていた金崎も、今度こそ年貢の納め時になるかもしれない。

すでに田代は自供し、火の手はもみ消すには強すぎる勢いで、金崎の足許まで燃え広がっていた。

その意味においては、この捜査は大きな収穫があったわけである。だが、それはあくまでも見当はずれの捜査による予期せざる〝副産物〟であった。

本命事件の犯人は、べつにいる。だがあまりにも深く迷路の奥へ入り込んでしまった捜査本部には、引き返す道がわからなくなっていた。

3

ほぼ時を同じくして、李英香の死体の上に生えていた苔の〝身許〟が国立科学博物館植物研究部の村上泰輔《むらかみたいすけ》博士によって識別された。それによると、その苔は、マルダイゴケ属のユリミゴケで、腐った動物の死骸や排泄物の上に密な塊となって現れるという。死体に取りついたとはおもえないような美しい苔である。これが李英香の体形をそのましめすように池底に現れて、死体発見のきっかけとなってくれたのだ。李英香を塗りこめた新しいセメントが、古い池底とうまく接合せず、その亀裂から養分を吸った苔が、彼女の体形を現したのである。

上田署からその報告を聞いた捜査本部では、苔がまったく別件の犠牲者の存在を教えた皮肉に憮然となった。

「しかし、山荘に咲いていたギンリョウソウは、山根ら三人組を経由して運ばれていったような気がしてなりません」

下田が未練げに言った。

「ギンリョウソウをだれが運んでいったにしても、おれたちには関係ないよ」

太田が憔悴した顔で言った。執念の追跡の果てにとらえた獲物が狙ったものとちがうと悟って、蓄積されていた疲労がいっきょに発した様子である。

「もし、島村太平が死んでいるとすれば、その近くにもギンリョウソウが咲いているかもしれませんね」

「島村の近くに？」

太田が不審をこめた目を上げた。

「ええ、李英香の近くのギンリョウソウも、三人組が所沢から運んでいったものなら、三人組の一人の島村にも当然種がついていたでしょう」

「ずいぶんギンリョウソウにこだわるじゃないか」

「地面の方を向いたあの花がなにかを訴えているような気がしましてね」

「いったい島村太平は、どこへ行っちまったんだろうなあ」

「島村はどこかで生きていないでしょうか」

下田がふとおもいついたように言った。

「島村が生きているって？」

太田がびっくりした声をだした。

「山根が殺され、青田孝次郎の証言があったものだから、島田も殺されたとばかり考えていましたが、彼が生きていてもいっこうにさしつかえないのです」

「しかし島村には、女房、子供の他に婆さんまでいるぞ」

「だからといって蒸発しない理由にはならないでしょう。島村の出稼ぎ目的は月賦の耕転機の借金返済のためでした。これは、息子の学費をつくるための青田の目的より弱い。それに特に聞きませんでしたが、あの婆さんは、もしかしたら、細君の母親だったかもしれない。家には口やかましい女房と、意地の悪い姑《しゅうとめ》が待ちかまえているとおもうと、帰るのがいやになってしまったのではないでしょうか。そんな折に女でもできれば、その女といっしょにべつの生活をはじめたとも考えられます」

「しかし島村は、米原の家に求職票を取りに引き返したんだろう」

「田代は、そんなものはなかったと言ってます。かねて蒸発の機会を狙っていた島村は、仲間と別れたのを幸いに、そのまま行方を晦《くら》ましてしまったんじゃないでしょうか」

「無一文になって人の家へ忍びこむほど切羽つまっていた人間が、いったいどこへ行ったというんだね」

「そう言われると、ぼくもなんとも言えなくなるんですが、あるいは仲間に隠しておいた当てがあったのかもしれません」

「島村は、計画的に蒸発したというのか」

「その可能性もあるとおもいます」

「計画的ねえ、だったら、上野のコインロッカーなんかへ荷物を預けたまま行かなかっただろう」

「どうせ下着の着替えくらいで、大したものが入っていたわけじゃありません。仲間を欺すためにわざと残していったのでしょう」

「米原の家へ泥棒に入ったのも、仲間を欺すためかね」

「さあ、それは……」

「まあ、どっちにしても可能性はあるだろうね」

「太田さんもそうおもいますか」

「おれは、島田が生きているとすれば、求職票を探しに引き返して行ったルートの途中で、なにかが彼の身に起きたんだとおもうな」

「なにが起きたんですか」

「そいつは、おれにもわからんが、とにかく郷里へ帰りたくなくなるようななにかが」

「たとえば？」

「たとえば、大金を拾ったとか、あるいは女と知り合いになったとか」

「なるほど」

「あの当時、あの界隈で大金を失くしたという話はなかっただろうか」

「早速調べてみましょう」

下田が勢いよく椅子を引いて立ち上がった。太田は、猟犬のように部屋から飛び出していく若い相棒の姿を羨望の目をもって見送った。たとえ太田の推測のとおりの事実があったとしても、事件の解明にはほとんど役立たない。

単なるワキの消しの作業にこれだけの情熱をもって取り組める下田の若さをつくづく羨ましいとおもった。

4

調査の結果、昨年六月八日午前三時ごろ、文京区本郷三丁目の派出所に五百五十万円取られたと訴え出ていた者があった。

その人間は、千代田《ちよだ》区外神田《そとかんだ》の金属加工機械の小さなメーカーだったが、大手受注先の倒産でにっちもさっちもいかなくなり、不渡りを出しかけた。その日も深夜まで金策に駆けまわり、どうにか不渡りを防ぐ見通しがついた。

彼は、金が手当てできたことを、寝ないで待っているにちがいない妻に少しでも早く知らせてやるために、近くの公衆電話ボックスから妻に電話した。

妻も大喜びで、これで今夜安心して寝られるわと言った。ところがどんな魔に魅入られたのか、それほど苦労してかき集めた虎の子の五百五十万円を、電話の後、ボックスの中に置き忘れてしまったのである。

妻に電話したことで、これまでの緊張がいっぺんに緩んだせいらしい。タクシーをつかまえようとしてだいぶ歩いて来てから、金包みを電話ボックスに置き忘れたことに気がついた。

愕然としてボックスに戻ったときは、すでに金包みは消えていた。彼は半狂乱になってボックスの近くを駆けまわったが、深夜の路上に人影はなかった。

途方に暮れて目についた派出所に届け出たのだが、そのときはだいぶ時間が経過した後であった。

派出所の警官は、金額が大きいので、きっと戻ってくるだろうと慰めたが、ついに金は返ってこなかったのである。

このために彼の会社は倒産した。この事件はさらに悲しい尾を引いた。無理に無理を重ねてかき集めた金を失ったその経営者は、ついに親子五人で一家心中をしてしまったのである。

「やはり、太田さんの言ったとおりでしたね」

下田は調査の結果に満足した様子だった。

「まだ、この金を島村が持ち逃げしたとは決められないよ」

「しかし、非常に疑わしい状況ではありますよ。電話ボックスのあった場所も、米原豊子の家の近くです。時間も合っている」

「すると、島村がたまたま通り合わせた電話ボックスに置き忘れてあった大金を出来心で持ち逃げした。後で持ち主が一家心中したために名乗り出にくくなったというわけだね」

「名乗りにくくなってあたりまえでしょう。なにしろ金を取っただけでなく、そのことで何人もの人間を結果的には殺してしまったんですから」

「そうなると、うっかり郷里へも帰れないだろうな。求職票から足がつくおそれがある」

「そうですよ。島村も求職票を米原の家以外の場所で落とした可能性を考えたんでしょう」

「米原の家になかったんだろうか？」

「わかりません。米原の家に戻る前に金包みを見つけたかもしれない。その場合は、むしろ求職票を米原の家に残しておいたほうがよいとおもったかもしれません。殺人犯がまちがっても求職票を警察へ届けることはしません。はからずも大金を手に入れて、危険を冒して求職票を探しに行く気を失ったとも考えられます。

　あるいは、すでに米原の家を探した後だったかもしれません。米原の家になければ、外に落としたことになる。そうなると、ますます郷里へ帰れない。金が消えた近くに求職票が落ちていたら、真っ先に疑われる。こんな大金は一生かかっても手に入らない。この金さえあれば、貧しいだけの村から飛び出せる。うるさい女房や意地悪婆さんともおさらばできる、とおもったかどうかわかりませんが、偶然転がり込んできた大金が、一人の人間のコースを変えたことは十分に考えられます」

「意地悪婆さんと言えば、やはり島村の家の婆さんは、細君のおふくろだったよ」

太田も、下田の考え方に傾いてきた。

「そうなると、ますます家への未練はなくなりますね」

「うん。残るは娘一人だが、これも島村が後夫《ごふ》として入婿してきた身分で、娘は病死した前の旦那の子供だそうだ」

「なんだ、それじゃあ島村を家に引きつける血のつながりのある係累は、一人もいないことになりますね」

「そういうことになるね」

「島村が生きているということは、山根殺しがべつのセンから来た状況をますます強めます」

「うん。しかしべつのセンとは、いったいどこにあるんだろうな」

太田は、もう疲れきった表情であった。

「やっぱりナガシの犯行だったんでしょうか」

「ナガシに一年近くも引っ張りまわされたわけか」

「あの子も、かなり大きくなったでしょうね」

「あの子？」

「山根貞治の遺児ですよ。われわれが行ったときは、まだ乳飲み子だったが」

初めて寒畑村の山根の家に聞き込みに行ったとき、奥の座敷で泣いていた子供の泣き声が太田の耳によみがえってきた。また八戸へ仕事を探しに行く山根克子の腕に抱かれていた幼な子のあどけない顔が瞼に浮かび上がった。霧の深い朝で、記憶そのものが霧に包まれているように感じられる。

――あのときの、新たな父親のいない子をまた一人つくりだした犯人に対する沸騰した怒りはどこへ行ってしまったのか？――

太田はハッとして自分の周囲を見まわした。疲労に圧倒されて、あのとき、あの幼な子のために犯人を必ず捕まえてやると、自分自身に誓った言葉を忘れるともなく忘れていた。

(おそらくあの子はいまごろ舌足らずの言葉で、ぼくのお父さんはどこへ行ったのと聞いては、母親を困らせているだろう)

「ちょっと見ただけだったが、可愛い子だったね」

「山根克子は、まだ再婚せずにいるそうです」

「まだ若いから、いずれは再婚するだろう」

「いずれは……でしょうね」

そこで二人の会話は絶えた。若い下田は、克子の再婚相手を、太田は彼女は再婚した場合、幼な子の幸せの行方を、それぞれ想像したのである。

5

捜査の〝副産物〟として現れた李英香の死体をめぐって、事件はおもわざる方向へ大規模な波紋を広げていたが、本命の山根殺しの捜査は、完全に頓挫した。

那須警部の「老人ホームの日向ぼっこの顔」も、ここのところ冴えないようである。

水木アリサは、帰京して仕事をはじめたが、国際売春シンジケートと政官財界にまたがる大規模なスキャンダル暴露のきっかけとなった彼女に、本来の仕事とは関係ないべつの興味が集中して、マスコミが群れ集まっていた。

彼女自身も、まだまだ警察から事情を聴かれている立場であった。

だがアリサが、山根殺しにはまったく関係のないことは明らかであった。李英香殺しや国際売春シンジケート事件には、貴重な証人であっても、本命の担当事件にとっては、なんの価値もない。

すべての追跡《トレース》の糸を絶たれた捜査本部は李英香の事件の方に、そのまま移行してしまった感があったが、最初から専従の形で最も深く関わっていた太田と下田にとっては、はなはだおもしろくない雰囲気である。

本部の空気には、むしろおもわざる大獲物を捕まえて浮き浮きしたものがある。たしかに一出稼ぎ人殺しの犯人を捕まえるよりも、政官財界に根を伸ばしていた国際売春組織の摘発と、外国人売春婦殺害事件の捜査のほうが、世間の興味もひくし、ジャーナリズムも蝟集《いしゅう》してくる。

本命事件の捜査には、たいへんなミスを犯しながら、捜査員の中には大手柄をたてたかのような錯覚の昂揚《こうよう》に乗ってしまった者もある。おもしろくない顔をしているのは、那須キャップと太田と下田の三人だけのようであった。

そんなとき、太田は出勤前の朝食の膳で、なにげなく広げた新聞にちょっと興味をそそられる記事を見つけた。

それは家庭欄で、農家の出稼ぎを特集したものだった。

——ことしも百二十万人を超える農家の人が出稼ぎ労働者になって故郷を出ている。みんな出稼ぎをせずに暮らしていけたらと願っている。だが減反政策などで希望を裏切られ、以前は富農層とされた経営規模三ヘクタール以上の農家でさえ出稼ぎ人を大都市へ送り出さねばならなくなった。大黒柱がいない留守家庭では、自殺とか、ときには男女関係のもつれとかの事件も起こって生活が破壊されている。

日本で有数の出稼ぎ県、××県の場合、ことし六、七万人の出稼ぎ人が大都会に散っている。最近の傾向は、その長期化で、現在は六カ月が平均。それも農閑期を利用した補充的なものではなく、一家の主《あるじ》などの基幹労働力が主体となる。その間の農業経営はもちろん、家事、育児のいっさいが留守の妻や老人の肩にのしかかってくる——とあり、

さらに識者の意見として、さる高名な医者が、

——東北農村の出稼ぎのことは多くの人々によく知られている。夫や父は年二回しか村に帰って来ない。その間、残された妻の性生活はどうなるのか。夫を出稼ぎに送り出した妻たちは、みな一様に「夜になるのが恐い。眠れない夜もある」と訴える。一年のうち半分以上も夫と離れ、子供と夫婦一体のスキンシップもない。単に生活や労働の荷重が重くなるだけでなく、夫婦生活の欠落が、夫婦と家庭に埋めることのできない暗い虚《うろ》を穿《うが》っていく。

出稼ぎ農家では、夫が村に帰る直前に妻が避妊リングを子宮内に挿入する。そして夫がまた出稼ぎに村を出て行くとき、妻はリングを抜去する。リングが貞操帯がわりになるわけである。コンドームを使用すればいくらでも浮気できるというのは、寂しい留守を守る妻にとって酷というものである。いやそれ以上にわびしい貞操帯ではある——

と書いていた。太田はその文章に目を吸いつけられた。何かが胸の中で固まりつつあった。いままで見過ごしてきた点が、この文章によって、輪郭をとりつつあるようだった。

「あなた、どうなさったのよ、遅れるわよ」

食後の茶にも手をつけずに、新聞を読み耽っている太田に、妻があきれたような声をだした。

「おい、赤ん坊って、いったいどのくらい母親の腹の中にいるんだ」

「どうしたのよ、いきなり」

「いいから、だいたいどのくらいの期間、腹の中におさまってるんだ?」

「十月十日《とつきとおか》というけれど、実際には二百六、七十日くらいよ。それがどうかしたの?」

妻に取り合わずに、太田は頭の中でしきりに計算していた。

「昨年八月末、寒畑村に出張したとき、山根克子には一歳になったかならないかの子供がいました。とすると、生まれたのは一昨年の八月ころです。これに妊娠期間を溯ってみますと、妊娠したのは、十二月の初めごろの勘定になります。もしこのころ克子の亭主が出稼ぎに出ていて、家にいなかったとしたら、どうでしょうか」

太田はその朝の会議で早速、自分の着眼を披瀝《ひれき》した。那須キャップをはじめ全員が太田の示唆の底に含む重大な意味を悟った。

もし、克子の受胎推定期間に、山根が出稼ぎに出ていれば、彼女が生んだ子供は、山根の子ではない。それは夫の留守中、妻が他の男と交わった結果生まれた子である。

この場合、克子も夫の不慮の死に対して容疑圏内に入る。すでに夫に愛想をつかし、他の男との間に不倫の子を生んだ妻が、不倫のパートナーと組んで、邪魔な夫を消した疑いは、十分にある。

容疑者は、被害者のごく身近にいたのである。それが青田孝次郎の供述によって迷路へ誘い込まれたものだから、初めから見えていなかった。

「山根克子から事情を聴いたとき、どうも心に引っかかっていたことがあったのですが、いまになっておもい当たりました」

――それはなにか？――と問う視線が、太田に集まった。

太田は、今朝の会議のために用意しておいたらしい古い手紙をデスクの上においた。

「これは、克子から領置してきた山根貞治の手紙です。昨年五月、山根が妻に宛てて、埼玉県の飯場から出したものです。内容は、すでにご存じとおもいますが、念のためにもう一度読み上げてみます。『長いこと留守してすまない。いま埼玉県の所沢という町にある飯場で働いているが、条件が約束とだいぶちがうために、これしか送金できないですまない。そのうちにもっといい所を探して金をたくさん送れるようにするからがんばってくれ。秋口には帰るつもりだから、寂しいだろうが、身体を大切にして待っていてけろ』以上ですが、どうです、みなさん。この手紙はちょっと考えてみるとおかしいでしょう」

太田はその先をみなの推測に委ねるように一座を見まわした。少しの間、沈黙が室内にたむろした。だれも口を開こうとしないので、太田が解説しようとしたとき、下田が身じろぎをした。

太田は気配を悟って、発言を目でうながした。所轄署から本部に参加している身分としては、あまり出しゃばりたくない。

「子供のことが一言も書いてありませんね」

太田が我が意を得たりというように大きくうなずいた。

「なるほどな。出稼ぎ亭主にしてみれば、留守にしているわが家で最も気がかりなのは、子供のことだろうな。それを一言も手紙に書かないというのは、不自然だね」

那須が同感の意を表した。

「山根貞治は、妻の生んだ子が、自分の子ではないことを知っていたのでしょうか」

下田が那須と太田の顔を均等に見比べた。

「その可能性はあるとおもうよ。あるいは知っていて知らない振りをしていたのが、はからずも手紙に表れてしまったのかもしれません」

太田は、言葉の前半を下田に、後半を全員に向けて言った。

「非常に見事な着想だとおもう。直ちに克子の子供の誕生日と受胎推定日、および彼女の男関係を洗ってみよう」

那須がようやく哲学的な表情を少し動かした。

「それについて、私にちょっとおもいあたった人物があるのですが」

下田が、記憶をまさぐる目をしながら言った。

「心当たりがあるのか」

「はい。いまふっとおもいついたのですが」

「だれだね」

一座の関心の的は、下田に移った。下田といっしょに出張した太田にも、そんな心当たりはなかった。太田の瞼に、初めて山根家を訪れたときに見たまったく化粧気のない克子の顔が浮かんだ。手は農作業や水仕事に荒れていた。だが野良着に包んだ身体は、意外に円みをおびていた。

外見の無造作と、内面に秘められた女の成熟。その矛盾の間にどんな男が忍び込んでいたのか？

「寒畑村に張り込みをかけていたとき、克子は八戸に行きましたね」

「八戸に職を探しに来たと言っていた」

太田は、下田といっしょに八戸まで尾行したときのことをおもいだした。彼らが八戸に行っている間に青田孝次郎が細君を盛岡へ呼び出したのである。

「あのとき、克子はバスに乗る前に私に会って三戸まで買い物に行くと言ったのです。八戸の喫茶店で追いついてなぜ嘘をついたのかと問うたところ、たとえ職探しでも、亭主が死んで間もなく男に会うのを知られたくなかったと答えました。その言葉がまことしやかで、また赤ん坊を連れてデートでもあるまいとおもったので、われわれも納得しました。しかしもし相手の男が、子供の実の父親ならば、子連れのデートは、むしろ当然です」

「するときみは、あのとき克子が喫茶店で会っていた従兄とか又従兄というのが、彼女の不倫の相手だというのか」

太田も、下田の心当たりがもちだした人物の意外性に驚いている。

「そうではないという理由はないとおもいます」

「しかし、まさかあのときの男とは……」

太田は、自分が下田の心当たりのきっかけをつくりだしておきながら、驚きから覚めやらぬ体であった。

「あのとき、あの男は……たしか大森なんとかいう名前でしたね、彼はわれわれを見て逃げ出そうとしました。その言いわけに目つきの悪いわれわれが追っていったので、ヤクザが因縁をつけに来たかとおもったと言い逃れましたが、いまにしておもえば、脛《すね》に傷をもっていたからかもしれません」

「ちょうど時を同じくして、青田が細君を呼び出したものだから、本部の関心がそちらの方へ移ってしまったんだ」

「もしきみの推測のとおりなら、克子と、大森は、いずれいっしょになるだろうね」

那須が口を入れた。

「いま、ホトボリが冷めるのをじっと待っているのだとおもいます。二人は、捜査が見当はずれの方向へそれていくのを、ホクソ笑みながら晴れていっしょになれる日を待っているのでしょう」

「山根克子と大森を洗ってみよう」

那須が結論を出した。


地元署の協力を得て調べた結果、克子の子の誠《まこと》は、一昨年八月二十六日生まれであることがわかった。これから受胎日を逆算すると、受胎日はさらに前年、いまから三年前の十二月上旬となる。そして、山根貞治は当時十月半ばごろから東京方面に出稼ぎに行って、正月にも帰郷せず、結局帰って来たのは翌年三月の末であったそうだ。

子供は未熟児でもなく、きわめて順調に生まれていた。つまりいかなる場合を考えても、山根は妻の生んだ子の父親にはなり得ない事情が判明したのである。

この事情は子供の血液型検査をすれば、さらに裏書きされるだろう。ただし現在の段階では強制できない。

山根克子の容疑は、いっきょに固まった。とりあえず、太田と下田がふたたび出張して、任意の取調べに当たることになった。

共犯《ダミー》の欠格

1

山根家には、ふたたび三戸署の石黒が同行してくれた。石黒に捜査の経緯のアウトラインを説明すると、

「あの山根の細君がねえ。ちょっと意外な気もしますが、亭主が出稼ぎ中の女房の浮気沙汰は決して珍しいことではありませんな。亭主が帰って来てからバレて刃傷《にんじょう》沙汰になったり、相手の家に火を放《つ》けたりという事件が、年に七、八件も起きますよ」

「そんなに起きるのですか?」

「親子無理心中をして、枕元に今度生まれてくるときは人間になりたくないという悲惨な遺書を残していった事件もあります」

「出稼ぎで得たものより、はるかに大きなものを失っているわけですね」

「だからといって出稼ぎがまったくなくなると、農業収入だけではとても食っていけな

くなりますな。結局、農民の切捨て政策の犠牲になって、親子夫婦が半年以上も別れて暮らすという無理があたりまえになっているのです」

ジープが溯行《そこう》する街道の奥は、新緑が厚く重なっている。長い冬から解放されて、北の地方が最も美しく瑞々《みずみず》しい季節であった。だが一見その新鮮なよみがえりの風物の底に深く巣食った、見放された村の荒瘠《こうせき》がある。

そのような目で眺めると、最も生のエネルギーに満ちていなければならないこの季節に、白々とした荒廃感が流れている。それは昨年訪れたときよりも荒廃の度が強まったようであった。

山根克子は、しばらく八戸の料亭で働いていたが、いまは寒畑村に帰っているということであった。

「この不景気で、八戸の方にも仕事がなくなったらしすなあ」

いずれホトボリが完全に冷めるのを待ち、家や田畑を処分して大森の許へ逃げ込む下準備ではないかとおもったが、それを口にするのはひかえた。山根克子は、さして驚いた様子も見せず一行を迎えた。予告をして行ったわけではないが、一行の訪れを予期していたような気配である。もっとも駐在を介して調べていたので、備えを立てていたのかもしれない。

例の子供は、もうその辺を走りまわっていた。

「ずいぶん大きくなりましたな」

太田は柄にもなくお世辞を言った。

「もうちっとも目を離せません」

子供の方に目を向けながらも目の端で一行の来意を探っているようであった。

山根克子は、去年とは別人のように若返って見えた。着ているものもこざっぱりしているし、キリッとアップにまとめたヘアスタイルも小粋である。顔には薄化粧を施し、手はもはや農作業に荒れていない。むしろ婀娜《あだ》っぽさがあった。

もっともそれは料亭の仲居として働いている間に身につけた職業的な洗練かもしれなかった。

「また今日は、突然みな様おそろいで。あの事件のことでしょうか」

克子は子供に向けた目を、一行の方に向け直した。その目の色の底にカチリと触れるしたたかなものがあるようだ。もっと驚くなり、不安の表情を現して当然のところを、あえて冷静に抑えた不自然は、彼女の自信に拠っているのか、それともまったく無実のしからしむるところだろうか。

「奥さん、また新しいことがわかりましてね。今日は、それをうかがうために来たんです。いずれ本署へもお越しいただくことになるとおもいますが、とりあえずお質ねします」

「どんなことでしょう。私の知っていることなら、なんでもお答えいたしますわ。でもちょっとお報せいただければ、また明日から八戸に出て働くことになっていましたので、こんな辺鄙《へんぴ》な所までご足労いただかなくともよかったのに」

克子は、歯切れのよい標準語で言った。前回に来たときの訛りをまったく出さないのも、彼女の〝変身〟ぶりをしめしているようである。

「ほう、また八戸へ」

「この子を育てなければなりませんからね」

彼女の語調から察して、今度の勤め先はバー、キャバレーのたぐいらしい。だがそれは母親としての強さよりも、徐々に不倫のパートナーの許へ逃げ込むためのワンクッションと釈れないこともなかった。

「お子さんもいっしょに連れていかれるのですか」

「もちろん連れて行きます。今度の勤め先には子供を預かってくれる施設があります」

「今度のお仕事も、大森さんのご紹介によるものですか」

「大森？」

急に聞かれて彼女はちょっととまどったような表情をした。質問の意味がわからなかったのか、それとも〝危険な名前〟を持ち出されてとぼけたのか、いずれとも見分けられない。

「八戸の喫茶店で、ごいっしょにいた人ですよ。あなたの又従兄とかいう人で、八戸の料亭の仕事を斡旋された……」

「ああ、秀夫さんのことですね」

彼女は、ようやくおもいだした顔をした。とぼけているとすれば、ますます怪しくなる。

「そうです、大森秀夫さんとおっしゃいましたね」

「今度はちがいます。新聞広告で探したのです。託児所付きの仕事となると限られますので」

「前のお勤めのときは、お子さんはどうなさったのですか？」

「そこも託児所があったのです。でも経営がおもわしくなくなって、つぶれてしまったんです。コブ付きに理解のある、とても働きよい所だったのですけれど」

「ところで今日うかがいましたのは」

太田は姿勢を直して、これから本題に入るぞというジェスチャーをしめした。克子はどうぞというように受けて立つ構えをした。

「このお子さんのことなんです」

「この子が？……どうかしたんですか」

「お生まれになったのは、一昨年の八月二十六日だそうですね」

「まあよくご存じ！」

克子は本当にびっくりした表情をした。

「すると、はなはだ失礼な推測ですが、平均妊娠期間を溯って計算すると、奥さんがお子さんを受胎なさったのは三年前の十二月上旬になりますね」

「そういうことになりますかしら」

「ところが、奥さん、その当時ご主人は出稼ぎに行っていて留守だった事実がわかっているのですが、すると、このお子さんはどういうことになるのですか」

太田は一気に斬り込んだ。克子は一瞬息をのみ込んだようであった。質問が彼女の急所を突いた気配が見えた。

「ご主人のいない時期に受胎されたということは、奥さんにべつの男がいたことをしめします。われわれにはべつにあなたのプライバシーを暴こうとする意思はありません。ただ事件の真相をつかむ参考として、ぜひとも奥さんの相手を知りたいのです」

太田はすかさず追い打ちをかけた。

「参考というのは、その私の秘密のパートナーとやらが主人の殺されたのに関係があるということですか」

ややあって克子が反問した。顔色が少し白くなっているが、表情の変化というほどのものではない。

「そうです」

「つまり、主人を殺したとでも」

「断定はいたしませんが、かなり強い動機を持ち得ると言えます」

そのとき克子はうすく笑った。笑ったか笑わないかわからないほどの微妙な笑いであったが、唇の端をうすく曲げた表情の弛緩《しかん》に、刑事たちは嘲りを感じ取った。

「なにがおかしいのですか」

太田の口調がややキッとなった。

「いいえ、べつに」

克子は軽くいなすと、

「たしかに主人はその当時お正月にも帰省せずに出稼ぎに行っていましたけど、私が東京へ会いに行きましたわ」

「奥さんが？」

「はい。衣類の替えや、食べ物などをもって。ですからたぶんそのときに……なにしろ久しぶりに会ったんですもの」

克子はうすく紅潮していた。演技としたら、大したものである。

「それはいつごろか正確におぼえていますか」

「十二月三日に出て、三泊ほどしました」

「そのときどこへ泊まったのですか」

「東京はよく知りませんけど、たぶん新宿の旅館だったとおもいます」

「旅館の名は？」

「主人まかせにしていましたので」

「おぼえていないのですか」

「はい」

「あなたがそのときご主人に会いに行ったことを知っている人がいますか」

「村の人はだいたい知っているとおもいます。そのころ私が東京へ行ったことを知っていますから」

「それは、村の人が東京へ電話でもして確かめたということですか」

「まさか。夫婦が会うのに村の人がそんなお節介をするはずないでしょ。電話代だって馬鹿にならないし」

彼女は今度ははっきりと軽蔑の笑いを漏らした。

「すると、その間、奥さんが東京へ行ったことを証明するものは、なにもないわけですね」

「夫と妻が出会うのに、どうして証明しなければいけないのですか？」

「奥さん、あなたのご主人は殺されたのです。だから、あなたがご主人に会った時期が問題になるのです」

「でもそのときは、主人が殺されるなんて、夢にもおもっていません。久しぶりに夫婦が出会うのに、後日のための証拠をつくっておこうなんて、おもうほうがどうかしています」

白っぽかった克子の頰に赤味がさしている。含羞《がんしゅう》ではなく、怒色が上ってきたのだろう。

だがそれも演技かもしれないのである。

「それではうかがいますが、奥さんはご主人に会いに行くとき、村の人にいちいちこれから会いに行くぞと言いふらしたのですか」

「そ、それは……」

太田の質問が痛い所を突いたらしく、克子は言葉をもつれさせたが、すぐに立ち直って、

「こんな狭い村ですもの、よそ行きの支度をして出かければ、あちこちからうるさいほど聞かれます。べつに隠すことでもないので、聞いた人には話しましたが、一人に話せば、一時間もしないうちに全村に知れわたってしまいます」

だが村人たちの記憶は曖昧だった。

結局、克子が三年前の十二月五日前後に、夫に会いに行ったことは、彼女の言葉だけ

で、それを証明すべき客観的な資料はなにもなかった。そしてその証拠資料がないかぎり、彼女は、夫の死に対して無色の位置に立てないのである。

捜査側には、克子がシラを切ってももう一方の攻め口が残されていた。それは彼女のパートナー、大森秀夫である。そして彼こそ、山根貞治に対して最も強い動機を有する人物であった。

大森秀夫に関しては、前回の捜査のとき八戸の製薬会社に勤めている克子の母方の又従兄であることまで確かめた。今回、八戸署を介して調べてもらったところによると、いまでも同じ製薬会社に勤めていて、八戸市内に居住しているということであった。

逃亡のおそれもないので、まず山根克子を当たったのである。

太田が質問の鉾先を転じようとしたとき、子供が一行の前へ歩いて来た。子供心にも異様な雰囲気がわかったのか、たちまちおびえたようにベソをかいて母親の胸元へ逃げ込んだ。

「まあちゃん、どうしたの。なにも恐いことなんかないのよ」

克子は、わが子を抱き寄せた。そのはずみに子供が握っていた玩具《おもちゃ》が手から落ちた。落ちた玩具は土間に弾んで、コロコロと刑事の足元へ転がってきた。

太田がそれをなにげなくつまみ上げ子供の手へ返そうとして、指先に視線を膠着させた。

「どうかしましたか」

「これにたしか見おぼえがあるんだが」

太田の指先に熊に似た動物玩具が握られている。

「これはコアラじゃないですか」

太田の指先にあるものを認めて、下田が愕然とした口調になった。

「コアラ」

「ほら、水木アリサのスーツケースから出てきたでしょう。上田署の塩沢さんが解説してくれた」

「そうか、あのときの動物と同じだ」

「字が書いてあります。エイコウストア八雲支店開店記念とある。太田さん、これは、水木アリサがもっていた〝粗品〟と同じものですよ」

下田の声が興奮した。山根貞治の殺された現場の近くのスーパーが店開きに配った〝粗品〟を、山根の息子が握っていたのである。息子は父親からそれをもらえない。

その後エイコウストアに問い合わせて昨年の七月十日から十二日までの三日間の来店客に約千個のコアラを配ったことを確かめていた。そして、七月十二日には、山根貞治は死体となって発見されたのだ。

この子にコアラをあたえた人物は、その期間に山根の殺された現場の近くへ、その死亡推定時間内に行ったことをしめす。

「コアラがどうかしましたか」

刑事たちの気配を悟って、克子がおずおずと聞いた。

「奥さん、このコアラはだれがお子さんにあたえたのですか？」

その質問に含まれた意味は重大である。

「秀夫さんですわ」

山根克子は、少しも悪びれずに答えた。あまりに素直に答えられたので、刑事たちは、心に擁していた人物と一致したにもかかわらず、すぐには信じられないおもいだった。

「本当ですか？」

「本当ですよ、コアラがどうかしたのですか」

克子は刑事たちの緊張がむしろ訝《いぶか》しげであった。

「奥さん、これは非常に重大なことですから、よくおもいだして慎重に答えてください。コアラにエイコウストア八雲支店開店記念と書いてあるでしょう。これは東京にあるスーパーですよ」

「ええ、私もそう聞きました。秀夫さんが去年の夏、東京へ出張したとき、おもしろい動物玩具をもらったからって、他のおみやげといっしょに誠のためにわざわざもってきてくれたものですわ」

「この八雲というのは、ご主人が殺された目黒区の現場の町名なんですよ」

「あら、そうでしたか。東京の地名はおぼえづらくて。でも、秀夫さんの取引先も目黒区にあります」

「ただ場所が一致しただけじゃない。これはすでにわれわれが調べたことですが、スーパーがコアラを配ったのは昨年の七月十、十一、十二日の三日間だったのです。そしてご主人は十二日の未明に殺された。つまり大森秀夫さんは、ご主人が殺された期間内に、現場へ行っているのです。これでも偶然の一致と言えますか」

「ま、まさか、あなた方は秀夫さんを疑っているんじゃないでしょうね」

　感情を抑えていた克子の面がこわばっていた。唇の端が震えている。

「疑わざるを得ないでしょう」

「だって、だって、どうして秀夫さんが山根を殺さなければならないの？」

「奥さん、あなたは、三年前の十二月三日から三日間、東京へご主人に会いに行ったということでしたが、本当は、大森秀夫に逢いに行ったんじゃないのですか」

　太田は一気に踏み込んだ。彼はすでに大森を呼び捨てにしていた。

「秀夫さんに……私が？」

　一瞬、克子はキョトンとした。言われたことの意味がよくわからなかったようである。

「そうです。そしてその結果、この子供が生まれた。つまり、この子の父親は大森秀夫だ。そのことを山根さんに知られた。そのためにあんたたちは共同して山根さんを殺した……そうじゃないのですか」

太田は一気にたたみかけた。

「この子の父親が秀夫さん……私と秀夫さんが共同して、山根を殺したんですって……そんな馬鹿な！」

「なにが馬鹿なですか。奥さん、われわれはだいぶ誤った方角を模索しましたが、いまあなたと、大森秀夫に重大な嫌疑をかけているのです。ここにコアラが出てきたからには、疑いを晴らすに足りる反証を出さないかぎり、あなたたちの逮捕は必至ですよ」

太田が決めつけたとき、克子はいきなり笑いだした。それははじけるような笑い方だった。居合わせた者は、彼女が追いつめられて、おかしくなったのかとおもったほどの異常な笑い方であった。

「そんなことあり得ないんです。秀夫さんが山根を殺す理由なんてまったくないんです」

彼女は笑いすぎて目尻に涙をためながら言った。

「理由は立派にある。夫の目を盗んであなたと通じて、この子をもうけた」

「だからあり得ないというのです。秀夫さんがこの子の父親だなんて、まあ、考えただけで気持ち悪いわ」

「気持ちが悪い？」

「そうよ。秀夫さんはこの子の父親になんか絶対になりません。私がそんなけだもののような真似をするとおもって。秀夫さんは私の兄ですよ」

「なんだって⁉」

下田と太田が異口同音に声を発した。

「腹ちがいだけど、半分は兄妹の血がつながっているんです」

克子はようやく笑いをおさめた。

「しかし、あなたと大森は又従兄妹じゃなかったのか」

太田は驚きに打ちのめされたショックから立ち上がれないまま、つかまるものを手探りするように聞いた。

「又従兄妹でもあるんです」

「詳しく説明してください」

「私の母方の祖父と秀夫さんの父方の祖父が兄弟でした。でも、秀夫さんの実のお母さんは、戸籍上のお父さんと結婚する前に、私の父と愛し合い、秀夫さんを生んだのです。二人がどんな事情で別れたのか、私はよく知りませんでしたが、私の父は、その後私の母と結婚して私が生まれました。秀夫さんのお母さんは、彼を連れて、べつの男の人と結婚しました。その人はできた人で、彼女の過去を不問にしたうえ、秀夫さんを実子として入籍したのです。その男の人が私の母のいとこにあたるのです。秀夫さんと私は又従兄妹であると同時に、父をいっしょにする兄妹でもあるのです。兄の子を生むなんて、そんな外道なことはしません」

太田は、深い失望の底へ落ちていく自分を感じていた。墜落の加速度を食い止めるべく必死に手探りするのだが、なにも手に触れるものがない。

「そのことは戸籍に記載されてありますか」

まだ大森の戸籍までは調べていなかったことにようやく気がついた。これは早急にやらなければならない。

「いいえ、だって、実子として大森家に入籍したのですから、私の父との父子関係が秀夫さんの戸籍に記載されるはずがないでしょう」

克子は太田の愚かな質問をさげすむような目をした。

「それでは、あなたと大森秀夫……さんが兄妹であるという証拠はないのですか」

さんをつけたのは、太田の敗北のしるしであった。

「また証拠ですか。私の父に聞いてくださってもけっこうです。でも秀夫さんのお母さんに聞くのだけはやめてください。もうすっかり大森家の人間になりきっているのです」

「肉親の証言というものは、あまり証拠としての価値がないのですよ」

太田は、自分でも悪あがきと知りながら、あきらめきれないおもいで言った。

「あきれたわ！　警察って疑い深いとは聞いていましたけど、まさかこれほどとはおもわなかったわ。兄妹関係は親の言葉こそなによりの証拠でしょう。いいわ、それでも信じられないのなら、私と秀夫さんをよく見比べてください。必ず兄妹と納得できる相似がありますから。私たち、腹ちがいだけど、とてもよく似ているのよ。私、明日八戸へ行きますから、秀夫さんといっしょに警察へ出頭して首実検してもらいます」

もはやそれには及ばないことがよくわかっていた。太田は八戸の喫茶店で彼ら二人に初めて対面したとき、又従兄妹にしてはよく似ていたことをおもいだした。また彼女がこれほど断乎《だんこ》として言いきれるのは、それだけ自信の強い証拠である。

大森秀夫は、少なくとも山根克子の不倫のパートナーではない。もし依然として彼に嫌疑を据えるならば、べつの動機を考えなければならない。

太田の着眼によって開きかけた事件の新たな地平も、ふたたび黒雲によっておおい隠されようとしていた。

いちおう大森秀夫には任意の呼び出しをかけて克子の言葉の裏づけを取るつもりだが、もはや大した期待はかけられなかった。

2

翌日午後、大森秀夫と山根克子は連れだって八戸署に出頭して来た。なるほど克子が自信をもって言いきるだけあって二人はおもだちがよく似ていた。単に顔の造作が似ているだけでなく、声、話しぶり、なにげない動作の断片にまで同血から発した相似があった。戸籍面に記載されていないつながりを、実物の相似が明瞭に語っていた。

それでも刑事は質問した。「コアラ」に関する符合は、決して見過ごせない。

「あなたは、昨年七月十日から十二日までの間に東京へ行きましたね」

「行きました」

大森は悪びれずに答えた。すでに自分にかけられた嫌疑は、克子から聞いているはずである。彼の態度には無実の自信と余裕があるようであった。

「それはどんな用事で行ったのですか」

「社用の出張です。当時わが社が新規に開発した乗物酔い防止剤トラベロンの引き合いに応えるために東京の取引先を回りました」

「その節、目黒区八雲二丁目の近くへ行きましたね」

「まいりました。ちょうど八雲二丁目にわが社の製品の大手納入先大盛堂《たいせいどう》薬店がありますので、新薬の宣伝かたがたご挨拶に寄りました」

「それは正確には、いつのことですか」

「七月十一日午後二時ごろです。そのときちょうど通りかかったスーパーで切らしていた男性化粧品を買ったとき、開店記念のコアラのオモチャをもらったのです。ちょっとおもしろい形だったので持ち帰り、誠にやったのです。私が行ったその夜、同じ場所で、山根貞治が殺されたとあとから知ってびっくりしたのですが、まさか、コアラから私が疑われる羽目になろうなどとは夢にもおもいませんでした。私は十日と十一日を東京の得意先回りに費やし、十一日の午後五時ごろの新幹線で大阪へ行きました。九時ごろ道《ど》修町《しょうまち》の福屋という旅館に着き、その夜は大阪の得意先の新日薬品の営業部長と午前一時ごろまで、ミナミのバーをハシゴしていました。その部長に問い合わせていただければわかります。私にとっては疑われても仕方のない不幸な偶然が重なりましたが、私には山根を殺す理由はまったくありません。腹ちがいですけど、私は克子に大森の家の異父きょうだいよりも、はるかに近い肉親を感じています。その連れ合いを殺した犯人を強く憎むと同時に、克子に同情しています。だから彼女の就職や再婚話などもいろいろ世話を焼いているのですよ。それに、もしかりに私が犯人だとしたら、犯行の現場でもらった危険な品をもち帰るはずがないでしょう」

大森の話は理路整然としていた。刑事たちは彼に対する嫌疑を捨てざるを得なかった。まだ、大森の申し立ての裏を取る仕事が残されていたが、それがすでに形式的な手続きにすぎないことを、二人の刑事は経験から悟っていた。

いちおう、大森の申し立ての裏づけが取られて、彼の言葉はすべて真実であったことが確かめられた。犯行時間に大阪にいた人間が、いかなる方法によっても、東京の犯行現場に立つことはできない。

これで、大森に動機でもあれば、完全なアリバイのあることが、かえって彼を疑わしくするのだが、彼には山根を殺すべきいかなる理由も見つけられない。

たまたま犯行時間に接近して犯行現場へ立ったという偶然が重なったが、調べによると、大森の東京出張は、かなり以前からわかっていたものであった。

すでに周囲に知られている出張先で殺人を犯すような真似はすまい。

捜査本部は、大森秀夫を容疑圏からはずさざるを得なかった。

犯行の残務

1

大森秀夫は、山根克子の男ではなかった。長い迷路の彷徨《ほうこう》の後にようやく戻ったともった本道も、本道ではなかった。捜査本部はいまや絶望的状態に陥っていた。だが、皮肉なことに迷路彷徨の副産物としてとらえた金崎一味の裏づけ捜査のほうは、着々と成果をあげていた。

田代行雄の自供に端を発して、共犯の米原豊子も犯行を自供し、次に宮村健造が陥《お》ちた。田代の白供に具体性があるので、抗しきれなかったのである。

宮村は、モデルクラブを経営しているうちにいつの間にか売春の斡旋をするようになった。きっかけはスポンサーから女の世話を頼まれたことである。女を提供すると、その後の仕事がうまくいった。女のほうも、よいスポンサー筋をつかむために、進んで身体を提供した。

しかしこの程度のことなら、どこのモデルクラブでもやっていることだった。女によって成り立っている商売だから、女体が商品化されるのは、当然の成り行きである。だがそのうちにハーフのモデルを接待に供したところひどく喜ばれたので、外国人女性を大量に〝輸入〟することを考えた。正規のルートでは追いつかないほど需要が多かったので、密入国させるようになった。こうして大規模な国際人身売買のシンジケートがつくられていった。

戸籍貸しによる偽造国際結婚も、うなぎ上りの需要を賄うための苦肉の策だった。そのような手段で集めた外国人女性を金崎の隠し情婦、米原豊子の家で、政官財界の大物にあてがった。女たちに骨抜きにされた大物どもは、その地位や影響力を悪用して、金崎に吸いたいほうだいの甘い汁を吸わせた。

もちろん見返りとして、政官財界の大物どもにアメが分配されたにちがいない。女もアメの一部だった。

ここで取調べ側はさらに踏み込んだ。

――李英香が提供されたという、政界の大物とはだれか?――

「私は知らない」

――おまえが知らないはずはないのだ。おまえが李英香を密入国させた当の本人ではないか――

「私は本当に知らないのだ。李英香は金崎にまかせた」

――それは金崎が知っているという意味だな――

「想像にまかせる。とにかく私は知らない」

――おまえは李英香が殺されたことを知っていたな。おまえも殺しにからんでいるんだろう――

「とんでもない。私は殺人には関係ない。殺しは私の性《しょう》に合わないし、苦労して仕入れた女《タマ》を殺すようなもったいないことは、私はしない」

――しかし、おまえは白雲山荘に李英香が埋められたのを知っていたはずだ――

「そんなことは知らない。死体が発見されてびっくりしたのだ」

――とぼけるな。田代は白雲山荘に水木アリサとたてこもり、おまえと金崎相手に交渉したと自供しているんだ――

「そのとき初めて、白雲山荘に何があるか知らされたのだ」

――それは田代からか？　金崎からか？――

「そ、それは田代からだ」

――とぼけてもだめだよ。そのとき田代といっしょにいた水木アリサは、田代が李英香のことを一言もほのめかさなかったと言っている。田代が白雲山荘にいると一言、言っただけで、金崎とあんたはびっくりして、警察に対しては、田代に誘拐されたのではない、勘ちがいだと言えとアリサに言い含めた。その際、彼女をおどしたりすかしたりしたのは、あんただったとアリサが証言しているんだ。宮村、下手に隠しだてすると、金崎の罪まで引っかぶるぞ――

金崎の罪と脅《カマ》したのが効いた。宮村の姿勢がガクリと崩れた。

――李英香の相手の男はだれなんだ⁉――

取調官は、すかさず、追い打ちをかけた。

宮村健造は肩を落として自供をはじめた。

「実方門次です」

おおかたの予想はしていたが、ここに初めてその名前が具体的に明らかにされた。

――それはまちがいないだろうな――

念を押す取調官の声がさすがに興奮した。現政府の閣僚であり、総理の側近中の側近である。これが密入国させた外国人女性を供応の具として玩《もてあそ》び、妊娠させたうえに殺させたとあっては、もはや救いようがない。おそらく政府の命運にも影響するだろう。

「まちがいありません。私が米原豊子の家で初めて実方に李英香を引き合わせたのですから」

――李英香を殺したのは、実方の差し金だったのか？――

「そのことについては私は詳しい事情を知りません。ただ金崎から、李英香が実方の子供を宿して居直っているので、実方が困っているという話を聞いたことがあります」

――おまえと実方とは直接のつながりはないのか――

「ありません。私は金崎の命令に従って女を調達していただけです」

――金崎といつどのようにして知り合ったのか――

「いまから十数年前、私がキャバレーを経営していて管理売春容疑で警察に引っ張られたとき、留置場でいっしょになったのです。結局そのときは証拠不十分で不起訴になりましたが、それ以後、縁ができて、行ったり来たりしています」

――おまえも〝管鮑の交わり〟というわけだな――

「は？」

――おまえは金崎に女を提供して、なにを得ていたのか――

「金崎の口ききで、大手広告代理店やスポンサーすじにコネをつけてもらいました」

宮村の自供によって、金崎の内堀が埋め立てられた形であった。

金崎末松に対して、ついに殺人教唆、死体遺棄および贈賄容疑で逮捕状が発せられた。

金崎の自供いかんによって、政官財界への波及は必至となった。ジャーナリズムはここを先途《せんど》とばかり、この前代未聞の、殺人のからむ大規模なスキャンダルを報道した。

2

〝副産物〟の追及は華やかな成果を着実にあげているのに反して、本命事件は完全に行きづまっていた。

「しかし、大森秀夫の子でないとすると、だれの子なんだろうな」

副産物の裏づけを捜査本部にすっかり移行してしまったような観のある碑文谷署の本部室で、那須警部がふとつぶやいた。

「やはり、山根貞治の子供でしょう。克子は十二月五日前後に夫に会いに行ったと言ってるのですから」

那須が、山根克子の子供のことを言っていると悟った太田が、言葉の先を引き取った。

「さあそれだよ。もし山根貞治の子だったら、きみが疑問を出したように、どうして妻に出した手紙に子供について一文字も書かなかったんだろう？」

太田と下田がハッと胸を突かれたような表情をして顔を見合わせた。大森秀夫と山根の妻が異母兄妹と判明して、彼女の子供が不倫の情事の落とし子ではないかという疑いは捨てたのだが、例の手紙の矛盾は、少しも解決されていなかったのである。

「するとキャップ……」

二人は、那須の茫洋たる面に視線を寄せた。

「克子が十二月五日前後に旦那に会いに行ったということも、彼女の一方的な申し立てだけで、証明されたわけじゃない。もしそれがデタラメなら、依然として彼女の子は旦那の留守中に孕《はら》んだ子ということになる」

那須の示唆によって、彼らは克子に〝第三の男〟がいても少しもおかしくないことに気がついた。

「そういえば私にもおもい当たることがあります」

下田がなにかを見つけたようであった。

「なんだね」

那須がゆっくりと視線をまわした。

「大森が山根の殺された現場の近くに、犯行の前日行き合わせたのも、偶然ではなかったんじゃないでしょうか」

「なんだと？」

那須の無表情の前で太田が目を光らせた。

「つまり、大森を疑わせるために故意にそこへそんな時期に行かせるように仕向けたのです」

「大森は無関係なんだろう」

「そうです。正確には、大森が犯行前日、目黒区のその現場へ行くのを克子が知っていて、山根貞治をそこへ呼んでおき、第三の男を差し向けて殺させた……」

「すると、克子と貞治はやはり連絡していたことになるな」

「連絡していてもおかしくありません。青田孝次郎も細君に連絡してきました。もともと李英香殺しの犯人に追われていると錯覚して逃げまわっていたんですから、郷里の家族にそっと連絡していたことは考えられます。それに浮浪者になった山根の所在は、本人からの連絡でもなければ知りようがありません」

「大森をなぜ疑わせるんだね？　結局、大森の疑いは、克子自身が晴らしたじゃないか」

「そこが彼女の巧妙なところだとおもうんです。いったん大森を容疑線上に出しておいてから打ち消せば、警察は克子に男がいたのではないかと疑っても、大森といっしょに疑いを捨ててしまいます。一度探した所は、二度探さない心理です。まさにわれわれはその心理のトリックにはめられたわけです」

「なるほど」

那須と太田が同時に歓声を発した。那須の着眼が下田に承継されて、意外な展望が開きかけていた。

「克子に第三の男がいるとすれば、だれだろう？」

「わかりません。しかし克子を見張っていれば必ずそのうち連絡を取るとおもいます。

彼女は、おそらく大森の疑いが晴れたので、警察の目がそれたと安心しているでしょう。克子がわれわれをはめたトリックを、今度はこちらが仕掛け返してやるんです」

「克子を見張るのか」

「いまのところ第三の男を捕まえるには、それ以外に方法がないとおもいます」

「はたして山根克子に第三の男がいるかな？」

太田が不安の色を浮かべた。もうこれまでにもさんざん見込みちがいをしている。また当てのない張り込みをして、見込みがちがったら、目も当てられない。

「賭けるほかないでしょう」

「克子に第三の男がいるかいないか、ワキから探る方法があるよ」

太田と下田のやりとりを聞いていた那須が言葉をはさんできた。

「ワキから探ると言いますと？」

下田がたずねた。

「男がいれば、克子はいずれ村を出て行くだろう。まさかあの村で、新所帯を張るわけにはいかんだろうからな。そうなればいま住んでいる家や土地は要らなくなるよ」

「そうか。家や土地の処分にかかったら、逃げ出すサインですね」

「あんなボロ家ややせた土地でも、売るとなれば、多少の値がつくだろう。外との連絡を見張るよりも、不動産に目を付けていたほうが、確実だ」

さすがに那須はいい着眼をした。いつ動き出すか、またいるのかいないのかわからない幻の男との連絡を待って当てのない張り込みをつづけるのは、事実上不可能に近い。

これまで山根克子に対してはさんざん見込みちがいを積み重ねてきただけに、彼女の張り込みに部員がどの程度の熱意をもって取り組んでくれるか、はなはだおぼつかない。もともと山根克子を捜査の原点とすることに懐疑的な部員も多いのである。三戸署に協力を依頼するにしても限界があった。

これが不動産売買のセンから手繰るとなれば、当てのない張り込みよりもはるかに楽になる。

「しかし、登記の手続きなどをするのは、ふつう売買が終わった後ですから。そのときでは遅すぎませんか」

太田が疑義を出した。

「管轄の登記所に問い合わせてみなければわからないが、まあどんなボロ土地でも登記ぐらいしてあるだろう。売買に伴う登記の諸手続きには、事前にいろいろな書類を用意する必要がある。おれは、親の代からの借家住まいで、登記などに縁がないが、例えば権利証とか、印鑑証明書とか、面倒な書類が要るんじゃないのかな」

「そうか、書類を発行する役所関係に網を張っていれば、引っかかる可能性がありますね」

疲労を浮かべていた太田の目が輝いてきた。

「その前に、山根貞治の家や土地の権利関係を調べておく必要がある」

那須の示唆にもとづいて、山根貞治の不動産の権利関係が青森地方法務局八戸支局に問い合わされた。

その結果、山根家の家屋および三反ほどの土地は、昨年十月十七日に山根貞治の名義から相続を原因として妻の克子名義に変更登記されていたことがわかった。山根貞治の財産は妻の克子と、子が共同相続人になる。

そして克子が子の親権を行うから、子の相続財産を、子を代表して処分できる。克子は夫が死んで三カ月後にはすでにその財産を処分するための下準備をととのえていた。

さらに不動産を売るためには、権利証（相続による名義変更登記のときに登記所から交付された登記済の印の捺《お》された書面）、印鑑証明書、農地法による都道府県知事の許可書、売渡書、住民票抄本などが必要であることが確かめられた。

「この都道府県知事の許可書とは、どういうことなんだね」

那須が調べてきた下田に聞いた。

「農地を宅地などに転用する目的で買う場合、農地法五条にもとづいて、売り主と買い主の双方が土地の所在地の市町村農業委員会に転用許可申請をして、知事の許可を得なければならないんだそうです」

「そんな規則があったのかね。すると、もし克子が宅地に転じて売ろうとする場合は、農業委員会に申請しているかもしれないな」

「そうでした！　それに気がつかなかったとは、迂闊でした」

「いやいや必ずしも宅地として売るつもりかどうかわからんよ。しかし、いちおう確かめてみる価値はあるな」

「大いにあります。売り主と買い主双方の申請が必要なんですからね」

下田が弾み立った。


ふたたび三戸署に依頼して調べた結果、山根家の土地は、本年六月寒畑村農業委員会に八戸市の不動産業者、北栄《ほくえい》開発を買い主として宅地用に地目変更して所有権を移転するための許可申請が出されていた事実が判明した。

寒畑村農業委員会の話では、当該地は市街地、農地無指定地区なので農地法五条の申請は形式であり、許可は間もなく下りる見通しということである。さらに北栄開発に問い合わせたところ、同社では、東京の不動産業者、日洋《にちよう》産業の依頼をうけて、東北地域の土地の買い占めを進めており、山根克子は、本年六月中ごろ先方から事務所に飛び込んで来て、農地売却の話を持ちかけたということであった。北栄開発では、日洋産業からどんな端土地でも逃がすことなく拾い集めるように指示されていたので、早速同意書を取り、知事の転用許可が下りしだい、売買をするつもりでいたという。

「許可が下りると同時に、克子は家と土地を売り飛ばして、男の許へ逃げるつもりだな」

那須が半眼を見開いた。

「農業委員会に頼んで、転用許可と同時に張り込みをかければ、能率がいいですな」

太田もうなずいた。打った網にようやく大きな手応えが伝わってきた。六月中ごろといえば、大森秀夫の容疑が打ち消された直後である。これは下田が指摘した克子の仕掛けた心理のトリックを裏づける状況である。

克子はダミーの大森に目くらましされた捜査陣に安心して、本命の男の許へ逃げ込む準備をはじめたのであろう。見かけによらず、内にしたたかなものを蓄えた女であった。

3

七月十九日、寒畑村農業委員会から「転用許可」が下りたという連絡がきた。その許可があれば、いつでも売買とそれに伴う所有権の移転登記ができる。

ふたたび太田と下田の二人が青森県へ飛んだ。三戸は三度めの出張である。まず八戸市内の北栄開発におもむく。駅の近くの裏通りに、その事務所はあった。安手のモルタル造りの二階屋で、表のガラス戸に貸間や売家の貼り紙がしてあるのは、東京で見かける不動産屋と同じだが、表の軒下に「求む土地、高価買入れ」とれいれいしくかけられている軒看板が目立つ。

山根克子は、この看板を見て、飛び込んで来たのだろう。また同行してくれた三戸署の石黒刑事の話によると、北栄開発は、東北新幹線や東北高速道の乗り入れによってにわかに脚光を浴びた東北地方の土地を、県外大手資本の手先になって買い占める〝地上げ屋〟だそうである。つまり最初からよそ者が買いに行くと反発をかい、まとまる話もまとまらなくなるので、地元の土地ブローカーを買い占め機関として利用するわけである。

「この辺にある不動産屋は、みんな県外大手資本のヒモつきですよ。わしらには売国奴のように見えますな。いや県を売るのだから〝売県奴〟ですか」

石黒はしょっぱそうな顔をした。北栄開発の事務所は、電話一本のデスクと、来客用の応接三点セットがあるだけで、まことに殺風景であった。壁に県知事免許第何号とか、宅地建物取引業協会会員などと書いた額が掲げられている。ドアを押して中へ入ると、三人を五十年輩の男が迎えた。小柄で、目の柔和ないかにも実直そうな男である。彼らが今日行くことは、石黒から伝えてあったらしい。小柄な男は、名刺を差し出して、どうぞと三人坐ったらスペースがなくなってしまいそうなソファをすすめるジェスチャーをした。

名刺には、代表取締役早瀬市太郎《はやせいちたろう》と刷られてある。三人は改めて相手の顔を見なおした。不動産屋といえば、海千山千の古狸《ふるだぬき》か、詐欺師の代名詞ぐらいにしかおもっていない彼らだったが、早瀬は時代遅れの襟の狭くなった背広と、使いすぎて首元が細くなったネクタイをキチッと身に着け、不動産屋というよりは、NHKの集金人か山奥の分教場の教員といった感じである。とても石黒のいう〝売県奴〟というタイプには見えない。

この実直な感じを信頼して山根克子は、北栄開発に話をもちかけたのであろう。奥から妊婦服のような上張り《スモック》を着た若い女が、三人に茶を運んで来た。

「本日はおじゃましてて申しわけありません。先日三戸署を介してうかがいました山根さんの土地と家について、さらにお聞きしたいことがありまして」

下田が早速用件を切り出した。

「山根さんの物件に、なにかおかしなことでもあるのですか」

早瀬の面に不安が揺れた。東京から刑事が山奥のやせ土地とボロ家の売買を調べに来たというのは異常である。最近は海千山千の不動産屋をだます者がいるほどの世智辛《せちがら》い世相である。

「いや、物件にはまったく疑問はありません。転用許可が下りたそうですが、いつ売買をするのですか」

「明日書類が揃いますので、明後日《あさって》登記をすることになっています」

早瀬は物件に疑惑がないと聞いていくらか安心したようだった。

「金もそのときに支払うのでしょうね」

事前の問い合わせでは転用許可が下りた後に金を支払うと聞いている。

「明日登記に必要な書類と引きかえに支払うことになっています」

「金を払うと同時に、家も引きはらうのですか」

「家の方は、どうせ下取りみたいなもので、いずれこわしてしまうものですから、落着き先が見つかるまで住んでいてもよいと言ってあります」

「それで落着き先は見つかった様子ですか」

「当分の間、サトの方に厄介になるとか、言ってましたが」

「いちおう新しい住所を聞いておいてください」

どうせ本当のことは教えないだろうがと、刑事はおもったが、

「われわれが問い合わせたことを、山根さんはまだ知らないでしょうね」

「はい。そのことについては口止めをされていましたから」

「ご協力を感謝します。ところで明日、取引はどこで行うことになっているのですか」

「明日午後一時に山根さんがこの事務所へ来られる予定です」

「明後日の登記には、いっしょに行かないのですか」

「本来は、売り主と買い主がいっしょに登記所へ出頭して手続きすることになっている

のですが、どちらかが、あるいは両方が都合が悪くて行けない場合は、委任状をつくって代理人が出頭してもよいのです」

「すると登記所には、山根さんは行かないのですね」

「行ってもどうせ手続きはわからないから、委任状をつくってまかせるということでした。しかしそんなはずはないんだがなあ」

早瀬は語尾のほうを口の中でつぶやいた。

「なにが、そんなはずはないのですか？」

下田は、半ば独り言のような早瀬のつぶやきを敏感にとらえた。

「いえ、山根さんは不動産取引について、わからないどころか、玄人はだしによく知っていましたよ」

「玄人はだしに……？」

「そうです。初めて会ったとき、私はその方面の仕事に携わっている人かとおもったほどでした。後で聞いたら、家と土地を売るために勉強したんだそうです。ようやくこのごろ信用されるようになりましたが、初めは不動産屋を見たら詐欺師とおもえと言わんばかりに身構えていましたよ。きっと虎の子の不動産を無事に金にかえるために、一生懸命だったんでしょうね」

早瀬は苦笑した。

「勉強したと言ってたんですか」

「たしか、そう言ってました」

下田は、かたわらの太田と目でうなずき合った。

不動産取引の法律関係は複雑怪奇である。男の太田や下田から見ても、いたる所に法律の陥《おと》し穴が仕掛けられているような気がしてならない。

それを生まれて農作業しかしたことのないような農家の主婦が、プロの不動産屋をして舌を巻かせるほどに勉強したというのは並み大抵ではない。

ここに彼らは山根克子がこの犯罪に施した並々ならぬ計画のほどを感じ取った。不動産を売った金は、第三の男とスタートする新生活の貴重な資金になる。それを法律の無知から失ってはならない。男はこの取引のために表に出られない。

こうして克子は、夫を排除するために計画を練った巧緻な頭で、不動産の勉強をしたのであろう。

「それで土地と家は、どのくらいになるのですか」

「家にはまったく価値はありません。土地も交通の便が悪く、観光的にもなにもないので坪、せいぜい千円くらいとみたのですが、〝農転許可〟が下りたので三千円で買うことにしました。それに家の下取りとして三十万積みました。どうせこわしてしまう家ですが、こちらとしては誠意を見せたつもりです」

「すると三反二百七十万か。家を合わせて三百万だ。それでもわれわれには大金だ。しかしそんな僻地をどうして買ったのですか？」

「私は地上げ屋です。依頼人が言えばどんな山間僻地でも買いますよ。それに寒畑村は、十和田湖を近くにひかえて、リゾート地として将来に希望をつなげます」

「それが近い将来に、十倍にも二十倍にもなるわけですね」

「儲けるのは東京の業者です。私にはせいぜい一割の口銭《くちせん》がくるだけです」

実直そうな早瀬が不満げに口をとがらせた。そのときだけ彼は不動産屋の顔になった。

「ご迷惑はかけませんから、明日山根さんと取引されるとき、密かにわれわれを立ち会わせてもらえませんか」

「べつにかまいませんが、取引にはなんの不正もありませんよ」

「いや、取引にはなんの疑いももっていません。このことはどうかご安心ください。われわれが関心あるのは山根さんです。捜査の秘密で詳しくお話しできませんが、あの人はいまある重大事件に関係していて、身辺を探っているのです」

「そういうことでしたら、喜んでご協力いたしましょう」

「感謝します。それから念を押すまでもないことですが、この件はだれにも口外無用にねがいます」

下田は奥の部屋の気配をうかがいながら言った。そちらには先刻お茶を運んで来た若い女がいるはずである。

声を抑えて話したつもりだが、関き耳を立てられたら聞こえたかもしれない。下田の懸念を悟ったらしい早瀬は、

「あの娘《こ》でしたら、どうぞご心配なく、私の娘ですから」

「それを聞いて安心しました。なにぶんよろしくおねがいします」

時間と、刑事たちが身を潜める場所をよく打ち合わせて、北栄開発を出ると、だいぶ時間が経っていた。

「あのおやじ、なかなか協力的ですな」

石黒の〝売県奴〟に対する反感もだいぶ希釈されたらしい。

石黒が斡旋してくれた市内の宿に落ち着いた太田と下田は、いよいよ獲物を追いつめた興奮にとらえられていた。

寒畑村では駐在がそれとなく克子を見張っている。見張らずとも、金を受け取る前に彼女が逃げる気遣いはない。

夕食がすんで、寝床へ入ってからも、興奮が持続してなかなか寝つかれない。

「克子は、明日金を受け取ってからそのまま男の許へ行くとおもいますか」

下田が寝床の中から話しかけて来た。

「その可能性が強いとおもうよ。いったん売り渡した以上は、自分の家じゃないんだか

ら」

「北栄開発では、落着き先が見つかるまで住んでいてよいと言ってます」

「だから、落着き先はとうに見つけてあるだろう。駐在にそれとなく様子を見てもらったところによると、家財道具はほとんど処分してあるというじゃないか」

「何十年も住んだ土地をそんな簡単に飛び出せるものでしょうか」

「克子はべつの村から嫁に来ている」

太田は大森秀夫とのつながりを調べたときに見た彼女の戸籍関係をおもいだした。彼女の出身地はたしか近くの村だった。この地方の通婚圏は狭く限られていた。

「それにしてもこの近くの土地でしょう。若いころに飛び出すのとちがって、いろいろとつながりが多いはずですがね」

「それだけに生まれてからの土地とのさまざまなしがらみをうるさくおもっているかもしれない。閉鎖された土地に住んでいる者ほど外へ飛び出たがる。まして克子には男のいる気配が強い。金さえつかんだら、後も見ずに高飛びするだろう」

「子供のために、いずれは戸籍や住民票が必要になりませんか」

「いずれはね、しかし、克子はおれたちが執拗にまだ目をつけているとは知らない。大森を目くらましに使って安心しきっている。土地を売ったのがなによりの証拠だ。新しい土地での生活が落ち着いたら、本籍を移すか、住民票を取りに戻って来るよ。村の手前は、べつに夜逃げをするわけじゃないんだからな」

「すると、いよいよ明日が正念場ですね」

「うん」とうなずいてなにか言いかけようとした太田が、遠方の気配に耳をすました。

「どうしました？」

と問いかけた下田に、

「いま、赤ん坊の泣き声を聞かなかったかい？」

「いいえ、べつに」

「空耳だったかな、たしかに聞いたような気がしたんだが」

「太田さんは、前にもそんなことを言いましたよ、初めてこちらへ出張して来たとき三戸町の旅館で」

「そうだったかな」

太田の脳裡《のうり》に山根克子の子供が浮かんだ。この一年間にそれなりの成長をしていたが、初めて山根家を訪れたとき、奥の部屋で母親の乳を恋いながら泣いていた声が重なってしまうのである。

「下田君」

太田はふと改まった声をだした。

「は？」

「おれはね、ここまで克子を追いかけて来ながら、明日彼女が男の所へ逃げて行こうとしたら、そのまま逃がしてやりたい気がするんだよ」

「それは、またなぜですか」

下田が枕につけていた頭を上げた。

「克子の第三の男は、あの子供の父親だろうね」

「…………」

「もしそうなら親子三人が寄り合うために逃げて行こうとしているんだ。それを、おれは必死になって妨げようとしていることになる」

「克子は亭主を殺して、その遺産を売り飛ばし、情夫の許へ走ろうとしているのです」

「そのとおりだ。私も、絶対に彼女を逃がさない。いや許さない。ただちょっと赤ん坊の泣き声が気になってね、おれも齢かな」

「齢なんて言わないでください。私は太田さんのような刑事になりたいとおもっているんです」

「きみのような本庁パリパリの若手がなにを言うのかね。私のような所轄のヒヤ飯をからかっちゃあいけない」

太田は、下田の意外な言葉に、本当にびっくりした顔をした。

「いえ、本気ですよ。刑事は法律や証拠だけでは犯人を捕まえられない。いや、法律と証拠だけで武装して犯人を捕まえてはいけないのです。それが太田さんとコンビを組んで捜査しているうちに、いくらかわかりかけてきたような気がします」

「いやこれはなんと答えたらいいのかな、しかし、法律と証拠だけでなかったら、他になにがあるんだね」

「優しさです。太田さんにはそれがある。だからぼくに聞こえなかった赤ん坊の泣き声が聞こえるんです。ぼくも、そういう声を聞けるようになりたいとおもっています」

「おれの空耳だよ」

「いえ、そうじゃありません。太田さんの年功と経験で聞こえるんですよ」

「そうだといいがね」

と言いかけて太田は口をつぐんだ。彼もコンビになった下田が好きになっている。彼には太田がとうに失ってしまった燃えたぎる正義感と悪を追及する情熱がある。下田が優しさと感じたのは、実は太田の年齢の疲労ではないのか。そうおもったから太田は若い同僚のたいそうな買いかぶりがくすぐったかった。

遠方の赤子の泣き声はいつの間にかやんでいた。

4

翌日午前十一時ごろ寒畑村の駐在から山根克子が子供を連れて三戸行きバスで出かけ

たという連絡が来た。三戸で列車に乗り換えて八戸に来るのであろう。念のために三戸署の応援刑事が一人尾行してくれている。

連絡と同時に太田と下田は北栄開発に待機した。早瀬は二人のために奥の小部屋を提供してくれた。早瀬にはくれぐれも自然に振舞うように改めて念を押す。

八戸着十二時三十六分の普通列車で来て、そこからタクシーに乗ったという連絡が来た。午後一時ちょうどに克子は子供の手を引いて北栄開発の事務所のドアを押した。明るいブルーの、ウエストをベルトで締めたスーツをキリッとまとって、まるで別人のように若返って見える。左手に子供の手を引き、右手にスーツケースを一個下げている。子供もよそ行きの晴れ着を着せられている。

「これは奥さん、時間どおりですね」

早瀬がさりげなく迎えた。

「お待たせするといけないとおもいまして」

「まあどうぞ。いまお茶を淹れますから」

早瀬は克子にソファをすすめると、娘に茶を運ばせた。

「どうぞおかまいなく」と言いながらも克子はのどが渇いていたらしく、美味そうに茶をすすった。一口すすってから、子供の口へももっていってやる。

「良子《りようこ》、坊やにもあげなさい」

早瀬が娘に言った。

「いいえ、いいんです。すぐおいとましますから。ここに必要な書類を持参いたしました」

克子は早く取引をすませたいらしく、スーツケースを開いて、必要書類を入れた封筒を取り出した。封筒から一枚一枚書類を取り出しながら、

「権利証、印鑑証明書、住民票抄本、転用許可書、委任状、言われたとおりのものはすべて揃えてまいりました。お確かめください」

てきぱきとした口調で言った。早瀬はいちいち手に取って確かめてから、

「けっこうです。それではこれが登記申請書です。この登記義務者の欄に署名捺印《なついん》してください」

克子が書類に署名する気配があって、

「どうもお手数でした。これで明日登記ができます。それではこれが代金です。どうぞお調べください」

早瀬が三百万の札束を克子の前に差し出した。百万の束三つには銀行の帯封がしてある。克子は三百万を手にして、

「たしかに。どうもいろいろおせわをかけました」

「いや、こちらこそ。今日はこれからどちらかへお出かけですか」

早瀬はさりげなく聞いた。

「はい、ちょっとほかにも寄らなければならない所がありまして」

　克子は巧みにそらした。

「そうですか。大金をお持ちですから、お気をつけになって」

「すぐ銀行へ入れてしまいます」

「まだ当分お宅にはお住みになるでしょう」

「まだ道具類の処分が全部すまないので、もう少し置いていただきたいとおもいます。処分がすみしだい引きはらいますから」

「家のほうはさし迫って、必要ではありませんから、落着き先が見つかるまで、お住みになっていていただいてけっこうです」

「ありがとうございます」

「移転先のお心当たりはあるのですか」

「当分、サトに厄介になって、これからの身の振り方を考えたいとおもいます」

「この近くにアパートや家をお探しになるようでしたら、お役に立ちたいとおもいます」

「その節はよろしくおねがいいたします。それでは私はこれで」

　克子の立ち上がる気配がした。

暴走した尾行

1

　克子は北栄開発を出ると、まっすぐ駅へ向かった。

「やっぱりこのまま逃《ズラ》かるつもりでしょうか」

「まずまちがいないな。金さえ手に入ればもう村へ戻る用事はないだろう」

「車をつかまえる気配ですよ」

「八戸まで車で行って、本線の列車に乗るつもりなんだ」

　東北本線の八戸駅は八戸市街から離れている。したがって本線の列車に乗るためには本八戸から八戸線か車で八戸駅まで出なければならない。

「八戸線の上りが出るまで時間があるんだ」

「こちらも車を押さえておきましょう」

　下田が車の尾行に備えて空車を物色した。昼下がりの駅前には空車の列が客待ちをしている。克子が子供を連れて車に乗り込んだ。

それを確かめてから二人の刑事は行動をおこした。

「すみません、警察です。譲ってください」

克子の次に車に乗り込もうとしていた乗客を押しのけて、二人は、割り込んだ。

「あの車を尾けてくれないか。たぶん八戸駅へ行くとおもうが、気づかれないようにやってくれ」

下田に言われて、運転手は張り切った。警官とタクシーは犬猿の仲のくせに、こういう場合は、警察に対してわりあい協力的である。

「いまから行くと、十四時十八分くりこま1号仙台行きにちょうど接続しますね」

下田がポケットから小型時刻表を取り出した。

「上野直行の便はないかな」

「十五時三十分、特急はつかり5号がありますが、多少待ち合わせ時間がありますね。仙台へはくりこまのほうが早く着きますよ」

「克子としては、少しでも早く男の許へ行きたい心理だろうから、くりこま1号に乗る可能性が強いな。下りはどうなっている？」

「十三時五十七分青森行き急行くりこま3号がありますが、こいつはちょっときびしいな」

下田は腕時計を覗いて、

「その次に十四時五十三分のはつかり1号があります」

「きみは上下どちらへ行くとおもうかね」

「上りのような気がします」

「おれもだ。男は東京で待っているような気がするな」

そうこうしているうちに八戸駅に近づいた。克子は刑事の推測した方向に向かいつつある。

「石黒さんに挨拶しているひまがありませんね」

「仕方がないさ。そのための張り込みだ。東京へ帰ってから改めて礼状でも書こう。克子が車から降りたよ。やっぱり駅だ」

「われわれは少し手前から降りましょう。運転手さん、ここでいいよ」

車から降りて駅舎へ行く克子の後ろ姿を遠方に確かめて、二人は自分たちの車を捨てた。

「旦那、がんばってください」

二人の緊迫した雰囲気から運転手は〝大捕り物〟を感じ取ったらしい。運転手から励まされて、彼らの緊張はさらに高まった。

「さて、これからの尾行がたいへんだな」

面の割れている二人だけに、迂闊に近づけない。

2

間もなくくりこま1号の改札がはじまった。克子は、太田が推測したとおり、それに乗る様子である。彼女がホームへ出てから出札口で、その行く先を確かめたところ、東京までの乗車券を買ったということだった。今日のはつかり5号はすでに満席である。

二人は、克子がくりこま1号に乗ったのを確かめてから、同列車の最後尾へ飛び乗った。息切れを鎮めてから、太田が、

「仙台で始発の列車に乗り換えるつもりだな」

「途中で降りないでしょうか？」

「その可能性もあるね。東京まで切符を買ったのは、万一の尾行に備えての目くらましかもしれない。そうなると、これから停車するたびに目が離せないよ」

「上野までそれをやるんじゃたまりませんね」

「仕方がないさ。先は長い。二人で交代で見張ろう。ところで克子はどの辺に乗ったかな」

「前から三両か四両めでした」

「次の停車駅は三戸だ。それまではまさか飛び降りはすまい。いまのうちにテキの位置

を確かめておこうか」

克子は前から三両めの普通自由席にいた。仙台まで一度トイレットに立っただけで、静かに座席におさまっていた。子供も初めての長旅にしてはわりあいおとなしい。

列車は定時に仙台に着いた。とにかく東京の本部に第一報を入れた。克子は子供を連れて構内のレストランに入ると、サンドイッチをつまみ、三十分ほど後に入って来たはつかり5号に乗った。その間一度も改札を出ない。刑事は慌てた。はつかり5号は「全指定」で満席であることがわかっている。事情を告げれば乗せてもらえるが、全指定の列車で席からアブレていたら、目立って尾行が難しくなる。

「太田さん、克子は仙台からのはつかり5号の切符をあらかじめ用意していたんですね」

「いや、もしかすると、八戸から用意しておいたのかもしれない。初めに乗り込んだくりこま1号までにはあまり時間がない。取引が長引けば乗れなくなるおそれもあった」

「オール指定の特急の切符を用意しておきながら、べつの急行へ乗ったという手も憎いじゃありませんか。少しでも早く男の許へ駆けつけようとする心理よりは、尾行よけのクッションのような気がしますね」

「おそらくその両方だろう。とにかくわれわれも乗ろう」

ためらっている間に、はつかりの発車時刻が迫っていた。車掌に事情を話すと、コンピューターに入っていない車掌手持ちの席が二つあった。

「たすかったね」

「たすかりました。車掌が手持ちの隠し座席をもっているとは聞いていましたが」

「克子は5号車8Aを取っている。車掌がそれとなくマークしてくれるそうだ」

「今度は途中で降りないでしょうか」

「この列車の停車駅は、福島、郡山《こおりやま》、宇都宮《うつのみや》、大宮《おおみや》の四つだけだ。その都度マークするにしてもたいしたことはない」

「特急の指定席をあらかじめ用意していた点などからみても、克子は、ますます臭くなりましたね」

「途中から本部に連絡したいな」

仙台から一度電話を入れたが、はつかり5号に乗ったことは、まだ知らせていない。

上野からの尾行は応援が必要になる。

「電報が打てます」

克子が動きだしたという報に、本部は固唾をのんで追報を待っているはずである。

はつかり5号は定時より五分ほど遅れて上野駅へ着いた。

「ご苦労様」

プラットフォームのものかげから那須の顔が笑った。

「あっ、キャップ」

まさか那須自身が応援に駆けつけて来るとはおもわなかった二人は、驚きと恐縮の色を同時に面に浮かべた。

「とうとう動きだしたね」

「今度こそ本命です」

「克子はメンの割れていない連中が引き継ぐから、きみらは帰ってゆっくり休みたまえ」

「とんでもありません」

「ここまで獲物を追い込んで来て、帰れとおっしゃるのですか」

二人は那須のねぎらいの言葉をかえってうらんだ。

「と言っても帰らないだろうねえ。まあきみらの好きなようにやりたまえ」

その間にも克子は列車から吐き出された乗客の流れに乗って、改札口から構外へと出て行く。

「タクシーに乗りました。個人タクシーですが、残念ながら無線が付いていません」

新しい尾行班から第一報がきた。

「よし、逃がすなよ。全パトカーにその個人のナンバーを連絡してマークさせてくれ」

警察の完全な監視下に入ったタクシーは、神田から靖国《やすくに》通りへ入り、四谷《よつや》を経て新宿へ向かった。新宿へ近づくにつれて、検問が増えてきた。

「今夜は土曜日で、暴走族があちこちで動きだしているんだ」

那須が言った。検問の網に、派手なワッペンを貼りつけた四輪車や二輪車が停められている。ドライバーやライダーはいずれも二十歳前の少年らしい。アフロヘア、サングラス、アロハ、ジーパンにサンダルといったいでたちが多い。

時々、検問の網をくぐって排気音を轟《とどろ》かせジグザグ運転や旋回をする。路上に少年たちの奇声と奇妙なミュージックホーンが交錯する。

「どうもいやな感じだな」

太田が眉をしかめた。車は新宿を通過して甲州《こうしゅう》街道へ入った。幾重にも張られた検問の網にもかかわらず、暴走族の車は数を増しているようである。

無線は甲州街道にかなりの暴走族が集結していることを報じている。

「いやな方角へ向かっているな」

那須も表情をくもらせた。甲州街道から折れるか、暴走族の群れと遭遇する前に目的地に着いてもらいたかった。

車は中野《なかの》区へ入った。凄まじい排気音が前後左右にひびいて、一行の車はいつの間にか暴走族に取り囲まれていた。十台ほどの単車と三十台ほどの四輪車が、警察側を無勢と見て、進路をさえぎったり、車を接触するほど寄せて来たりする。

こちらが避けると、どっと喚声を上げたり、勝ち誇ったようにホーンを鳴らしたてる。

「まずいな」

「応援を呼びましょう」

「いや、いまは彼らを刺戟してはまずい」

ここで彼らを刺戟して暴発させたら、尾行は完全に失敗する。一行は極力さからわないようにして、根気よく尾行をつづけた。これが暴走族をつけ上がらせた。

「警察《サツ》は弱気だ」

「あいつら、何をしても黙ってるぞ」

「よし、やっちまえ！」

一台の四輪が那須たちの手前で派手なスピンターンをした。接触直前で辛うじて躱した警察側は、進路をあけるように要求した。

「なにを言ってやがる。通りたけりゃ勝手に通れ」

数人の少年が車から降りて来て、パトカーの窓を外から叩いた。

「こいつら」

若い下田が怒色を浮かべて、ドアを開こうとしたのを、那須が、

「挑発に乗るな。やつらは数が多い。相手にせずに行くんだ」と抑えたとき、少年の一

人がパトカーのボンネットに飛び上がった。どっと周辺から喚声が湧き上がった。調子づいた少年たちがつづいてボンネットに上がり、ボディの屋根に這い上がろうとした。車体を揺する者がいる。窓ガラスが砕けた。石を投げつけた者がいるらしい。もはや尾行どころではなくなった。弥次馬が遠巻きに集まりかけて、暴走族に声援を送る。それが少年たちをますます興奮させた。一行は危険を悟った。このまま車内に留まっていると、車体を覆されて火をつけられそうな雲行きである。

「脱出しよう。相手にならずに一塊《ひとかたまり》になって走るんだ」

那須が指示した。一行は間合いをはかって、一斉に車外に飛び出した。一瞬、少年たちがひるんだ機をとらえて、一行は走った。私服なので街路の群集の中にまぎれ込むともう見分けがつかない。

少年たちは主《あるじ》を失ったパトカーをひっくり返そうとしていた。弥次馬はますます増えて、口笛や喚声をあげて暴走族を応援する。暴走族も弥次馬もみな二十歳前後の若者である。

日ごろ社会の余計者として死んだような生活をしていた少年たちは、いまこそ群集の注目の的となり、喝采を一身に集めるスターになった。彼らの顔はいずれも熱っぽく輝き、興奮にはち切れそうであった。彼らはこの夜のために、そこに居るのか居ないのかわからないようなこの一週間に耐えてきたのだ。

またどっと喚声が上がった。ついにパトカーが腹を上に向けてひっくり返されたのである。

「たたきこわせ」

「火をつけろ」

暴走族の興奮が群集に伝染していた。あわやという直前、機動隊が駆けつけてきた。パトカーは辛うじて救われた。群集のスター気取りだった少年たちはたちまち蟻塚《ありづか》をこわされた蟻のように逃げ散った。だがこの間に、山根克子を乗せたタクシーは行方を晦ましてしまった。

輪《りん》廻《ね》花《ばな》

1

直ちに、ナンバーを頼りにその個人タクシーが割り出された。運転手の証言によって、山根母子を杉並区和泉《いずみ》三丁目の路上で降ろしたことがわかった。

「住宅街の小路の方へ子供の手を引いて入って行きましたから、あの辺に住んでいるのだとおもいました」

運転手からそれ以上のことは引き出せなかった。

翌日、捜査員は、山根母子が降りた和泉三丁目一帯を手分けして捜した。このあたりは小住宅やアパートが密集している。山根母子の特徴をたよりに聞き込みの網が広げられたが、いっこうに収穫はなかった。

「克子は本当にここで降りたのでしょうか?」

下田が弱気の声をもらした。あと一歩というところを暴走族に邪魔されて尾行を撒かれたので、すっかり意気消沈している。

「運転手が嘘をつくはずがないだろう」

太田が励ますように言う。

「いえ、ここでいったん降りたように見せかけて、車を乗り換えたんじゃないでしょうか」

「尾行に気がついた様子はなかったが」

「暴走族の取締まりでパトカーも多数出ていましたし、検問も多かった。万一の用心から、車を換えたとも……」

「うん、だが、それだったら、もっと早く換えたとおもうんだが。それに個人の運転手も、住宅街の方へ歩いて行ったと言っているからねえ」

「しかし、まったく手がかりなしですよ。実際東京って所は、人間の海だな」

数年も住んでいる隣人の顔を知らないということが決して珍しくない東京では、たとえ近くにたずねる人間が住んでいたとしても、無関心の溶鉱炉の中に対象を一様に溶かし込んでしまう。

「まだあきらめるのは早い」

せっかくここまで追いつめた獲物である。彼らは執拗にというより、未練たらしくその一帯を歩きまわっていた。

そこは家並みが少し切れた低地帯であった。低地の中央を幅二メートルほどの川が流れている。川は両岸、川底ともコンクリートでかためられている。水は濁っている。都会の川である。川をはさんで駐車場、倉庫、少し離れてアパートらしい建物が見える。

「太田さん」

突然、下田が太田の袖を引っ張った。

「どうしたね」

「あそこを見てください」

下田は川岸に建っている木造のアパートらしい建物の方を指さした。地形の関係から か平面が三角になっている奇妙な建物である。

「あの〝三角アパート〟がどうかしたかね」

「あの建物の根元ですよ、そう、川に面した。花が咲いているでしょう。あれ、ギンリョウソウじゃありませんか」

「なんだって!」

あまり気がなさそうに下田の指の先を追っていた太田が目を剝いた。たしかに彼の指の延長線上に白い花が何弁か開いている。

「行ってみよう」

二人は近づいた。三角建物の基部の川に面したわずかな空地に、白い花弁を下に向けた茎が数本ひょろひょろ生えている。

「まちがいない、ギンリョウソウだ。よくわかったね」

「もう何回か見ていますからね。しかしこんな所にもギンリョウソウが咲くんですか」

「咲いてもおかしくはないさ。分布圏内に入っているんだから」

「しかし気になりますね」

「いちおうこのアパートを当たってみようか」

太田もおもいは同じであったらしい。所沢の飯場と真田町の白雲山荘に咲いていたギンリョウソウが、山根克子の足跡の消えた東京の場末のうらぶれたアパートのかたわらに咲いている。

その建物は三角形の底辺を川に沿わせて建てられてある。数弁のギンリョウソウはその底辺と川岸の間の日当たりの悪いわずかな空地に咲いていた。川に面した建物の窓には住人の洗濯物が吊られている。建物の入口は川と反対側の道路にあった。

「裏からは逃げられないかな」

太田は、その建物に万一山根克子がいた場合を考えた。

「川へ飛び込めば、逃げられないことはありませんね。いちおうぼくは裏手に張り込んでいましょう」

「そうしてくれ。五分経って出て来なかったら、来てくれ」

下田を裏手に残して、太田は建物の入口の方へ回った。表に『番屋アパート』と表札が出ている。やはりアパートであった。

立て付けの悪いガラス戸を開くと、上がり框の奥にうす暗い廊下があって、ビールの空びんや古新聞の束が積み重ねられている。どこかの部屋から、子供の泣き声とテレビの音が聞こえてきた。太田は、その子供の泣き声に聞きおぼえがあるような気がした。

声の来る方角に向かって太田は廊下を伝った。泣き声は、廊下の最も奥の部屋から来ていた。ドアの内側から男女の話し声がもれてくる。太田はドアに耳を近づけて中の気配をうかがってからノックをした。男女の声がピタリと停まった。外の気配を息をころしてうかがっているようである。太田がなおもノックをつづけると、中から女の声で「どなた」と聞いた。その声に聞きおぼえがあった。

「管理人ですが」

太田が当意即妙に答えると、ドアが内から開かれて、山根克子の顔が覗いた。克子はそこに太田を見つけて顔色を変えた。

「奥さん、これは珍しい所でお目にかかりますな」

「あ、あなたは……」

後は、唇を引き攣らせたまま、言葉にならない。

「克子、だれなんだ?」

部屋の中から男の声が聞こえた。太田はどんな事態にも対応できるように身構えて、ドアの中に身体を入れた。室内には、一人の男が子供を抱いていた。その顔には記憶があった。

「なんだれや、人の家に勝手に侵り込んで来おって」

男は東北訛りの強い言葉で咎めた。その声によって太田の記憶が触発された。それはたしかに写真で見た顔だった。

「島村太平、きみは生きていたのか」

「ど、どうして、それを」

相手の声が驚愕にもつれた。

「警察の者だ。きみがどうして山根貞治さんの奥さんといっしょにいるのか、署まで同行して事情を聞かせてもらおうか」

「お、お、おれはなにもしておらんぞ」

「していなければ、なにもびくびくすることはないだろう」

そのとき山根克子が急に泣きだした。

「やっぱり、やっぱりだめだったんだわ。やっと逃げ出して来たとおもったのに、私たちは結局、逃げられないのよ」

「克子！」

島村太平の面も、どす黒い絶望に塗りこめられていた。いったん泣きやんだかに見えた子供がまた激しく泣きだした。下田が気配を聞いて駆けつけて来た。

島村太平と山根克子は捜査本部まで任意同行を求められた。彼らは太田と下田に見つけられたときに、すでに観念した様子だった。

彼らは素直に山根貞治殺しの犯行を自供した。それによると、――二人の関係は山根貞治が出稼ぎで村を出ている間に生じた。いつも青田孝次郎を加えて三人で出かけるのに、そのときは島村が軽い交通事故によって軽傷を負い村に残った。島村は入婿で妻との仲は初めから冷えていた。一方、克子も見栄っ張りの山根にとうに愛想をつかしていた。

もともと狭い村だからたがいに交流がある。特にその家の主《あるじ》が出稼ぎ中の留守家庭は、たがいにたすけ合う慣らいになっている。こんな二人が結びつくのは当然の成り行きだった。二人の仲が村人に知られなかったのは、彼らのやり方が巧妙であったことと、もともと両家に家族ぐるみのつきあいがあり、留守家族相互扶助の習慣のおかげで、島村が克子の家へ行っても目立たなかったからである。

だが間もなく当惑すべき事態が起きた。克子が山根の留守中に妊娠してしまったのである。中絶したくとも、その金がなかった。当惑しながら日を徒《いたず》らに空費しているうちに、もはや中絶不可能な状態に至ってしまった。

こうして生まれたのが誠である。山根は誠が自分の子ではないと知りながらも、前の子を病気で失ってからその後子供に恵まれなかったので、自分の子として育てた。克子にもあえてだれの子かたずねようとしなかった。わが子として育てようと決意したので、いらざる詮索はやめたらしい。

こうして昨年四月、〝最後の出稼ぎ〟に出た。そこで殺人事件に巻き込まれて逃げる途中、さらに意外なハプニングが起きた。

「私が求職票を失ったのに気がついて探しに戻ったのですが、恐くて家の中へ入れませんでした。結局、家のまわりをうろついただけで引き返して来ると、本郷通りの公衆電話から慌てて出て来る人とすれちがいました。なにげなくその人が出て来たボックスの中を見ると、電話機の下に、かばんがおいてあります。いまの人の忘れ物だなとおもい、渡してやるつもりで追いかけて行ったのですが、見失ってしまいました。かばんの中に身許をしめすものがあるかとおもって中身を調べると、そこに大量の札束を見つけたのです。私はびっくり仰天して、すぐ警察に届けようとおもったのですが、その心のそばから、悪心《あくしん》がささやきかけたのです。これだけの大金はこれから一生かかっても手に入らない。この金があれば、いずれ克子と誠を呼び寄せて、新しい生活ができる。金が転がり込んで来たのは、天が私に一つの機会をあたえてくれたのではないかと。いったんそのささやきに耳を傾けると、たちまち心がかたまってきました。妻との仲は冷えきっているし、娘はべつの世界の人間のようです。種馬のような婿養子の生活には、なんの未練もありません。

私は、金の持ち主が戻って来ないうちにと、金を持って、仲間が待っているところとは、反対の方角へ向かって逃げ出したのです。

その後、金の落とし主が一家心中をしたニュースをテレビで見て、心が痛みましたが、そのことによってますます届け出られなくなりました。いまさら金を返したところで死んだ人の生命《いのち》が戻るものではありません。あの人たちは、私と克子と誠との新しい家庭の礎石になってくれたのだ。それを無駄にしてはならない。自分たちが幸せになることが、あの人たちの犠牲に最も報いることになるのだと自分に言い聞かせました。

こうして、番屋アパートに住みついて、おでんの屋台を引きながら〝妻子〟を呼ぶ準備をしていました。ところが、山根貞治が、殺人を目撃したのと私が消息を絶ったことから恐怖に駆られて、日雇いの流浪生活をしながら、克子に連絡をしてきました。それによると、克子に家や田畑を売りはらって東京へ出て来いということでした。貞治は誠が自分の子ではないらしいと気がつきながらも、克子と別れる気持ちはまったくないようでした。

彼が克子を東京へ呼ぼうとしたのも、私と手を切らせようとする含みがあったようです。貞治が生きているかぎり、私たち夫婦親子三人は同じ屋根の下に暮らせない。私が生きていることを知られれば、せっかく転がり込んだ五百五十万も返さなければならない。私たちは迷いに迷った末に貞治に消えてもらう以外に方法がないという結論に達しました。貞治は東京で浮浪者生活をしていましたが、その動静はいちいち克子へ連絡していました。浮浪者が大都会で一人死んでも、警察は大して興味をしめさないだろうとおもいました。

しかし、克子が万一の用心のために異母兄の大森秀夫を使って、私の隠れ蓑工作をしてくれました。大森が七月十一日目黒区の大盛堂薬店へ出張することを事前に知って、当日の夜、金をもっていくからと偽って貞治を、その近くの路上へ誘い出したのです。貞治は、まさか私がその生命を奪う使者にたつとはおもっていませんでした。貞治は生まれつき気の善いやつで、彼にはなんの怨みもありません。女房をだれかに盗まれていると勘づいていながら、私を疑う素振りも見せませんでした。できることなら彼を殺したくなかった。しかし、彼に生きていられては、私たちはいっしょになれない。私たちのために犠牲になった一家五人が犬死にしたことになってしまう。貞治を殺したのは、仕方がなかったのです。貞治には克子からあらかじめ七月十二日の午前一時ごろ東横《とうよこ》線都立大学駅の前へ来るようにと連絡してありました。

貞治は、克子の代わりに私が行ったのでびっくりしましたが、克子が急に身体の具合が悪くなったので、自分が頼まれて金をもって来たと言うと、疑いもせずに納得しました。

　私は、あの殺人を目撃して別れ別れになって以来の消息を話し合いながら、人通りの少ない方へ貞治を誘って行きました。そして人通りのまったく絶えた暗いビルの陰へ来たとき、金を渡す振りをしながら、隠しもっていた鉄棒で力いっぱい貞治の頭を撲《なぐ》りつけたのです。彼はあっけないくらいに簡単に死んでくれました。ビルの陰の路上に横たわっている彼の姿は、浮浪者が寝ているようでした。

　私は、貞治が死んだのを確かめると、現場から少し離れた所でタクシーを拾い、その夜は新宿裏の小さなホテルに泊まって、十二日の朝アパートに帰って来ました。直接帰らなかったのは、足跡を晦ますためと、殺人の血に汚れた身体を、いずれ克子と誠を呼び寄せる家へ持ち込みたくなかったからです。警察はだいぶ方角ちがいの所を捜査していたようですが、結局、克子に目をつけてきました。ここで彼女が施しておいた隠れ蓑工作が効いたようでした。その後一年近く、ホトボリを冷ますためにじっとがまんしたのですが、大森秀夫と克子が兄妹とわかって、警察は完全に疑いを捨てたとおもいました。度重なる私の上京の督促にも安全を期して動こうとしなかった克子が、今度こそ大丈夫と、家と土地を処分して私の許へ移って来ました。

　ようやく私たちは幸せな家庭をもてたのです。愛し合う本当の骨肉が寄り合ったのです。でもそれも束の間でした。あれほど慎重を期して自分たちの足跡を消したはずなのに警察は、正確に私たちの後を追って来たのです。

貞治を殺したことは悪かったとおもいます。しかし、私たち親子三人が家族としていっしょに暮らすために、他にどんな方法があったでしょうか？」

島村太平の自供によって長く混迷した浮浪者路上殺害事件は解決した。

だが島村にしても、自分の犯罪を最後に告発したものが、ギンリョウソウの花だとは知らなかった。

捜査本部で張られたささやかな打上げ式の席上で、下田は太田にたずねた。

「島村のアパートのそばに咲いていたギンリョウソウは、彼が所沢の飯場から運んでいったものでしょうか」

「そうかもしれないし、そうでないかもしれないね」

太田は、コップ酒の酔いで頰をうすく染めて言った。明日からは下田は本庁へ帰って他の事件に投入される。太田ももう齢である。また管轄内に事件が起きて、下田とコンビを組むことはあるまい。太田はいま一杯のコップ酒に蓄積された捜査の疲労がどっと発するのをおぼえると同時に、この愛すべき若い同僚と別れることに多分に感傷的になっていた。

「それじゃあ可能性はあるわけですね」

下田は、空になったコップに新しい酒を酌《つ》ぎながら言った。

「専門家から聞いた話なんだがね、ギンリョウソウの種がなにかの媒体について運ばれる確率は十パーセントぐらいなんだそうだ。ギンリョウソウの種は土の表面ではなく、枯れ草の中に埋まっているので、鳥やモグラやネズミは媒体として弱いそうだ。またこれらの動物によって運ばれたとしても距離は知れている」

「風によって運ばれることはありませんか」

「いまも言ったようにギンリョウソウの種は土中にあるので、風で飛ばされるとしても木が倒れるくらいの強風、それも竜巻のような風でないと無理だそうだ。まあ媒体としては自然現象では雨だな」

「雨？」

「うん。集中豪雨などで高地から低地へ土砂もろとも流される。これは大いに可能性がある。しかしなんといっても、広範囲に、遠距離に移動させる媒体は、人間だよ。ズボンの裾やスコップ、鍬《くわ》、鋤《すき》の道具類、車の幌などに付着して運ばれる可能性はきわめて高い」

「島村のアパートの窓には、住人の洗濯物が干してありましたね、あの窓の下にギンリヨウソウが咲いていた」

「島村のズボンから窓下に種がこぼれ落ちて花を咲かせたかな。たとえ一粒でも、環境がよければ群落をつくることだってあるよ」

「しかし、所沢の飯場を出てから、かなりあちこち転々としたんでしょう。その間、島村の身体に種がずっとくっついていたんでしょうか」

「だからあのギンリョウソウは、最初からあそこに咲いていたのかもしれないと言っただろう」

「どちらにしても、ギンリョウソウが隠れ家《ヤサ》を教えてくれたというのは皮肉ですね」

「皮肉というより可哀そうな気もするね」

「太田さんは優しいですからね」

「おれはね、いまふっと考えたんだよ」

「なにをですか？」

「あのギンリョウソウを、島村が丹精こめて咲かせたような気がしたんだ」

「島村がそんなことをほのめかしたんですか」

「そんなこと言いやしないさ。しかしうす暗く湿った場所に枯死した植物の残骸を栄養にして咲くギンリョウソウは、いかにも世間から隠れた島村と克子の家を飾るにふさわしい花じゃないか」

「そう言えば、たしかにそうですね」

「おれはね……」

と言いかけて、太田は後の言葉をのみ込んだ。

「太田さん、なんですか」

下田がうながすと、

「いや、なんでもない」

と首を振って、下田が充たしてくれたコップの中身を一息に呷《あお》った。下田はそれを、太田が言いさした言葉を酒で封じこめたのだとおもった。

下田はあえて追及しなかった。太田は実はこう言おうとしたのである。

――自分は、幼な子から父を奪った犯人を捕まえようとして、結局、その両親まで奪い取ってしまった――

那須のねぎらいの言葉が虚しく響き、酒の味が苦いばかりなのも、封じこめたつぶやきのせいかもしれなかった。

「休暇を取って久しぶりに郷里へ行ってみようとおもっているんだ」

太田は話題を変えて、若い同僚に酌をした。彼には郷里で確かめなければならない一つの課題があった。

2

「わしは絶対に負けんぞ」

金崎は、アリサの身体を虐げながら言った。金崎一味をめぐる司直の追及が急になり、田代、豊子、宮村と次々に自供して、金崎の逮捕も時間の問題になった。これまで任意の在宅調べでこられたのも、実方門次はじめ、政官財界の要所に配したパイプの必死の庇護《ひご》のおかげである。

しかしそれももはや限界へきた。宮村が自供しては、金崎の拠って立つ最後の砦《とりで》が陥ちたようなものである。それにもかかわらず、

「負けてたまるか。おれが捕まれば、日本の政府がひっくり返る。そう簡単に負けてたまるか。いまこそ金崎末松の実力のほどを見せてやるわい」

と金崎は依然として強気であった。だが、彼の追いつめられている気配は、アリサの求め方からもわかった。前のような性を愉しもうとする余裕がなくなり、ただがむしゃらに貪る。アリサの身体を苛《いじ》め虐げ、彼女のもだえのたうつ姿を眺めて嗜虐的な喜びに浸っている。

一体化による喜悦の分かち合いから、サディスティックな独演に移行した金崎の閨技《けいぎ》を見ても、強気の底に隠された不安の深さが察知された。アリサの身体の中にその不安を埋めようとしているのだろう。

「おまえは、いつまでもおれのものだぞ」

金崎は荒い呼吸を弾ませて言った。

「なにをいまさらそんなことをおっしゃるのよ。私はパパのものよ」

「いつまでも、おれがどんなことになってもだぞ」

「きまっているじゃないの」

だが、アリサはそんな確認をしきりに重ねるようになった金崎に、覆いようもない凋落《ちょうらく》の気配を感じ取っていた。勢い盛んなときの金崎の決してしない確認であった。房事における余裕とともに、女一人ぐらいだれにでもくれてやるといった寛容があった。

――この人、もう本当にだめかもしれないわ――

アリサは、自分の身体を税金でも払うように提供しながら、ここらが見切り時だとおもった。

「汗をかいた。ちょっとシャワーを浴びてくる」

アリサの中に欲望を排《は》き出した金崎は、浴室に立った。その排出までの時間は、以前の三分の一くらいに短縮されている。

田代行雄に拉致された白雲山荘から李英香の死体が出てきたときは、本当にびっくりした。田代が金崎の命をうけて英香を殺したらしい。いまアリサを金崎につないでいるものは、恐怖といってもよい。いまやアリサは金崎の支持がなくとも、独立してやっていける人気を得ている。金崎とのつながりを保っていると、彼の失脚とともに、せっかく得た人気を失ってしまうおそれがある。

しかし、いま金崎から逃げ出そうとすれば、李英香の二の舞いを踏むような気がした。

――金崎が本当にだめになってしまう前に、なんとか逃げ出さなければ――

アリサは、浴室のシャワーを使う気配を聞きながら真剣に考えた。裸身が少し肌寒くなった。

「パパア、もう身仕度をしてもいい？」

アリサは浴室にいる金崎に聞いた。うっかり勝手に身仕度をすると、金崎はひどく怒るのである。浴室から返事はこない。シャワーの音で聞こえないのだろう。今日はいつもより〝長湯〟のようだった。

アリサは裸身にタオルを巻きつけて、寝床から出た。

「パパア、いつまでお風呂に入ってるのよう」

浴室の外からアリサは声をかけた。依然として返事はない。いかにシャワーを使っていても、ここから声をかければ聞こえるはずだった。まさかシャワーを使いながら眠ってしまったわけではないだろう。

「開けるわよ」

アリサは、浴室のドアを細めに開いて、中の様子をうかがった。そこに金崎の姿は見えず、シャワーの湯気が濛々《もうもう》とこもっていた。

「パパ、どこへ……」――行ったの？　と問いかけて、語尾がのどの奥で凍結した。

ドアを開いたはずみに内にこもった湯気が動いて、床にうずくまった肉塊が見えた。

「どうしたの⁉」

アリサは愕然として浴室の中へ飛び込んだ。金崎はシャワーの熱い雨に打たれて床に倒れていた。アリサはシャワーも止めずに、一塊の軟体と化した金崎の身体を揺すった。

「ア、ア、アルサ」

金崎はかすかにうめいた。まだ生きているようだが、呂律《ろれつ》がはっきりしない。アリサに揺すられるに従って、首がガクガクと動く。

アリサはこの症状におぼえがあった。親戚の老人が脳卒中の発作に襲われて倒れたときこんな症状になった。老化して弱くなった脳血管のどこかが破れて出血したのである。

安静を保つうちに出血がおさまり症状が軽快する場合もあれば、初めは意識があっても、しだいに出血がひどくなって脳内実質を冒し、ついに死に至る場合もある。いずれにしても、絶対安静が必要であった。

強靭《きょうじん》を誇った金崎の身体も、人生の裏街道を歩む者の絶え間ない緊張と、それを緩和するための酒食や荒淫によって脳動脈の硬化をうながしていた。

「大変」と言いながらアリサは自分の腕の中で自由を失った人形のようになっている金崎を見て、ニンマリと笑った。

3

アリサの連絡によって医者が駆けつけて来たときは、すでに手遅れであった。

シャワーを浴びている最中に破れた脳動脈は、熱い湯に叩かれてますますその破綻口を広げた。脳実質に、それこそシャワーのように出血をほとばしり出させたらしい。医者が来たときは、金崎は昏睡しており、その場であらゆる手当てが施されたが、二日後、昏睡したまま息を引き取った。

金崎の急死によって、政官財界を揺さぶりかけた一大スキャンダル殺人事件はうやむやのうちに終わってしまった。事件のすべての鍵を握る金崎が死んでしまったので、その周辺の宮村や田代の自供があったところで、せいぜい自供者本人を起訴する効力しかない。雲の上で悪事を働いていた連中は依然として安泰であった。

大山鳴動《たいざんめいどう》して網にかかったのは雑魚ばかりというところである。警察は歯ぎしりして悔しがったが、どうにもならない。

「実方門次をはじめ、金崎にからんでいた連中は、さぞや首の根を撫でているだろう」

「もしかしたら、金崎が死んだのは、実方らの謀略ではないのか」

「謀略というと、実方が殺したとでも？」

「たとえば水木アリサを使って、血圧の高い金崎を、脳溢血《のういっけつ》を起こさせるように誘導した」

「しかし、シャワーを浴びている最中に発作を起こしたんだろう」

「わかるもんか。いわゆる腹上死を、〝シャワー死〟に仕立てても、その場にいたのは、アリサだけなんだからな」

「いや、アリサ自身の意志で殺したかもしれないな」

「アリサ自身の意志？」

「金崎はアリサの大切なスポンサーだった。しかし、白雲山荘で李英香の死体が発見されてから、金崎の容疑が濃くなった。殺人犯人がスポンサーとあっては、人気のイメージダウンもはなはだしい。だが、下手に逃げ出そうとすると、李英香の二の舞いになるおそれがある」

「それで金崎を腹上死へ誘ったというわけか。そんなにお誂《あつら》え向きに死んでくれるものかね」

「シャワーを使っている最中に、発作を起こしたというのは、案外本当かもしれない。脳血管が破れて、絶対安静が必要なときに介抱する振りをして身体を揺すれば、助かる命も助からなくなる」

「アリサがそれをやったというのか？」

「やったかどうかわからないよ。だれも見ていたわけではないし、たとえ身体を揺すったとしても、いきなり人の倒れているのを見たらだれでもやりそうなことじゃないか。そのことからアリサの殺意を証明することはできない」

捜査陣内部では、穿った観測がいくつも出されたが、それは失望の上塗りをする効果しかなかった。

金崎末松の死をもって、数々の疑惑を残しながらも、政官財界にまたがる一大汚職、スキャンダル、および殺人事件は、ひとまず終止符を打たれた。

田代行雄および米原豊子が殺人および死体遺棄容疑、宮村健造が有印私文書偽造、行使、公正証書原本不実記載、同行使罪で起訴されたにとどまった。

4

太田刑事は数日の休暇を取って旅に出た。彼の郷里は南信濃《みなみしなの》の山間の小さな村である。村の小高い丘の上に立つと、南アルプスの連山がよく見えた。

鉄道の幹線から支線に岐れ、山間の小さな駅に降り立ってから、さらにバスに二時間近く揺られてやっと辿り着く郷里である。郷里といっても、すでに親もなく、わずかな親戚もとうに村から出てしまっている。

村は過疎化がいちじるしく、廃村の一歩手前まで行ったとき、都会を見限った人たちが放棄された家を村から安く払い下げてもらい、新天地を拓《ひら》こうとして入植して来たので、最近また息を吹き返してきたそうである。

朝の早い列車で新宿を発って、太田が村へ辿り着いたときは、夏の日射しがようやく山の端に近づいたころであった。

太田には数十年ぶりに帰って来た故郷に寄せる特別の感慨はない。母の墓もここにはない。彼にとってその村は故郷であって故郷ではない。たしかにそこが生地でありながら、憎悪しか残っていない。村にいた間は、そこから脱出する日のことばかりを考えていた。

そんな地へどうしてまた戻って来たのか？　太田には、いま再生されつつある古い記憶があった。それが再生されれば過去の一時期にポッカリ空いた記憶の空洞が埋まるかもしれない。靄のようにかすんで再生を妨げていたあの空洞の中にはたして何があるのか？　それを手探りするような気持ちでとうに捨てたはずの故郷へ帰ってきたのである。

太田の生家はあった。村はずれの倒壊寸前の廃屋、さすがの入植者も、ここには住みつけなかったらしい。屋根板は腐り落ち、壁は崩れ、床は抜け、辛うじて家らしい骨格が残っているだけである。蜘蛛の巣も張っていない。ここは小動物や昆虫も見捨てたらしい。

この家で太田は母一人子一人の寂しい生活を送った。父の姿は霧の中に隠されている。父は、どこへ行ったのか？　太田の物心つくころから父の姿はない。母に父はどこへ行ったのかとたずねても悲しげな顔をするばかりなので、ついに太田は父のことを彼女に聞くのをやめてしまった。

その父の姿が、最近、霧の中でしきりに揺れるようになった。山根殺しの捜査にたずさわってから、いまにも父が霧の薄膜を破って現れて来そうであった。

家は山裾のじめじめした低地にあった。夏は虫が多く、冬は雪の吹きだまりになった。風の強い夜は背戸の斜面に生じた樹木が騒いで太田は恐かった。そんな彼を母は抱いて寝てくれた。

太田はふと母の声を聞いたような気がした。幻聴であった。太田は家の裏手へまわった。ブナやナラ、クヌギの混生する林である。

彼は林の中へ歩み入った。幼いころよく遊んだ林だった。友のいない彼は、よくこの林の中でクリを拾ったり、兎を追ったりして遊んだ。

「そこから奥へ行ってはいけないよ」

また母の声がした。ハッとして周囲を見まわしたが、夏の青い夕風が梢《こずえ》を揺らしているだけである。林の奥には「オトカ」という子供を食う妖獣が棲《す》んでいるから、あまり奥へ入ってはいけないと母によく言われていた。

彼は、母の制止に背いて林の奥へ歩み入った。突然、彼は見おぼえのある花の群落の中に立っていた。

「ギンリョウソウ！」

山根事件の捜査の道程に終始咲いていたギンリョウソウの花が、いま太田の周辺に大群落となって咲き簇《むらが》っている。

「ここにこんなにギンリョウソウが咲いている」

太田の記憶が急速に再生されつつあった。視野を埋めていた霧が割れた。その間から父と母の姿がもつれ合っているのが見えた。父の顔が血を浴びたように赤く染まっている。父は酔っていた。酔って母に撲る蹴るの暴行を働いていた。恐がって泣きだした太田をうるさがって撲ろうとした父を母が止めたところから荒れだしたのだ。酒を飲むと父は必ず荒れた。それを知っていながら父は飲まずにいられなかった。

乏しい家計の中から母と子の食べ物を削って父は飲みつづけた。父は酒乱であった。母を撲りつづけていた父の身体が急に崩れ落ちた。父の背後に金槌を握った太田が立っていた。霧がすっかり晴れた。このままでは母を殺されるとおもった太田は、無我夢中で父の後頭部に金槌を振るったのである。

後頭蓋を砕かれた父を、母と子は協力して裏山へ運び、ギンリョウソウの群落の下に埋めた。それを最後に、太田の記憶が抑圧された。封じこめられた記憶の上にギンリョウソウの群落が揺れていた。彼にとってギンリョウソウの花は、父の死体に咲いた花だったのである。だが彼はいまあふれるばかりの母に向ける懐かしさの中に立ちすくんでいた。

翌年の夏、帝都レクリエーションの嬬恋村別荘分譲地にギンリョウソウの大群落が現れたというニュースが報じられた。

解　説

池上冬樹

おやおやこんな風に終わるのかと、ラストシーンを読んで、ちょっと驚いた。これは記憶ミステリのはしりではないかと、ふと思った。

記憶ミステリといえば、高橋克彦の『緋《あか》い記憶』（直木賞受賞作）『前世の記憶』『蒼《あお》い記憶』であり、海外では（年間のミステリ・ベストテンの上位を獲得した）トマス・H・クックの『緋色《ひいろ》の記憶』『夏草の記憶』『死の記憶』が有名だろう。終盤に至って封印していた記憶が一気によみがえり、劇的な真実をさらけ出すという展開で、高橋作品もクック作品もおもに一九九〇年代半ばに書かれているが、本書『花の骸』は一九七七年である。もちろん本書の骨格は警察小説&サスペンスであり、記憶ミステリという形はとらないものの、二十年後の流行を先取りするような形で、物語の最後の最後に置かれている事実は、称揚に値する先駆性だろう。

さて、『花の骸』である。

物語はまず、青森から出稼ぎにきていた三人の男が、強盗に入る場面から始まる。劣悪な労働条件とピンハネに嫌気がさして飯場から逃れ、故郷へと帰ろうとするが、国鉄のストのため足止めをくらい、スト解除をまつうちに手持ちの金がなくなってしまう。それである屋敷に強盗に入ろうとするのだが、そこで彼らが目にしたのは……。

その数カ月後、浮浪者の死体がみつかる。死因は後頭部の打撲であり、明らかに殺人だった。死体の身元が不明だったが、労働者の情報により、男が仲間二人と所沢の山奥の飯場にいたことがわかり、所轄署の太田刑事と本庁の下田が早速おもむく。身元は、青森から出稼ぎに来ていた山根であるとわかり、やがて逃げていた青田も捕捉する。そして三人が強盗に入った家で、男が女の首を絞めているのを目撃したことが語られる。山根殺しは、その殺人事件と何らかの関連があるのだろうか?

警察は、屋敷周辺を調べるが、事件らしき影はなかった。ただ韓国籍の女性たちと政財界の大物たちが訪れるのを知る。調査を進めるうちに、事件は意外な様相を示す。

一介の出稼ぎ労働者の死を契機に、大がかりな汚職事件へと発展していく。国有地払い下げに絡む黒い霧や、裏で暗躍する大物たちの追及といった森村誠一らしい社会派サスペンスの要素があり、とりわけ浮浪者殺しの追及がひねりと驚きがあって、実に読ませる。

その面白さは、講談社文庫↓角川文庫↓青樹社文庫↓廣済堂文庫↓ハルキ文庫ときて、本書が六次文庫を数えることからもわかるだろう。新たに解説を担当する者として、従来の社会派サスペンスの文脈で語るのはやや常套的《じょうとうてき》にみられるので、ここでは別の視点から魅力を語りたいと思う。

僕はかねてより、森村誠一の小説がもつ詩情に、魅せられた一人である。作品を読むたびに、今度はどんな詩人の話をだしてくれるのだろう、どんな詩情が醸しだされるのだろうと期待して読むのだが、本書では、嬬恋村とともに若山牧水の名前が出てくる程度で、やや物足りなさを覚えたのだが、ただ本書を読んでいて、名前は出てこないけれど、最近大学の授業でテキストとして使った詩人二人の詩を喚起させせられた。いささか私的かつ詩的なチェックリストとなるけれど、詩情豊かな森村文学の鑑賞から外れてはいないので紹介したいと思う。

本書の魅力の一つは、所轄署の太田刑事と警視庁捜査第一課の下田のコンビネーションだろう。出世など考えないでひたすら刑事の現場を歩いてきた自称〝所轄のヒヤ飯〟太田を、本庁の那須班きっての有望株・下田が尊敬の念で見る。刑事は「法律と証拠だけで武装して犯人を捕まえてはいけない」、そこに優しさがないといけないことを学んだと下田がいうと、太田はその優しさを〝年齢の疲労〟ではないのかと皮肉に捉える場面がある。これを読んでふと茨木のり子の詩「小さな娘が思ったこと」を思い出した。「ひとの奥さんの肩はなぜあんなに匂うのだろう／木犀《もくせい》みたいに／くちなしみたいに／ひとの奥さんの肩にかかる／あの淡い靄《もや》のようなものは／なんだろう？／小さな娘は自分もそれを欲しいと思った」、そして「小さな娘がおとなになって／妻になって母になって／ある日不意に気づいてしまう／ひとの奥さんの肩にふりつもる／あのやさしいものは／日々／ひとを愛してゆくための／ただの疲労であったと」。もちろん否定ではなく、時間の積み重ねによる寛容と許しの意味であろう。

この小説のテーマのひとつは貧困である。出稼ぎにいかなくては食えない状況を切実に捉えているのだが、労働者の貧困というか暮らし向きを歌った詩に、吉野弘の「豊かに」がある。炭鉱で起きた事故による一酸化炭素中毒のため神経機能麻痺《まひ》になり、自分の家族を認識することも、読み書きも不自由になった男（塚本正勝さん）をとりあげた詩である。労災療養所では、言語の機能回復のために、文字を書いた紙を貼り付けて、その中の二枚を一組みにして意味ある言葉にする訓練が行われる。「塚本さんが椅子から立ち上がった。／その背に、同僚の声援と拍手が飛んだ。／右の黒板から／「豊かにする」と書かれた紙を剝がし／左の黒板の前に立ち／少し考えて／「苦労を」と書かれた紙の下に貼りつけた。／――苦労を・豊かにする――。／塚本さんが／陰にいるもう一人の塚本さんの手を借りて／自分の運命を正確に揶揄《やゆ》してみせたかの／ように。／／馬鹿笑いをする患者がいる。／「いいぞいいぞ」という患者がいる。／「ちがうぞ」と怒鳴る患者もいる。／／塚本さんはニコニコして椅子に戻る。／「豊かにする」筈《はず》だった／「くらしを」は／置き去りにされて。」

この詩を読み返すたびに、なんと悲惨で残酷な詩だろうと思ったものだが、最近読んで解釈が変わってきた。苦労を苦労として否定的に捉えるのではなく、何かしら豊かなものにする契機として捉えるのもありなのではないかと思うようになった。おそらくこれは時代的な背景もあるだろう。この「豊かに」は一九七七年の詩集『北入曽』に収録されたから、本書と刊行年は同じである。都会と地方に歴然と格差があった時代だが、非正規雇用形態が一般的になり（あきらかに政治の失敗だろう）、おしなべて貧困率があがると嘆いてばかりはいられない。苦労から何がしかの楽しみを掬《すく》いあげ、それを豊かなものとして味わう積極的な姿勢をもつことも生活の智恵《ちえ》として必要になる。皮肉で残酷な詩ではあるが、現代においては、何かしらの鼓舞も秘めていると考えられるのではないか。

読み終えた読者なら、本書では「ギンリョウソウ」という花が、重要な小道具として使われていることに気づいているだろう。人と人をつなぐ花として機能しているのだが、これをみて思い出すのは、吉野弘の「生命は」という詩だろう。「生命は／自分自身だけでは完結できないように／つくられているらしい／花も／めしべとおしべが揃《そろ》っているだけでは／不充分で／虫や風が訪れて／めしべとおしべを仲立ちする」と歌われ、「生命は／その中に欠如を抱き／それを他者から満たしてもらうのだ」と続く。人間は独りで生きているようで、決してそんなことはない。何故《なぜ》なら「生命は／その中に欠如を抱き／それを他者から満たしてもらうのだ」からで、お互いが影響をしあって、支え合って生きているのである。「花が咲いている／すぐ近くまで／虻《あぶ》の姿をした他者が／光をまとって飛んできている／／わたしも　あるとき／誰かのための虻だったろう／／あなたも　あるとき／私のための風だったかもしれない」と締めくくられる。

繰り返すが、本書『花の骸』は社会派ミステリである。「政官財界にまたがる一大汚職、スキャンダル、および殺人事件は、ひとまず終止符を打たれた」という文章が出てくるけれど、思い出すのは同じく吉野弘の「SCANDAL」という詩である。「スキャンダルは／キャンドルだと私は思う。／人間は／このキャンドルの灯《ひ》で、しばし／闇のおちこちを見せてもらうのだと私は思う。／みんな／自分の住んでいる闇を／自分の抱えている闇を／見たがっているのだが／自分ではスキャンダルを灯《とも》すことができないので／他人の灯したスキャンダルで、／しみじみ／ひとさまの闇を覗《のぞ》くのだと私は思う。／

自分の闇とおんなじだわナ．と／納得するのだと私は思う」と続く。

ここで大事なのは、〝自分の抱えている闇〟という一節だろう。本書に則していうなら、あえて名前は出さないけれど、ある登場人物の心の闇をさしている。冒頭でもふれたが、最後の最後にその闇がキャンドルで照らされるのである。おさえこんでいた記憶の蓋がとんで、過去の情景が一気に提示される。きわめて印象に残るラストシーンである。

以上、やや牽強付会《けんきょうふかい》の嫌いがあるかもしれないが、本書の魅力を詩的文脈から捉えてみた。本書のみならず、森村誠一の小説にはみな、作者自身が文学的結晶を引用することもたびたびあり、そういう詩的文脈で捉えたくなるような文章や場面がたくさんある。機会があれば、そういう読み方も試されるといいだろう。


（いけがみ・ふゆき　文芸評論家）

本書は、二〇〇〇年十一月、ハルキ文庫として刊行されました。

単行本　一九七七年一月、講談社刊

※本書中には、今日においては差別しているととらえられかねない語句や表現があります。しかしながら、著者自身に差別的な意図はなく、作品発表時の時代的背景を考えあわせ、原文のままとしました。この作品はフィクションであり、実在の個人・団体・事件・地名などとは一切関係ありません。（集英社文庫編集部）

本文図版　テラエンジン